Sweet《スウィート》 Secret《シークレット》

Shiori & Takahiro

栢野すばる

Subaru Kayano

EB

エタニティ文庫

目次

Sweet Secret

プロローグ

眼下《がんか》に、星屑《ほしくず》を振りまいたような光が揺れている。

ここは、都内でも屈指の一流ホテル。その最上階に位置するフレンチレストランだ。

リザーブされた特別席には周囲の喧騒《けんそう》はほとんど届かず、まるで幻想的な世界に二人きりでいるかのような気分になれる。

——き、緊張する。今日、されるのかな、アレ……

古河詩織《ふるかわしおり》、二十五歳。

今日は婚約者の孝弘《たかひろ》との、五年ぶりの再会である。

五年もの間、アメリカに赴任していた孝弘は多忙で、めったに日本に帰ってこられなかった。こんなふうに顔を合わせて会話をするのは久しぶりだ。

目の前の孝弘は、五年前よりも、はるかに男らしく頼りがいのある雰囲気をまとっている。清潔感と自信に溢《あふ》れた彼の佇《たたず》まいが、詩織には眩《まぶ》しく感じられた。

——どうしよう。孝弘さん、ますますかっこよくなって帰ってきた。私との釣り合わなさがより明確になってる……！

日本有数のゼネコン、古河重工《ふるかわじゅうこう》の創業者一族の長女詩織と、金融系企業を多数傘下《さんか》に置く小早川《こばやかわ》グループの後継者である孝弘は、婚約関係にある。二人が幼い頃に親どうしが決めたのだ。

だが、気品溢《あふ》れる美青年の孝弘を前に、詩織は正直、萎縮《いしゅく》気味だった。

細身だが鍛《きた》え上げられた体に、優雅で意思の強そうな眼差し。つややかで滑《なめ》らかな肌と、わずかに栗色を帯びた薄い色の髪。孝弘はどこからどう見ても理想の王子様そのものの容姿をしている。いや、彼は容姿だけではなく、性格も頭脳もパーフェクトなジェントルマンなのだが……

思えば幼稚園の頃に引き合わされたときから、五つ年上の孝弘は完璧な『婚約者』だった。どちらかと言えば抜けている詩織にイライラすることも山ほどあっただろうに、決して嫌な顔をせずに、ずっと優しく接してくれた。詩織は、彼に微笑みかけられれば舞い上がり、デートに誘われれば必死でお洒落《しゃれ》をして出かけたものだ。

そう……孝弘のことはとても好きなのである。嫌いになる要素などない。

彼は女の子なら誰でも憧れてしまうような男性なのだから。でも……

詩織は彼に気づかれないよう、窓に映った自分の姿をそっと確かめた。

やや小柄でおとなしそうな女が、ガラスの向こう側から自分を見つめ返してくる。

――私、変な格好じゃないよね？

アクセサリーはパールで統一し、靴もドレスに合わせた濃紺のサテンの九センチヒール。このレストランにいても問題ない服装だと思うのだが、孝弘の目にはどう映っているのだろうか。

孝弘は、いつも万事にそつがない。婚約者である詩織のことも、無難に『可愛くて面白くて俺の好みだ』なんて言ってくれる。

『面白くて』という部分に『他に褒めようがない』という孝弘の気持ちが滲《にじ》み出ているようで若干切なくはあるが……詩織は、彼の言葉を好意的に受け止めているつもりだった。

もちろんそうして褒めてくれるのは、詩織の両親に配慮してのことだろう。

実際の詩織は、美人の母に似てそこそこの顔立ちはしているものの、はっきり言って地味な人間である。

さらに言うなら、生まれ育った実家の立派さはさておき、詩織本人は『お嬢様』という呼称に似合わず、かなり自由人なのだ。

親は詩織を、古河家のお嬢様にふさわしくあるようきちんと育ててくれたのだが、残念なことに詩織の自由っぷりは直らなかった。

周りのお嬢様達が、ブランド品だのメイクだの他校の彼氏だのと、年相応の物事に興味を示し始める中、詩織は一貫して自分の『趣味』に没頭する日々を過ごしてきた。それが、お嬢様らしからぬ振る舞いにいっそう拍車をかけることになった。

そうして孝弘がいない五年の間も、詩織はひたすらそれにのめり込んでいたのだ。ついには職業になってしまった『趣味』に……

——そっか、もう五年経っちゃったのか。私が孝弘さんと一緒にアメリカに行くのを断ってから。あっという間だったな。私も仕事が忙しくて充実してたし。孝弘さんもそうなんだろうなぁ。

そう思いながら、詩織はワイングラスに手を伸ばす。

今日の会食では孝弘が、詩織の生まれ年である二十五年前の赤ワインのボトルを開けてくれた。

『特別な日にしたいから、この年のワインを探してもらった』と言って。

特別な日、という言葉に、詩織の胸はさっきからドキドキが止まらない。

「五年前は渋いって言って、ワインなんかほとんど飲まなかったのにな」

孝弘がからかうような笑みを浮かべたので、詩織は冗談めかして膨《ふく》れてみせた。

「もう大丈夫です。今は大好きになりました」

「そう。それなら、これからは一緒にワインを楽しめそうだ」

孝弘は機嫌良さげにそう言い、目を細めてグラスを傾けた。

詩織が微笑みかけると、孝弘が今までのくつろいだ雰囲気を改め、姿勢を正した。

「あの、詩織」

孝弘が意を決したようにグラスを置いて、懐《ふところ》から何かを取り出した。彼の喉が、一瞬ごくりと上下する。

「左手を出して」

孝弘の言葉に、詩織の心臓が躍《おど》り上がった。言われるままに差し出すと、孝弘は緊張した表情で告げる。

「サイズは君のお母さんに相談して、見当をつけてもらったんだ……ああ、ぴったりだ」

詩織の左手の薬指に、零《こぼ》れ落ちそうなほど大きなダイヤの雫《しずく》を飾り、孝弘がほっとしたような表情になる。

「似合うな。やっぱり君の肌には桜色が映える」

「孝弘さん……この指輪……」

詩織の指に輝くのは、美しいエンゲージリングだった。小豆《あずき》大の見事なクリアカラーのダイヤモンドを、大粒のピンクダイヤが取り巻いている。まるで、泉の周りに咲き誇る満開の桜のようだ。大ぶりの石達がダウンライトの光を撥《は》ね返し、虹色にきらめいていた。

——こんな大きなピンクダイヤ見たことない……色も粒の大きさも全部揃ってる……。ひょっとしなくても、普通のお店には出回らないクラスのすごい石よね……

緊張の面持《おもも》ちで孝弘を見上げると、彼は端整な顔に、透き通るような優しい笑みを浮かべた。

「バイヤーにこのダイヤを見せてもらったとき、これなら詩織のイメージに合う指輪が作れると思ったんだ。よかった、すごく似合う」

「私のイメージ……ですか？」

「この桜色。君は昔から桜の花みたいな人だったから」

自分のどの辺が桜なのかな？　と真面目に考え込んだ詩織の手を、孝弘が大きな手で握り込む。

「やっと落ち着いて、君と日本で暮らせるんだな。五年前は振られたけれど、腐らずに頑張ってよかった」

「あ、あのときはすみません、あの……」

「詩織、俺と結婚してくれ。もう五年経った。今度こそプロポーズを受けてくれるだろう？」

形の良い目に甘い光を宿し、笑顔でそう告げる孝弘に、詩織の胸がとくんと高鳴った。

——イ、イケメンのそういう笑顔は、反則です……！

五年前、まだ二十歳だった詩織は、アメリカへ赴任する孝弘との結婚を先送りにして、日本に残ることを選んだ。

まだ結婚には早いからという口実で断ったのだが、本当の理由は孝弘に言えなかった。

……まあ、言えるわけがない。

『私、昔から隠れてエッチな小説を書いていたんですけど、このたび有名な女性向け官能小説のレーベルからデビューが決まったんです。だから駐在エリートの奥様にはなりません！　日本でエロ小説家として頑張ります！　孝弘さんも頑張ってください！』……なんて。

書籍化の打診が来たとき、ちょうど海外赴任が決まった孝弘からプロポーズを受けた。

まさか、短大在学中に出版社に送ったエロ小説が、本当に商業出版されるなんて思ってもみなかったのだ。

だがそのために、詩織は彼のプロポーズを断った。どうしても小説家になりたくて。手に入れたチャンスを逃したくなくて……

『まだ二十歳で、海外で孝弘さんの奥さんとしてやっていく自信がないから』というもっともらしい理由を述べたので、強く結婚を希望していた孝弘も、一応は納得してくれた。

しかし、今や結婚を断る理由などない。孝弘はこれから日本で暮らすことが決まっているし、詩織の年齢的にもちょうどいい。

——い、いや、大丈夫、シミュレーションどおりに進めれば、『私の仕事』のことは絶対に内緒にしておけるハズ！

詩織は内心拳《こぶし》を握りしめつつ、自分にそう言い聞かせた。

もしも、自分がプロの官能小説家であることがバレたらどうなるのだろう。

『そんなイロモノの嫁はいらん！』と、両家を巻き込んだ婚約解消騒動になるのだろうか。

金融系大企業のオーナー一族である小早川家は、超！　お固い家柄だ。詩織の職業は毛嫌いこそされ、歓迎されるはずもない。

想像していくうちに青ざめてきた詩織の顔色に気づいたのだろう、孝弘が声を曇らせて尋ねた。

「もしかして嫌だったか？」

「あっ、いえ、そんなことないです。このダイヤ、本当に桜みたいな色で綺麗だなぁって……」

上《うわ》の空だった詩織は、慌てて笑顔を作った。

「俺との結婚の話は受けてくれるんだな」

詩織は、笑顔のまま孝弘の言葉に頷いた。

「はい……お受けします……嬉しいです」

こんなふうに素敵な場所で、誰もが見とれてしまうような美青年にプロポーズされたら、嬉しいに決まっている。

頷きながら、とうとう自分もお嫁に行くのだな、と詩織は思った。

毎日、寝ても覚めてもエロ小説のことしか考えていない自分にもこんな日が来るのだと思うと、感無量だった。

頬を染める詩織を、孝弘が幸せそうな笑顔で見つめる。

「詩織は俺のことが好きか？」

「は、はい！」

反射的に頷くと、孝弘が笑顔のまま言った。

「俺もだ。そう言ってくれて本当に嬉しい。これからも、君を一生大切にする。君にふさわしい男になれるように、五年間アメリカで頑張った甲斐があった」

官能小説のヒーローがヒロインに囁《ささや》くような、完璧すぎる愛の言葉だった。

こういう言葉がサラリと出てくるからエリートイケメン御曹司は怖いのだ。

極上の笑みを浮かべる孝弘と見つめ合いながら、詩織は今日この時間まで何度もシミュレーションした内容を、あらためて頭の中で復唱する。

——大丈夫……よね……？　著者用の見本誌は今後、時間指定で孝弘さんのいない時間に届けてもらって、届いたら貸倉庫に片付ければいいわよね？

　詩織はプロの小説家として、短大を出た頃から、つごう二十作の女性向け官能小説を上梓《じょうし》している。現在は、中堅どころの筆の早い作家としてそこそこ重宝されている立場だ。

　そんな詩織には、出版後、自著の見本誌が贈られてくる。

　出版社にもよるが、著者に贈られる見本誌の冊数は概《おおむ》ね十冊ほど。

　つまり今、詩織の家には、自分が書いた官能小説が二百冊近く積み上がっているのだ。

　今年は五作ほど出版の予定があるので、さらに五十冊は増える予定である。

　まさか孝弘のもとに、自分の書いたエロ小説数百冊とともに嫁《とつ》ぐわけにはいかない。

　だが、見本誌は自分の努力の成果なのだから、愛着が深くて捨てるには忍びない。それにこれらは、他社の編集部に営業をかける際の名刺代わりにもなるのだ。

　もう一つ、悩んでいることがある。執筆中の文章を孝弘に読まれるのはまずい、ということだ。

　詩織が手がけている小説は、官能描写に免疫《めんえき》のない人であれば、見た瞬間に『ウッ』となるほど濃厚なエロシーンが多い。

　孝弘に、『詩織はどんな原稿を書いているの？』なんて気軽に覗《のぞ》き込まれたら一巻の終わりだ。原稿にはひと目でわかるほど、エロい単語がぎっちり詰め込まれているのだから。

「詩織、どうした？　なんだかさっきから少し元気がないけど」

真顔になった詩織の様子に気づいたのか、孝弘が表情を曇らせた。

「なっ、何でもありません」

「それならいいんだけど……ところで新居はどこにしようか。目白《めじろ》はどう？　君のご実家にも近いし。あのあたりに新築のマンションはあるかな」

――うちの近所に住むの？　まずい、あのあたりに貸倉庫やレンタルオフィスはあったかしら？

慌てて考えを巡らせる詩織の前で、孝弘が楽しげにワイングラスを傾ける。

「早く二人で暮らしたいね。式の前に籍だけ先に入れたら、君のご両親に叱られるかな」

しかし詩織はそれどころではない。

「あの、孝弘さん、す、住むのは、貸倉庫のある街がいいなって……あと、レンタルオフィスなんかが近くにあったらいいかも。私、今、フリーライターだから……」

「いや、そんなもの借りなくていいよ。新居を広めにしよう。そこに詩織用の書斎を作ればいいじゃないか。まずはマンションを借りて、都心にいい土地を探そう」

その答えに、詩織は一瞬気が遠くなる。

──どうしよう……私の計画が、孝弘さんの財力で一掃《いっそう》されてしまう！　この金持ちめ……！　お願いだからそんなに張り切らないで……

孝弘は新居のことを考えるのが嬉しいらしく、明るい声で話を続けた。

「どんな書斎がいいかな。吹き抜けにしようか？　君が気分よく仕事に集中できるよう

な、明るいスペースが良さそうだ」

せっかくのご提案に申し訳ないのだが、そんなに明るい場所でエロ小説を書きたくない。

許されるならば、こたつなどで背中を丸めてお茶をすすりながら書きたいのだ。

「書斎はいらないですよ？　レンタルオフィスを借りますから」

「遠慮しなくていいよ。一緒に設計しよう。色々考えるのも楽しいし」

「いえ、遠慮とかではなく、本当に……一人でひっそり書きたいっていうか……」

孝弘は、詩織が結婚後も仕事を続けることについて、一切反対しなかった。実家の両親は、若くして要職に就く多忙な孝弘に気を使い、詩織に専業主婦になるよう言ってくるが、孝弘はそれを『詩織の自由にしてほしいし、仕事をしている女性は好きだ』とかばってくれるくらいだ。

孝弘は昔から詩織の意思をとても尊重してくれる。その気持ちはありがたいのだが……

「わ、私、物が多いから……収納が……貸倉庫が、ある所がいいな……」

嘘をつき慣れていない詩織は、あっという間にしどろもどろになってしまった。

だが、あれら筆舌に尽くしがたい内容の自著を家に持ち込むわけにはどうしてもいかないのだ。真面目な彼にあんな汁だくの文章を読まれたら……全てが終わる。

「収納なら、新居に広めのウォークインクローゼットをいくつか作ればいいんじゃないか？」

当然のように提案してくる孝弘に、詩織は心の中で叫んだ。

――ダメ！　そのクローゼットに、貴方がウォークインしてきたら困るの！

旧小早川財閥の御曹司、今では小早川フィナンシャルグループの最年少役員として名を馳《は》せる孝弘は、日本の若手の中では名実ともにトップクラスのビジネスマンである。

趣味は剣道とジョギングとスキー、語学は英語と中国語に堪能《たんのう》で、この五年の間に海外の超一流ビジネススクールで経営系の難関資格も取得しているらしい。

そんなエリートかつ理想の王子様像を体現したような孝弘の前に、『姫様、今宵《こよい》は三人で楽しみましょう』『あっ、そんなところに指……ダメ……』『いやらしい身体だ、こんなに溢《あふ》れさせて……』などという文章をさらけ出す勇気は持てない。持てるわけがない。

詩織は、自分が官能小説家であるということを、ごくごく一部の人間にしか言っていない。

ない。

過保護な両親には、フリーライターの仕事をしていると説明している。

古河重工、及び多くの関連会社のトップに立つ多忙な父は、娘の仕事にはさして興味がないらしく、『詩織は国語が得意だったから、作文を仕事にしているんだろう』などと適当な解釈で済ませている。名家のご令嬢だった母は世間を知らないので、詩織の仕事も『お友達に頼まれて、何か書いてお金をもらっている』と理解しているようだ。

おかげで、今のところは何とか、家族にバレずに済んでいる。

唯一、身内バレが危ぶまれるのは七つ年上の兄・章介《しょうすけ》だが、クールな兄は妹の自由を尊重してくれるので深く詮索してこない。さっぱりした性格の兄で、本当に助かっている。

短大を卒業したあとは、仕事に集中したいからと父が所有するマンションで一人暮らしも始めた。

もちろん大反対されたが、孝弘と結婚するまでに一人暮らしくらいは経験させてくれ、と押し通したのだ。

だが、一人暮らしを希望した理由は、本当のところ一つしかない。

エロ小説を書きたいから。そして、エロ小説を書いている姿を家族には絶対に見せられないからである。

別にこの仕事を恥じているわけではないのだが、自分が書いた本気のエロシーンを親兄弟に読まれて平気かと言われるとノーだ。詩織はそんな豪傑《ごうけつ》ではない。ただの平凡なエロ作家だ。

「詩織、どうしたの？　ワインを飲みすぎた？」

孝弘の言葉に、今後の対処法について考え込んでいた詩織は、慌てて笑みを浮かべた。

「あ、えっと、あの、仕事の話をしていたら、急に、ご依頼いただいた原稿でミスをしたかなって心配になってしまって……でも、大丈夫でした！」

「そうか、ならよかった。……それにしても、君とこれからの話ができるなんて嬉しいな。離れている間、ずっとこんな日を夢見ていたから」

孝弘の精悍《せいかん》な笑顔に、詩織は微笑みを返した。

――孝弘さんはこうやって、嬉しい、楽しみだって言ってくれるけど……まあ、リップサービスよね。婚約者とはいえ、気を使わせて申し訳ないな。私、孝弘さんと違ってホントに地味だし。

内心ため息をつきつつ、詩織は背筋を伸ばす。

とにかく、今後の対処方法をしっかり考えなくては。

クールな孝弘のことだ。詩織との結婚に関してはおそらく『小早川家の次期当主としての義務だ』と割り切っているのだろう。

昔から孝弘に憧れ、好意を抱いてきた詩織としては少し寂しいが、彼はきっとどこに出しても恥ずかしくない夫としてきっちり振る舞ってくれるに決まっている。

そんなことよりも今考えるべきは、詩織の仕事をどう隠蔽《いんぺい》すべきかである。

この状況なら、おそらく誰もが『イケメン御曹司と結婚が決まったんだから、エロ小説家のほうは諦めれば？』とアドバイスするに違いない。だが、エロ小説家として軌道に乗った今となっては、どうしてもこの仕事をやめたくないのだ。

——ああ、でも、孝弘さんに自分の書いた話を読まれるなんて、絶対無理……。王子と姫と騎士が三人でエッチする小説なんか書いているところを見られたら……私はもちろん孝弘さんもショックで死ぬだろう……！

青くなったり白くなったりしている詩織を、孝弘が不安そうに見つめている。

詩織は内心の焦りを押し隠そうと無意味に笑みを浮かべた。

——でもやめたくない。小説家になって本を出すのは、小さい頃からの夢だったんだもの……それに私、何を書いてもエロい恋愛小説になってしまうから、ジャンル変更もできない……！

「実は、詩織のご両親には内々に話をさせていただいていたんだ。うちの両親とも相談して、結納は来月にしようと考えているんだけど、いいかな」

「わ、わかりました」

孝弘の言葉に、詩織は頷いた。もう、外堀はガッチリと埋められているようだ。早く何とかして、仕事内容を隠す方法を考えなければならない。

――どうしよう……

きらきらと輝く桜色のダイヤを指に飾った詩織は、背中を伝う冷や汗を感じながら、今後の対策に思いを馳《は》せるのだった。

第一章　政略結婚相手がなんだか不穏です

詩織が一人暮らしをしている家は、都内の高級住宅街にあるマンションである。結婚前にどうしても一人暮らしをしたいと両親に主張した結果、父の持っていたこのマンションに住むよう言われたのだ。理由は、実家から徒歩五分であることと、マンション自体のセキュリティがしっかりしているからだ。

両親の監視つきの一人暮らしだが、実家で暮らすよりは断然良い。この場所なら、エッチな小説を思い切り書き殴れるというものだ。

思えば詩織は、物心ついた頃から読書の好きな子供だった。純文学もライトノベルも少女小説も、なんでも読んだ。厳しい両親も『漫画ではなく活字ならば……』と詩織の欲しがる本は全て買ってくれた。たとえその中に、こっそりエッチなシーンがあったとしても気づかずに。

かくして、小説の中に少しでもエロいシーンがあれば、そこを繰り返し読む子供だったおませな詩織は、今では立派なエロ小説家となった。

このように、詩織の興味の方向性は子供の頃から固定されていた。エロスの匂いがするものに惹《ひ》かれる性分に生まれついたのかもしれない。

もちろん両親は詩織の嗜好《しこう》を知らないし、知ったら多分泣くだろう。

「ううー！　疲れた！」

あくびをしつつ、詩織は思い切り背中を伸ばした。ようやく原稿にエンドマークを打つことができたのだ。

時計は現在、明け方の四時を指している。

――お、終わった……推敲《すいこう》終わり。これで、初稿完成！　忘れる前に担当さんに送っておこう。

詩織は原稿データをメールに添付し、出版社の担当さん宛てに送信する。

それからこたつの上に突っ伏して、バキバキ音を立てる肩を回した。

年中こたつテーブルで執筆しているのだが、どうも肩がこる。やはりパソコン用のデスクを買ったほうがいいのだろうか。しかしこたつで丸まって書いていると落ち着くのだ。

詩織は一つあくびをして、脱稿した満足感に身を委《ゆだ》ねた。

――興味を持ってもらえるといいな。売れるといいな。

今回の小説もなかなか淫蕩《いんとう》な雰囲気に仕上がった……と思いたいのだが、担当さんの反応はどうだろう。お眼鏡《かな》に適う内容になっていると良いのだが。

座りっぱなしだった身体は砂を詰めたように重たくなっている。

しばらくぼーっとこたつテーブルに突っ伏していた詩織だったが、慌てて起き上がった。

――いやいや、危なく寝るところだったわ。今日は孝弘さんとデートでしょ？　さっさとお風呂、お風呂……は、起きてからでいいや。

机で突っ伏して寝るのが癖なのである。悪い癖なので直さねばならないと思うのだが、集中から解放されたあとの睡魔に抗《あらが》い難《がた》くて、いつも負けてしまう。

詩織はまっすぐベッドに向かった。眠すぎる。今お風呂に入ったらそのまま溺れそうだ。

こんなに荒《すさ》んだ生活は、結婚したら無理だろう。

詩織はそう思いながら毛布にくるまって目を閉じた。

――次の締切は再来月だから、少し余裕がある……かな？

そう思いながらあっという間に眠ってしまった詩織は、電話の音で目を覚ました。

起き上がって、なんだろうと思いつつもスマートフォンを手に取る。表示されている現在時刻と、電話の発信者の名前を見た瞬間、はっと我に返った。

「いけない！」

孝弘と約束していたのは十一時。そして今は十一時五分。着替えどころかお風呂にも入っていない。真っ青になりながら、詩織は電話に出た。

「お、おはようございます」

情けないことに、数日の間、誰ともしゃべらずひたすら小説を書いていたので、うまく声が出ない。

『おはよう。待ち合わせ場所に来たんだけど、珍しく詩織が時間どおりに来ないから……どうしたの？　声が嗄《か》れてるけど……』

孝弘の心配そうな声に、全身から冷や汗が噴き出す。

――やばい！　大寝坊した。

「あ、あの、ごめんなさい。私、今まだ家で……ちょっと昨日の夜遅くなっちゃって……。すごくお待たせしてしまいそうなので、約束は日を改めていただいてもいいですか？」

『えっ？　どういうこと？』

意外なほど驚いた声を出され、詩織は目を丸くした。

――あ、あれ？　私、変なことを言ったかな？　孝弘さんの時間が無駄になったら悪いなと思っただけなんだけど。

そう思いつつ、詩織は電話口で孝弘の様子をうかがった。

「あの、昨日の夜遅かったので、寝坊してしまったんです。ごめんなさい。お待たせするのが申し訳ないので今日は……」

『じゃあ、俺が今から詩織の家に行くよ。この前メールで教えてもらった住所だよね？』

そういえば、前回のデートでさりげなく聞かれて、何も考えずに教えてしまっていた。

『君は家で待っていてくれればいい。三十分くらいで迎えに行くから』

「いや、あの、それも申し訳ないので」

断ろうとした瞬間、電話は切れてしまった。……三十分後に孝弘が来てしまう。

時間がなくてまずいと焦っていたら、再び電話が鳴る。今度は母からだった。

――今度はお母様!?　忙しいのに！

お風呂に入らなければと思いつつ、詩織は電話に出た。過保護な母は、電話に出ない限り何回もかけてくるのだ。無視するとあとが面倒くさい。

『もしもし、詩織。お母さんだけど。今度小早川さんのご家族と会食があるでしょう？　いい帯が届いたから見にいらっしゃい。若い子向きの可愛らしいお品よ』

「おはようございます、お母様」

予想どおり、のんきな話題であった。申し訳ないが相手にしている時間がない。

『まあ！　おはようございますって、もうお昼ですけれど。まさか貴方、今頃起きたのではないでしょうね』

母の声が詩織の挨拶《あいさつ》を不機嫌そうに訂正する。四時に寝て十一時に起き、孝弘とのデートに寝坊したなどと知られたらさぞ怒られるだろう。母は節度ある清く正しい生活を娘に求めているのだ。

「忙しいの。疲れてるんだから仕方ないでしょう?」

『なんですか、その口の利き方は。貴方、一人暮らしを始めて生活が荒れたのではありませんか?』

話がまずいほうに転がっていく。そうでなくてもタイムリミットが近いのだ。詩織は慌ててしおらしい声を出して母に調子を合わせた。

「ごめんなさい。私、昨日の夜中まで、お友達に頼まれた大事な仕事が終わらなくて、少し寝坊しちゃったんです。会食用の帯はお母様のセンスに任せるわ」

『あら、そうなの? お仕事が大変なのね。お友達に頼まれたことはきちんとなさいね』

真面目に働いていることをアピールした結果、母の機嫌は若干回復したようだ。しかし、詩織と違い優雅な時間軸に生きている母に付き合っていると、時間がどれだけあっても足りない。

詩織は、これまで培《つちか》った『対・実母戦術』を駆使して、なんとか話を終わらせることに成功した。

『……じゃあ、帯に合いそうな着物をいくつか出しておきますから、今度合わせにいらっしゃい』

「わかりました。ありがとう、お母様。じゃあごきげんよう」

電話を切り、詩織はお風呂に飛び込んだ。鏡に映る顔はクマがひどく、元からの色白も相まって幽霊のようだ。

――私、日光に当たらなすぎかもしれない。化粧で誤魔化せるかな……

シャワーを浴び、髪と身体を熱心に洗って風呂場を出た。

せっかくのデートなので綺麗に着飾ろうと思っていたのだが、服を選ぶ余裕もない。

――とにかくすぐ着られる服！　いや、可愛い服……ああ、もうこれでいいや！

葛藤《かっとう》の末、詩織は『すぐ着られる服』を選んだ。

近所のショッピングモールのセールで買ったブラウン系の柄物《がらもの》ワンピースに、通販でまとめ買いした無地のストッキングを合わせる。髪を乾かし始めた瞬間、チャイムが鳴った。

――孝弘さん、もう来た！　さすが五分前行動の人……！

濡れたボサボサの頭、しかもノーメイクのまま、詩織はよろよろとインターフォンに向かった。もっと身綺麗にしたかったのに、とほぞを噛むが、寝坊した自分が悪いのだから仕方がない。

『俺だけど』

インターフォンのディスプレイには、孝弘の顔が映っている。時間切れだ。詩織は全てを諦め、エントランスのロックを開けて玄関に立った。

チャイムが鳴るのと同時にドアを開ける。そこには、カーキのジャケットにデニム姿の孝弘がいた。

孝弘は人気俳優にも引けをとらないくらい格好いい。もう少し格好悪くしてくれないと自分に釣り合わないのでは……と詩織が不安に感じるほどだ。

普段のビジネスウェアと違うラフな格好も異様に似合っているし、特に整えずに下ろした髪もサマになっている。

胸がときめいた瞬間、思い出す。そういえば、今の自分は安売りのジャージー素材にワンピースをかぶっただけのすっぴんボサ髪だ。

詩織は微笑んでいる孝弘の前で、濡れた頭からそっとタオルを外した。

――ううう、私ってどうしてこうなの……孝弘さんにこんなマヌケな姿見られたくなかったよ……

泣きたい思いで、詩織は愛想よく笑みを浮かべた。

「こんにちは。ごめんなさい、遅刻した上に迎えに来ていただいて」

「いや、俺のほうこそ心配して押しかけてしまって悪かった」

「心配？」

何の話だろうと首を傾げた詩織の前で、孝弘が笑みを浮かべた。

「いや、なんでもない。朝からお風呂に入ってたのか？」

「え、ええ……ちょっと……昨日入れなくって」

明け方まで必死にエッチな小説を書いていたのでお風呂に入りそびれました、なんて言えるわけもなく、詩織は曖昧《あいまい》に微笑む。

「……昨日の夜、何してたの？」

ふいに孝弘の声が低くなる。普段穏やかな彼の不機嫌さを感じ取り、詩織は驚いて目を丸くした。

「えっ？　どうしたんですか？」

「いや、ごめん。昨日の夜は何をしてたのかなって気になっただけだよ」

詩織から目をそらして、孝弘が言った。その顔には、さっきまでのパーフェクトな笑みがない。

——まずい！　待たせた上に、身支度もできていないから怒らせたのかも。どうしよう？

内心身構える詩織に、孝弘が今気づいたというような口調で尋ねた。

「あれ？　詩織、そういえば俺があげた指輪は？」

そう言われて、もらったエンゲージリングを金庫の中に入れたままだったことを思い出す。

あんな最高級グレードのジュエリーは、普段使いなどするものではない。家事の最中に、万が一水回りで石が落ち、排水管にダイヤが流れてしまったら……と思うと恐ろしいのだ。お風呂に入るときならばなおさらだ。

「シャワーを浴びていたので外していたんです。今つけてきます。待っててください」

「そう……シャワー……」

微妙な反応に、詩織は当惑して孝弘の整った顔を見つめた。やはり彼の表情は曇ったままだ。一体どうしてしまったのだろう。

「……できれば指輪は普段からつけてほしいな。少なくとも婚約している間は」

孝弘の言葉に、詩織は慌てて頷いた。それもそうだ。せっかくプレゼントしてくれたのにつけないのでは、孝弘に失礼に当たるだろう。

「ごめんなさい。そうしますね。あの、支度をするので一階のカフェで待っていただいていいですか？　すぐに行きますから」

「上がって待たせてもらっては駄目なのか？」

孝弘が、彼らしくもなく強引なことを申し出てきた。詩織は驚いて目を丸くする。

――ん？　孝弘さんてば、今日はホントどうしたんだろう？

家に上がりたい、なんて、いつもスマートで気遣い上手な彼らしくもない。

もちろん、笑顔で通したいところだが、孝弘を家に上げるのは無理である。

なぜならば、濡れ場だらけの本が居間に散乱しているからだ。資料を調べるという名目で手当たり次第に読んでいたエッチな漫画や小説がその辺に堂々と広げてある。孝弘の目に入ったらアウトだ。さらに言うと、締め切り明けの今日は部屋が散らかりすぎていて、どこにエロ本という名のアサシン（刺客）がひそんでいるのかわからない。

腕組みした孝弘の前で、詩織は首を横に振った。

「散らかってるのでちょっとダメなんです。髪を乾かしたらすぐに行きますから」

「わかった。じゃあ下で待ってるから。慌てずに落ち着いて支度しておいで」

孝弘が、気を取り直したように優しい笑みを浮かべる。

詩織はホッとして頷いた。不機嫌そうに見えたのは、多分気のせいだろう……。

十分ほどで身支度を終え、詩織はマンションの一階にあるカフェに走った。

「お待たせしました！」

何かを考え込むような表情でコーヒーを飲んでいた孝弘が、顔を上げて微笑んだ。

「今日は映画でも行こうか？」

孝弘の提案に、特に不満もない詩織は素直に頷いた。

「詩織は何が見たい？」

「えっ？　私ですか？」

詩織が見たい映画は、やたらと爆発シーンが多くて、最後にエイリアンが退治されるような大規模予算投入系か、エッチなシーンのあるお子様NGの恋愛ものなのだが、どちらも申し出るのは憚《はばか》られた。

孝弘に『変わった趣味だ』と思われたら恥ずかしい。詩織だって、一応乙女なのである。

「私はなんでもいいです」

「じゃあ、俺が見たい映画でいい？」

詩織は快《こころよ》く頷いた。孝弘が不快感なく過ごしてくれて、つつがなく時間が経過すれば問題ない。詩織が浮かれていつものマイペースぶりを発揮してしまったら、孝弘にあきられてしまうかもしれない。

今までもずっと、詩織はそうやって彼に気を使ってきた。何しろ相手は小早川グループの御曹司である。詩織の迂闊《うかつ》な言動で婚約を破棄されでもしたら、迷惑が一族にまで及んでしまう。

孝弘も同じように詩織には気を使ってくれている。常に紳士的で、詩織を困らせることは一切しない。

だからこそ、五年前『どうしても海外赴任に詩織を連れていきたい』と主張されたときはちょっと驚いたけれど……あのときくらいだ。孝弘に強く何かを頼まれたのは。

――こういうのが、旧家の娘の結婚なんだろうな。淡々と結婚して、淡々と子供作って、家族や親戚に迷惑をかけないように家柄や財産を守って。私は……ちょっと寂しいけどね。

ふと考え込んだ詩織の前で、孝弘が首を傾げる。

「どうした？」

「あ、い、いえ、コーヒー飲んだら映画に行きましょうか。ちょっと待ってください」

慌てて愛想笑いを浮かべた詩織の前で、孝弘が表情を曇らせた。

「詩織は俺が日本に帰ってきて、嬉しくなかった？」

突然の意外すぎる台詞《せりふ》に、詩織は目を丸くした。

――嬉しくなかった……って、どういう意味？

「そ、そんなこと、ないですけど」

頭の中が真っ白になってしまい、詩織はつっかえつっかえ答えた。嬉しかったに決まっている。婚約者が帰ってきたのだから。

「なんか、プロポーズした日も今日も、俺が何を言っても上《うわ》の空だから。俺なりに張り切って君をエスコートしたり、指輪を選んだりしてるんだけど」

その台詞《せりふ》に、詩織の顔から笑みが消えた。

孝弘の顔がとても真剣だったからだ。笑って流せるような雰囲気ではない。

「ごめん。詩織を困らせるつもりじゃないんだ」

表情を凍りつかせた詩織に、孝弘が取り繕《つくろ》ったように微笑みかける。

「それを飲み終えたら、映画に行こうか」

いつもどおりの優しい声に、詩織はおずおずと頷いた。

孝弘の言うとおり、確かに上《うわ》の空だったかもしれない。しかしそれは、日々書き殴っているエッチな小説を孝弘に隠したいとか、結婚したらエロ本や仕事をどうしようとか、余計なことばかり考えているからであって、彼と一緒にいるのが嫌だからではないのだ。

――私がエロ小説家でなければ、孝弘さんに変な心配を抱かせることもなかったのかも。

そんなことを思いつつ、詩織はカップを置いて孝弘に深々と頭を下げた。

「ごめんなさい」

突然謝られて驚いたのか、孝弘が目を見張る。

「詩織?」

「孝弘さんの仰《おっしゃ》るとおりです。私、頭の中が毎日仕事のことでいっぱいなんです。今日も四時まで仕事をしていて、思い切り寝坊しました。上《うわ》の空で本当にごめんなさい」

恐る恐る顔を上げると、孝弘は驚いた表情のまま、コーヒーカップを手に詩織を見つめていた。

何か変なことを言っただろうか。そう思いながら、詩織は続ける。

「指輪も、うちの母でさえ持っていないようなすごいダイヤだったし……下水に流したら取り返しがつかないので、普段はつけていないだけなんです」

そう言った瞬間、孝弘が噴き出した。

――な、なんで笑うの？

驚く詩織の前で、孝弘が笑いを収めようと肩を震わせながら呟いた。

「げ、下水に流すって、君ね」

「だって下水に流したら大惨事だと思うんです。そんなことになったら、下水管を開けてもらって溝さらいをしないと探せないし」

孝弘は片手で顔を覆《おお》って笑いをこらえている。

――私、また余計なことを言ったんだな……

様子をうかがう詩織の前で涙を拭《ぬぐ》い、孝弘が明るい表情で言った。

「いや、笑ってごめん。そんな理由で指輪を外していたのか。君は今も昔も変わらないな」

孝弘の表情はすっかり緩《ゆる》んでいた。さっきまでの妙に不機嫌そうな陰《かげ》りは消えている。

それにしても『今も昔も変わらない』とはどういう意味だろう。

――私、何かしたっけ？

詩織は首を傾げた。おそらく、考えるまでもなく、何か余計なことをしたのだろう。思い出さなくてもいいような気がする。いや、思い出さないほうがいい。

必死に暗黒の記憶を封印しようとする詩織の脳内に、孝弘の前でしでかした数々の失敗が蘇《よみがえ》る。

中学の頃、学校帰りに孝弘と待ち合わせし、階段の下にいる彼に駆け寄ろうとして、制服のスカートからパンツ丸出しで転げ落ちたこと。

高校の頃、文化祭に孝弘を呼び、クラスメイトに強引に着せられた大根の着ぐるみ姿で入場ゲートに迎えに行ったこと。

それから、短大入学のお祝いにもらったパステルカラーのジュエリーに対して『飴《あめ》みたいで、おいしそう』とつい余計なコメントをしてしまったこと……

どのときも、孝弘は王子様のような顔に驚愕の表情を浮かべて凍りついたり、あるいは大笑いしたりしていた。

恥ずかしすぎて思い出したくない。ついでに孝弘の余計な記憶も消したくなってきた。

「本当に、顔に似合わず面白いな、君は。美人だし、申し分のないご令嬢なのにね……」

「あ、あの、すみません。女らしくないって母に未だに叱られているんです、私」

そう言うのと同時に、お正月の親戚の集《つど》いで耳にした、歳の近い従姉《いとこ》の文句が脳裏を過《よぎ》った。

『なんで詩織ちゃんが小早川さんの婚約者になれたの？　本家のお嬢様だからって優遇されすぎ！　あの子、そんな柄じゃないじゃない！』

確かにそのとおりだ。親の立場的には釣り合っているとはいえ、なぜドジで平凡な詩織が……と思う人は多いだろう。

「でも俺は詩織といると楽しいけど」

孝弘の明るい声に、落ち込みかけていた詩織は顔を上げた。

「取り澄ましたお嬢様より自由な君のほうがずっと好ましい。面白くて」

「あ、あの、面白いって褒め言葉ですか？」

びっくり箱みたいで、ある意味意外性はあるのかもしれないが、孝弘はそれでいいのだろうか。

内心冷や汗だくだくの詩織に笑いかけ、孝弘はジャケットを手に立ち上がった。

「俺にとっては褒め言葉だよ。……さ、映画館に行こう」

そう言った孝弘は、ひどく機嫌の良さそうな表情をしていた。

映画を見終わり、詩織は孝弘と二人で初夏の街を歩いていた。

カフェやギャラリー、ブティックの並ぶ美しい街並みには好奇心をそそられるが、詩織はさっきから落ち着かない気分だ。

──な、なんで今日は手を繋ぐ……のかな……？

すたすた歩いて行く孝弘は、なぜか映画館を出てから、詩織の手をしっかり握ったままだった。

紳士である孝弘は、今まで一度も詩織に触れたりしなかったのに……一体どのような気持ちの変化が起きたのだろうか。もちろん嫌な気分ではないが、非常に落ち着かない。

道行く人が孝弘をじっと見ている。シャープで端整な顔立ちに、まっすぐに伸びた背中。清潔感に溢《あふ》れた美貌の彼は非常に人目を引く。

ちなみに、三千九百円のジャージー素材のワンピースを着た凡人の詩織には、誰一人として注目していない。人の視線は正直だなと思う。

──ああ、いくらラクチンだからって、こんな服買うんじゃなかったよ……それに今更だけど、この柄、ミノムシみたいじゃない？　茶色だから使い回しが利くって言われたけど、ミノムシっぽいよね？

気づいてしまったが最後、『私のワンピースはミノムシ柄』ということしか考えられなくなってきた。

しかも、相変わらず孝弘の手は詩織の手を握ったままだ。意識したら、ますますドキドキしてしまう。

──だ、だめだ、混乱してきた！　緊張する、どうしよう。

「詩織」

「ハッ、ハイッ！」

詩織は上ずった声で答えた。自分の顔が真っ赤なのはわかっている。昔からの婚約者とはいえ、これほどのイケメンに手を繋がれて赤くならずにいられるものか。少なくとも凡人の詩織には無理だ。

詩織の、『私、ずっと地味子で男性と縁なんてありませんでした！　今、舞い上がってます！』と丸わかりの態度がおかしいのか、孝弘がくすっと笑った。

「どうしたの？　手を繋ぐのは嫌？」

「い、イイエ、あの、イイエ、あの……」

悲しいかな、日本語すら出てこない。

そのとき、口をパクパクさせている詩織の手を孝弘が軽く引き、身体を抱き寄せた。

——え……っ？

見た目よりもたくましい身体の感触に頭の中が真っ白になる。同時に、自転車に乗った子供がすごい勢いで二人の脇を通り過ぎていった。

子供を見送った孝弘の腕の力が緩《ゆる》む。

「あの子、危ないね。この辺の歩道は狭いのに」

びっくりするくらい間近に孝弘の顔がある。詩織は真っ赤な顔のままぎこちなくお礼を言った。

「あ、あ、ありがとうございます」

顔が熱い。真っ赤になっているのが自分でもわかる。

毎日あんなにエロい小説を書き殴っているのに、現実の詩織は男性と接触したことなどほとんどなく、婚約者に触れられただけで舞い上がって汗だくになっているのだ。我ながら情けない。

──そ、そうだ、場を和《なご》ませよう、何か、こう、なにか世間話を……世間話をするんだ！

空回りしていることを自覚しつつ、詩織は孝弘を見上げた。

「あ、あの、な、なんか、私の服、ミノムシみたいじゃないですか？」

「は？」

孝弘が詩織の唐突な言葉に目を丸くする。

「いえ、あの、お店の人に『ブラウンベースのモザイク風の柄だから使いやすいですよ』って言われたんですけど、なんか、ミノムシに似てるなって気づいちゃって」

孝弘がびっくりした顔のまま、詩織の着ているワンピースに目をやった。

……沈黙が痛い。余計なことを言わなければよかった。

詩織は、そっと孝弘から目をそらす。

――私……なんでこうなのかな……日に日に好感度をダウンさせているような……とほほ。

ガックリと落ち込んだ詩織の頭に、ふいに孝弘の手が乗せられた。

「君は今日の服が気に入らないんだな。わかったよ。プレゼントする」

孝弘の肩は、笑いをこらえようとして震えていた。

――……って！　孝弘さんがまた死にそうなくらい笑ってる……！

「あの店はどうかな」

詩織の肩を抱いて、孝弘が高級ブランド店を指差す。

「ち！　違います！　すみません。服を買ってほしいという意味じゃないんです！」

「いや、たまには詩織の服も見立ててみたい。アメリカでいつも考えてたんだ。君と結婚したらああしよう、こうしようって、色々と」

「ちょっ、待っ……！」

なぜか非常に機嫌のいい孝弘に引っ張られ、詩織は隠れ家サロンのようなお店に連れていかれてしまった。休日の昼間だというのに店の中にはあまり人がいない。ダウンライトで照らされたマネキンが着ている服は夏物の薄いワンピースだが、控えめに置かれた値段表を目にして詩織はぎょっとなった。

――高すぎる。この服一枚で私のミノムシが何匹買えるのかな。

実家を出たあと、親の持つマンションに住むことで家賃だけは無料にしてもらっているものの、それ以外の生活費は詩織が自分で賄《まかな》っている。

それが、一人暮らしにあたって両親が出してきた条件だったからだ。

おそらく両親は、多少苦労させれば、お嬢様育ちの詩織など、すぐに音《ね》を上げて戻ってくると思っていたのだろう。エロ小説家の仕事に挫折《ざせつ》しない限り、戻る気はないのだが。

そんなわけで、詩織はあまりお金がないのだ。ブランド物も自分では買わない。

「いらっしゃいませ」

笑顔で迎える店員に、孝弘が落ち着き払った口調で告げた。

「彼女の服をひととおり見立ててもらえますか」

「かしこまりました」

詩織は、店員に愛想笑いを返した。こんな場所で、服を買う買わないと押し問答するのは恥ずかしい。

——試着して、今日はいらないって言えばいいわ。

何着かワンピースを持ってきた店員は、詩織の靴を一瞥《いちべつ》すると、笑顔でノースリーブの赤みを帯びたオレンジのワンピースを差し出してきた。

そういえば今履《は》いているパンプスは、母に押し付けられたどこぞのブランド品なのだ。

「お連れ様にはこちらがよろしいかと。いかがでしょうか?」

光の加減で赤みの濃くなるワンピースは、蕩《とろ》けるような手触りだった。

布自体にグラデーションがかかっているので、単色でも非常に美しく見える。さらに、カッティングが絶妙なのだろう、『このワンピースには余計な装飾など不要だ』と思えるデザインだ。

——綺麗な服……でもオレンジ色なんて派手だよね。どうしよう、一応着るだけ着てみようかな。店員さんは自信満々オススメです! って感じだし。

好奇心に駆られた詩織は、そのワンピースを受け取って着替えてみた。

気おくれしつつもワンピースに袖を通した詩織は、思わずまじまじと鏡を覗《のぞ》き込む。

地味で色白としか思っていなかった自分が、まるで洗練された淑女《しゅくじょ》のように見えた。

「孝弘さん!」

試着室から出て、弾んだ声で孝弘を呼ぶ。

まさか自分がオレンジ色を着こなせるとは思わなかった。ぜひ彼にも見てほしい。

「すごいです。こんなに明るい色なのに私でも着られました!」

「へえ、似合うな」

感動のあまりはしゃいだ口調になってしまった詩織を見つめ、孝弘が満足げに腕を組んだ。

「そちらのお靴にも合うのではないかと思いまして」

詩織のベージュのパンプスを示し、店員がそう言い添えると、孝弘はすぐに頷いた。

「そうですね。よく似合ってる。ではこのワンピースを頂けますか」

即決され、詩織は慌てた。別に買ってほしくて試着してみせたわけではないのだが。

しかし口パクで『いりません』と訴えたのに、孝弘には綺麗に無視されてしまった。

「かしこまりました。お客様、合わせてこちらなどいかがでしょう」

笑顔の店員が今度は大ぶりのネックレスを差し出してくる。

「お召しのワンピースとのシリーズとして、デザイナーが提案したものなんですよ」

胸のところに、アンティーク調のネックレスをあてがわれ、詩織はなるほどと納得してしまった。

――確かにすごく合う。金古美《きんふるび》っぽい金具がこの色にぴったり。この螺鈿《らでん》みたいなパーツもいいな。

「じゃ、それもください」

詩織の姿をひと目見た孝弘が、再びあっさりとオーダーした。

動転し、詩織は孝弘の顔を見上げる。

――孝弘さん、待って……あの……値札見てます……？

合計すると、詩織の書くエロ小説一冊分の印税が吹っ飛ぶほどの値段になっている気がするのだが。

「このまま着て出かけたいんですけど」

孝弘の言葉に、店員が心得ているというように頷いた。

「かしこまりました。ご準備いたします。……お客様、こちらはいかがなさいますか」

店員が、詩織に、いかにも高級インポート物と思われるストッキングを差し出した。

『うちの服に通販の一足五十円のストッキングを合わせるな』という意味だろう。

——デスヨネ……脚に色が合ってないですもんね！

詩織はそれを無言で受け取った。さすが、プロの販売員の目は誤魔化せない。

「何か上に羽織るものもお見立てしましょうか。こちらのカーディガンですと冷房よけにいいですし、ワンピースの上に羽織ると可愛いですよ」

次に店員が持ってきたのは、パンプスと色調のよく似た薄手のカーディガンだった。

若い女性向けらしく、身ごろに小さな花が縫い付けられていて、品があるのに可愛らしい。

——か、可愛いけど……これ以上はいいです！　ン万円の冷房よけはいらないです。

ノースリーブでも気合で乗り切ります。

内心全力で拒絶する詩織の傍《かたわ》らで、孝弘があっさり言った。

「じゃ、それもください」

「ありがとうございます」

孝弘からクレジットカードを受け取った店員がレジに向かったあと、詩織は彼にそっと耳打ちした。

「あの、孝弘さん……いりません、こんな高い服。この間指輪も頂いたのに」

「似合うんだから構わないだろう？　五年も離れ離れだったんだし、少しくらいプレゼントさせてほしい」

孝弘は優雅な美貌に似合わず、意外と頑固なのだ。だがやはりこんな高価なプレゼントは詩織としても困ってしまう。

——断っても、絶対にプレゼントしてくれるんだろうな。はぁ、どうしよう。婚約者の財力に、こういう意味で悩む日が来るとは……

詩織は孝弘に翻意《ほんい》させるのを諦めた。店員に連れられてもう一度試着室に入り、外に行けるように服を整え直して、孝弘の前に立つ。

「いいね、すごく綺麗だ」

「綺麗……ですか？」

詩織は思わず穿《は》き替えたばかりのストッキングを見下ろした。

——確かに、こんなに綺麗なストッキング初めて穿《は》くかも。

じっと自分の脚を見ている詩織がおかしかったのか、決済のサインを終えた孝弘が立ち上がり、詩織のほうに腕を差し出して微笑んだ。

「どこを見てるの？　綺麗だって言ったのは君のことだよ」

澄んだ茶色の目には、からかうような光が浮かんでいる。

ストレートに褒められてどんな顔をしていいのかわからず、詩織はおろおろしながら、差し出された彼の腕に指をかけた。

「あああ、あの、ありがとう……ございます……」

やっぱり、孝弘とこんなふうに寄り添うのは落ち着かない。婚約指輪を受け取ってからというもの、彼との距離が近くなったように感じるのは気のせいだろうか。

「これからは俺の見立てたものも身につけてほしいな。せっかく詩織は綺麗なんだし」

「い、いや、私は別に、綺麗では……」

ドキドキしすぎて、変な汗が出てきた。なぜ、急にたくさん贈り物をされて、恋人同士みたいに密着されるのだろう。嫌ではないのだが、緊張してしまう。

「綺麗だよ。君はそういう自覚がないところがいけない……ちょっと不安になるな」

店を出て歩きながら、孝弘が呟いた。

「いえ、そんな……そう言っていただけるのは嬉しいんですけど」

詩織は首を横に振った。素材は母譲りなので多少ましかもしれないが、中身が若干、いや、相当残念な女だという自覚はある。

母からの『何なの貴方は！　品がない！』というダメ出しや、親戚の女の子達の、きっちりメイクをし、ブランド物で固めた美しい姿を思い浮かべると、自分はどうも劣っている気がしてならないのだ。

詩織が孝弘に大事にしてもらえるのは、たまたま生まれた家柄が良く、たまたま彼の婚約者に選ばれたからだ。

それがわかっているので、こうやってお世辞を言ってもらえて嬉しい半面、申し訳ないとも思ってしまう。

——釣り合ってないのは、わかってるんだよなぁ……

孝弘に悟られないよう、小さくため息をついたとき、孝弘がふいに口調を変えて言った。

「詩織、俺は本気で褒めてるんだよ」

孝弘が真剣な顔で詩織を見ている。街路樹の木漏れ日が彼の端整な顔に淡い影をまだらに落とし、彼の茶色の目を琥珀《こはく》色に輝かせていた。

笑って誤魔化そうとした詩織の顔から、笑みが引いていく。

「え、えっと、あの」

「五年前、海外赴任が決まって、君をアメリカに連れて行きたいと言ったときも、俺は本気だった。どうしても君と離れたくなかったんだ。でも、君自身に断られてわかったんだよ。俺が頼りないから受け入れてもらえないんだってことが」

――えっ？　突然、何の話？

目が点になってしまった詩織を置き去りにして、孝弘が話を続ける。

「だから俺は、詩織に信頼してもらえる一流の男を目指して頑張ったつもりだ。父や叔父さんに言われた以上の結果を出すため、赴任期間が延びてもアメリカに残ってね。そのおかげでそれなりに評価されるようになったし、成長もしたと思う」

孝弘が有能なビジネスマンなのは知っている。実家に帰ったときに父からさんざん聞かされた。むしろ『孝弘くんに釣り合うようお前もしっかりしろ』と檄《げき》を飛ばされたほどだ。

――い、いや、あの、違います。私、もっとしょうもない理由で、あのとき結婚を断って……

詩織の背中を汗が一筋伝った。何か誤解が生じているような気がする。

「今もそうなんだろう。君の全てを委《ゆだ》ねるには俺が頼りないんだよな、詩織」

「い、いや、孝弘さんに全てを委《ゆだ》ねようなんて思ってないですよ。私も一応働いてるんですから」

しどろもどろになった詩織の顔を覗《のぞ》き込み、孝弘は低い声で言った。

「そうだね。君が言いたいことはわかる。君は、俺がいなくてもいつも満たされていて楽しそうだ。でも俺は……今度こそ詩織に必要とされたい」

孝弘の言葉の意味がよくわからず、詩織は彼の様子をうかがった。

とたん、孝弘が我に返ったように首を振り、穏やかな笑みを浮かべて詩織の腕を軽く引く。

「何が食べたい？　和食がいいかな。イタリアン？」

「え、ええ……私はどちらでもいいです」

話をそらされたことを感じながら、詩織は彼の後に従った。

——どういう意味？　な、なんか、まるで私のことを好きみたいな発言を聞いたような……いや、まさかね……

本日何度目かわからない緊張感が詩織を襲う。

この関係は親が決めた、家のためのものだ。孝弘は、必要以上に詩織に好意を寄せてはいないはず。お互い平和な家庭を作れればそれでいいと考えているはずだ。

旦那様がクールなイケメンで、地味な奥さんはかっこいい旦那様に一方的に憧れている。詩織と孝弘は、そういう夫婦になるはず、なのに……

しかし、詩織の頭からは、孝弘の呟いた意味ありげな言葉が消えてくれなかった。

第二章　王子がケモノに豹変《ひょうへん》しました

『俺は今度こそ詩織に必要とされたい』

先週末のデートのときに孝弘に言われた台詞《せりふ》が、相変わらず詩織の頭の中をぐるぐる回っている。

──アレはどういう意味なの？

思い出すだけで落ち着かず、キーボードを叩く手が止まりがちになる。

あの言葉を口にして以降、孝弘はもう意味ありげなことを何も言わなかった。いつもどおりの、紳士的で優しく、落ち着き払った態度。あまりにもいつもどおりだったからこそ、逆に孝弘の言わんとしたことが気になって仕方がない。

──五年前、私のことを本気でアメリカに連れて行きたかったたって言ってた。どうして？　あの頃の私じゃ子供すぎて、絶対何の役にも立たなかったのに。

詩織は、当時のことを頭に思い浮かべた。

五年前、短大生だった詩織は、小説を書くのにハマっていた。

特に書いていて楽しいのは恋愛モノだ。

婚約者は優しかったが、年上なうえに名家の御曹司で気を使う。それに詩織は女子校育ちで男子の知り合いなどほとんどいない。そんなわけで、普通の恋愛とは縁のなかった詩織の『恋に対する想像の翼』は大きく広がった。

そこまでは、普通のお話を書くのが好きな女の子とそんなに変わらないのだが、詩織はいつしか、さらに一歩踏み込んだ恋愛小説……つまり女性向けエロ小説の執筆に目覚めてしまったのだ。

兎《と》にも角にも、詩織はエッチな話が好きなのである。エッチな話のほうが読んでいてドキドキするし、登場人物の気持ちに感情移入できる。

切なさも、エッチありのほうがキュンキュン度が増すと思う。少なくとも詩織はそう感じる。

——要するに、何をどう言い訳しようとも、私はエッチありの恋愛モノが好きなんだよね……

あの頃の詩織は、知人には見せられないエロ小説を、一人パソコンに向かってちまちまと書いて、プリントサービスのお店で出力し、出版社の原稿募集に応募する……ということを繰り返していた。

今思えば大変な度胸であるが、自分の書いた本が出版されるかもしれないという夢の前には『そのエロ小説、親にバレたらどうするの？』とか『婚約者にバレたら大変だよ?』というような理性など全く働かなかった。若さというのは、恐ろしいものだ。

孝弘の実家である小早川家から『入籍を考えてほしい』という連絡が来たのは、ちょうど送った官能小説の原稿が認められ、編集部から『出版に向けて頑張りましょう』という夢のようなメールをもらった直後だった。

『息子を海外赴任させることになった。少し早いかもしれないが籍を入れて、詩織さんにも同行願えないだろうか』

という小早川家からの依頼に、父は即座に『短大を辞めて孝弘くんと結婚し、一緒にアメリカに行け』と詩織に命じた。だが、意外にも母が渋った。

『詩織はまだ子供です。家事もマナーもなっていないし、もう少し手許《てもと》に置いて色々教えないと心配で』

正直詩織は、母が反対してくれてホッとした。婚約しているとはいえ結婚などまだ先のことだと思っていたし、『短大を辞めなさい』と言われても、にわかには受け入れ難《がた》かったからだ。

普段どおりに学校に行って、友達とおしゃべりして授業を受けて……そんな生活がなくなるなんて想像できなかったのである。

そんな中、孝弘が珍しく、詩織に強く要求してきた。

『一緒に来てほしい。来てもらえないか』

そう言われて、日本に残りたかった詩織は何と答えたのだったか。

確か『孝弘さんが帰ってくるまで待っているので大丈夫ですよ』と言った気がする。

しかし彼は引き下がらなかった。

『三年程度と言われても、俺にとっては長い。だから一緒に来てほしい。駄目か？』

でも、小説家になることで頭がいっぱいだった詩織は、首を横に振ったのだ。

文章を書く人間にとって、自分の書いたものが本屋に並ぶというのはとてつもない憧れである。

正直に言えば、詩織は結婚のために、自分の本を出すチャンスを犠牲にしたくなかったのだ。

孝弘のことは好きだし、いつか結婚するのだろうと思っていた。だが、あのときは、そんな漠然とした未来よりも、『本を出す夢』『大学での勉強や友達、家族』のほうが大事だった。

夢だった小説家になれたのだから、あのときの選択を後悔はしていない。けれど……

五年前の記憶を押しやりつつ、詩織は頭を抱えた。

――孝弘さんは……もしかして私のことが好きなのかな？　なんだかそんな雰囲気を感じたけど、勘違いかな？　駄目だ、私、告白とかされたことないからわからない。

あれだけ書いているエロ小説が何の役にも立たないことに、詩織は若干絶望した。

詩織の書く話は、ヒーローの愛情表現が明瞭《めいりょう》で、そこが読者に好まれているのだと担当さんに褒めてもらったことがある。

逆に言えば、それくらいわかりやすく愛されないと、詩織は愛情を理解できないのだ。恋愛にうといのは、詩織自身も認めている。今まで彼氏などいたこともないし、告白もされたことがない。さらには男性に恋したこともないのだ。婚約者の孝弘が好きなので、それで十分だと思って生きてきた。

皮肉なことに、その恋愛アンテナの鈍さが詩織の書く恋愛小説にはいい意味で生かされ、『わかりやすく甘々らぶらぶ』という仕上がりに繋がっているのだが。

――もしかして私のこと、好きなんですか？　……なんて聞けない。そんなの本人に聞いたらアホだもん。

しかし、孝弘のような『イケメン・エリート・御曹司』が、本当に自分を好きになるなんて……現実としてありえないと思う。

だとしたら先日の言葉はどういう意味なのだろう。考えれば考えるほどわからなくなる。

髪を掻《か》きむしろうとしたところで、詩織は我に返ってキーボードに手を伸ばした。

早くプロット案をいくつか作って送らなくては。詩織の売りは『専業である分レスポンスが早い』ことなのだ。悩んで手を止めてしまってはいけない。

——頑張ろう。そうだ、この間応募した恋愛小説大賞の三次選考の結果はどうなったかな。

詩織は再び手を止めて、選考結果のページを開く。どうも、今日は集中できない。仕事の幅を広げたくて、性描写の薄い恋愛小説のコンテストに原稿を送ってみたのだが、通過したかどうかを確認していなかった。

「あ!」

名門出版社である『伯識社《はくしきしゃ》』の文学賞のページに自分の名前を見つけ、詩織は思わず声を上げる。

『あいだふみ』といういつも使っているペンネームと、『忠実に愛されます』という小説のタイトルが目に飛び込んできた。

発表から半月近く、締切に追われて忘れていたが……なんと三次選考を通過しているではないか。

最終選考通過者の発表は、今日からさらに半月後のようだ。

——ど、どうしよう! すごい! これは緊張する……!

どくどくと心臓が鳴った。

このペンネームは『しおり』という自分の名前をもじったものだ。

本、つまり『文』の『間』に挟まれる『栞《しおり》』をイメージしてつけたもので、自分でも気に入っている。官能小説の執筆時とは名義を分けようかとも考えたのだが、やはり変えたくなかった。

また、プロだと選考の際に不利になるという意見もネットで見たのだが、まあ、そのときはそのとき、と軽い気持ちで応募をしたのだ。改めて通過者の中に自分のペンネームを見つけると、嬉しさと驚きで胸が苦しくなった。

駄目だ。ネットに繋がっていると気が散ってしまって何もできない。

そうでなくても、孝弘の思わせぶりな言葉が気になって気もそぞろなのに。

しばらくドキドキしたあと、詩織は我に返ってインターネットの接続ケーブルをパソコンから抜いた。スマートフォンも寝室に持っていき、枕の下にしまい込む。

「よし、頑張ってプロット作って、初稿に着手しよう」

声に出してそう呟き、詩織はパソコンに向かって背筋を伸ばした。賞の結果なんて発表されるまでわからないのだ。今の段階で、気にしても仕方がない。

とりあえず雑念を遮断し仕事を進めてしまいたい。

熱心にパソコンのキーボードを叩いたり、大きな紙に付箋《ふせん》を貼り、プロットの流れを作ってみたりしているうちに、あっという間に外は暗くなった。

時計を見ると、もう二十時だ。

かなり集中していたらしく、プロットの他に、締切が来月の原稿も一万字ほど書き進めることができていた。

気づけばお腹が空いている。今から夕飯を作るのも疲れそうなので、カフェかどこかで軽く食事をすることにした。

寝室に放り込んだスマホをバッグに入れ、詩織は家を出た。何を食べようかなと思った瞬間、バッグの中でスマートフォンが鳴っていることに気づく。

――お母様かなぁ。ご飯食べに来いっていうメール、無視してたかしら。

のんきにスマートフォンを取り出した詩織は、画面を見てぎょっとした。孝弘からの電話だったからだ。平日に連絡が来るなんて珍しい。いや……結婚の約束をしたことで、連絡がこまめになったのだろうか。どちらにせよ待たせるわけにはいかないと、詩織は慌てて電話を受けた。

「はい、もしもし！」

『ああ、よかった。何度電話しても出ないから心配した』

電話の向こうで孝弘がほっとしたように言う。何のことだろうと思った詩織に、彼は続けた。

『昼から何度か連絡してたんだけど、返事がないから。ごめん、何回もメールして』

詩織ははっとして口元を覆《おお》う。

仕事に集中していたので、スマートフォンを確認するのをすっかり忘れていた。今回は女王が昔から密かに愛していた将軍に、明かり一つない暗闇で声を殺して身体を許すという、自分としては迫真のシーンを書いていて……いや、余計なことは言わなくていいのだった。

『どうしたの？』

孝弘の声が怪訝《けげん》そうになったので、詩織は急いでフォローを入れた。

「今日ずーっと仕事してたんです！　ごめんなさい」

『メールも見ずに？　……いや、ごめん。なんでもない。良かったらこれから食事に行かないか？』

途中まで暗かった孝弘の声が、ふいに明るくなる。優しい口調にホッとして、詩織は彼の提案を受け入れた。ちょうどお腹が空いているし、今日一日誰ともしゃべっていないので、誰かと会話がしたかったのだ。

「わかりました。どこに行けばいいですか？」

『ちょうど君のマンションの最寄り駅に来てるんだ。花屋の前はどう？』

「あ、わかりました。じゃ、今から駅のお花屋さんに行きますね」

詩織は孝弘に、あと五分くらいで着くと伝えて電話を切った。

――悪いことしちゃったな。他の人からも連絡来てないかな。

赤信号で立ち止まり、詩織はスマートフォンを確認する。今日は一通だけメールが来ていた。高校時代からの友人マリからのものだ。

趣味が合う友人なのである。そう、『趣味』が……

同じクラスになって仲良くなり、初めて本の貸し借りをしたときに、マリがエロエロなＢＬ《ボーイズラブ》漫画を平然と差し出してきた衝撃は忘れられない。あの日からマリは、詩織の盟友になったのだ。

マリからのメールの内容はいつもと変わらなかった。

『この小説超エロかった。読んで。あといい本あったら教えて。サイトでもいい。よろしく！

追伸：詩織の新刊出たら、お金出すから頂戴！』

言いたいことだけ書いた文章だ。オススメだという小説サイトのＵＲＬまで貼ってある。

ちなみに彼女は、詩織の仕事を知っているが、義理固い彼女はきちんと秘密を厳守してくれている。

――マリのオススメってことは相当濃い内容だよね、あの子のエロコンテンツに対するアンテナはすごいなぁ……

あとで読んでみようと思いつつ、詩織は青信号を渡って駅の花屋に急いだ。

洒落《しゃれ》た花屋の前に、スーツ姿の孝弘が立っている。初夏だがきっちりとネクタイを締め、グレーのスーツを身につけた彼はいつもと同じく涼しげに見えた。

「お待たせしました！」

明るい声で挨拶《あいさつ》しながら駆け寄ると、妙に暗い顔をしていた孝弘が我に返ったように微笑んだ。

「やあ、今日はカジュアルな格好だな」

詩織はそこで、自分の服装がクロップドパンツと半袖のブラウス、足にはサンダルという、近所に買い物に行くような格好であることを思い出した。

――し、しまった！　孝弘さんと会うときにこんな格好してくるなんて。

母に知られたら大目玉を食らいそうだ。いつも『孝弘さんにお会いするときは、小早川さんのお家に対して恥ずかしくない装《よそお》いで！』と念を押されているのに。だがよく考えたら、前回のミノムシワンピの時点で失敗しているので今更である。

「あ、す、すみません……たまたま外に出たときにお電話を頂いたので」

「別に謝ることないのに。そうだ、どこに行きたい？　詩織のおすすめの店はあるかな」

「え、えっと」

詩織は慌てて考えを巡らせた。この格好では入れるお店など限られている。

――あ、そうだ、いつものところにしよ。あそこならどんな格好でも平気。

詩織はぽんと手を叩き、孝弘に提案した。

「私がよく行く中華料理のお店はどうですか？」

「いいよ。詩織が食べたいならそこにしようか」

孝弘も賛同してくれた。しかし今から行くのは、おそらく彼の想像しているような、高価な壺が飾られてチャイナ服の美人が案内してくれるようなお店ではない。

詩織は彼を連れて、馴染《なじ》みの中華料理屋に向かった。いつ行ってもサラリーマンでごった返す飲み屋兼定食屋だが、どのメニューも美味《おい》しいのである。料理だけでなく、生ビールまで美味《おい》しい。

「ここです、いいですか？」

店の引き戸に手をかけて、詩織は孝弘を振り返った。

「構わないよ。渋いお店だね」

あまり綺麗ではなく店員さんの大声が響き渡るお店を見て、案の定、孝弘は驚いた顔をしていた。

こういうところには来たことがないのかもしれない。

詩織も一人暮らしを始めるまではそうだった。だが、一度入ると案外馴染《なじ》める。

「……男性客ばかりだね」

辺りを見回し、孝弘が何か言いたげな表情で呟く。

「そうですか？　駅ビルのレストランが近くにあるから、女の人はそっちに行くのかもしれませんね」

早速注文した生ビールを飲んだ詩織は、機嫌よく答えた。

「このお店は誰かに連れてきてもらって知ったの？　例えば仕事先の人とか……」

焼酎《しょうちゅう》のロックのグラスを揺らしながら、孝弘が真顔で聞いてくる。

「いいえ、引っ越してきたとき、近所を歩いていて見つけました。いい匂いがしたから入ってみたの」

笑顔でそう答えた瞬間、早速麻婆豆腐《マーボーどうふ》が運ばれてきた。ここは料理の提供も早くて良い。

この麻婆豆腐《マーボーどうふ》は詩織の大好物だ。急いで取り分け、一緒に運ばれてきたご飯と一緒に頬張る。

――美味《おい》しい！　はー、おなかすいてたから天国！

そんな詩織の様子を見て、孝弘は言った。

「楽しそうだ。君がそうやってニコニコしてると、俺まで楽しくなる」

そう言って、孝弘は上品な仕草でレンゲを口に運んだ。

「……ああ、確かに美味《おい》しいな」

「でしょう？　私、毎週来てます！」

詩織はそう言って、残りの麻婆豆腐《マーボーどうふ》をかきこんだ。仕事の後の一杯に、大好物の麻婆《マーボー》豆腐《どうふ》。どちらも美味《おい》しくて幸せを感じる。

「ねえ、詩織」

レンゲを置いた孝弘が、真面目な口調で詩織を呼ぶ。

「食事が終わったら君のマンションに行っていいか？」

突然の申し出に、詩織は驚いてビールを飲む手を止めた。

これから来られるのは困る。家は散らかり放題のままだ。この前もそうだが、彼はなぜ、詩織の家に来たがるのだろう。

彼を呼ぶのであれば、全ての本を本棚に片付けるのはもちろん、ブックカバーをかけねばならない。この前届いた見本誌も置きっぱなしなので、それもどこかに隠さなくては。それから書き散らしたアイディアメモも全て回収する必要がある。

詩織のマンションは普段、近所に住む母が『貴方の暮らしぶりを確認します！』と突撃してくるくらいで、基本的に来客はない。その母も、部屋が散らかっていることには怒るが、少女漫画っぽい絵の描かれたエッチな小説や、一見意味不明なメモには興味を示さなかった。

『部屋を片付けなさい』と文句を言いつつ、一度も中身を見ようとはしないので、油断してそういう本が増えてしまったのだ。

「ちょっと散らかってるので……今日はごめんなさい」

「そんなのはいい。気にしないから」

――駄目です。机の上に置いてある雑誌の下に、合体中のイラストが入った小説とかが隠れてるので、見つかったら私の人生が終わります。色々と終わるのです。

詩織は愛想笑いを浮かべて話を誤魔化そうとした。

「本当に散らかっていて呆れられそうなので……結婚するまでには掃除を習慣にしておきますね」

「どうしても話したいことがあるんだ」

適当に話を終わらせようとした詩織は、孝弘の深刻な口調に動きを止めた。

「なん……でしょうか……」

まるで別れ話でも切り出されるかのような重い空気に、詩織は息を呑む。

孝弘は、何か言いたいことを呑み込んでいる表情で、詩織と目を合わせようとしない。

――どうしたの……かな……

不穏な気配に、ほろ酔い気分がすっと引いていく。

「俺はもう食事はいい。詩織が食べ終わったら出よう」

「あの、話って、何ですか」

「ああ、今後のことを色々ね。正直に言うと、最近、君のことがよくわからなくなってしまって」

胸がずんと重くなる。孝弘のこんな冷ややかな表情を見るのは初めてだ。

──私、何かした？　怒ってる？　もしかして、結婚はやめよう……とか言われるのかな？

ふいに、悪い想像が頭の中に湧き出した。

そういえば、今まで孝弘と結婚しない未来なんて、考えたことがなかった。

彼と詩織の結婚は家が決めたことで、絶対に覆《くつがえ》らない。二人で淡々と穏やかな人生を築いていくのだと信じ切っていた。

──あ、あれ……？

知らないうちに指先が震えていた。一拍遅れて、孝弘の言葉にひどく動揺している自分に気づく。

いつも紳士で優しい孝弘は、これからも穏やかで優しいままなのだと思い込んでいた。まさか彼に冷たい顔をされただけで、こんなに不安になるなんて。

「……私も、ご飯はもういいです」

大好物の麻婆豆腐《マーボーどうふ》を残したまま、詩織は首を横に振った。いくら美味《おい》しくても、これ以上は喉を通りそうにない。

こんな怖い顔で持ちかけられる話とは、一体何なのだろう。

孝弘の『食事代は俺が払う』という申し出を断り支払いを終えると、詩織は孝弘とともにのろのろとマンションに向かった。

「本当に散らかってますから」

だが、深刻な表情の孝弘は、『いいよ』と生返事をするだけだ。

――やっぱり私じゃ、小早川家の妻として不合格とか言われるのかな……

暗い気持ちでドアを開け、彼を中に案内する。

「どうぞ、お上がりください」

何か出せる飲み物はあったかな、と考えながら孝弘の先を行こうとした詩織の身体が、ぐいっと背後に引き寄せられた。

何が起きたのかわからず、詩織は手に持っていたバッグを落としてしまう。

背後に硬い身体の感触を感じ、ようやく理解した。

詩織は今、孝弘に背後から抱きすくめられているのだ。胸の下に回された腕の力はきつく、容易に解けそうにない。

「孝弘さん……？」

詩織は焦って振り向こうとしたが、孝弘の腕は解けない。詩織の頬に、さらさらの髪が触れた。

「最後に一度だけ聞くよ。君は本当に俺と結婚したいのか」

質問の意味がわからず、詩織は孝弘の腕の中で身体をこわばらせた。

――し、したいというよりは、もう決まっていて、あとは淡々と平和にやっていくものでしょう?

そう答えようとしたが、言葉は口の中で掻《か》き消えてしまった。

「別に俺と結婚しなくてもいいと思ってるんだろう?」

「そ、そんなことないです」

「そうかな? 詩織はいつも他人行儀だ。君から連絡をくれたことなんか一度もない。俺が日本に戻ってきて二ヶ月も経つのに、まだ家にも呼んでくれないし、休日に君から誘ってくれたこともない。最近はもう、俺の存在が迷惑なんじゃないかと思い始めてるよ」

脚が震え始めた。孝弘との間に、何か誤解がある。

詩織が彼に連絡をしないのは、両親から『忙しい孝弘くんの邪魔は絶対にしないように!』と言い含められているからだ。

もちろん詩織も、両親の言うとおりだと思っている。詩織のほうが暇な身なのだから、孝弘の都合が良いときに声をかけてもらおうと連絡を控えているだけなのに。

「ここまでそっけなくする理由は、俺に会うのが嫌だからか」

詩織を抱きしめる腕に力がこもった。

「あ、あの、あの……ごめんなさい、連絡しなかったのは、忙しいから迷惑かなと思って」

詩織の答えに、孝弘が微《かす》かに笑い声を立てた。

その声がひどく陰《かげ》りを帯びたものに聞こえ、詩織は身体を硬くする。

「忙しそうだから連絡しない？　忙しそうだからメールくらいしてあげよう、じゃなくて？　……五年前、一緒にアメリカに来てくれなかった時点で答えは出ているのかなと思ってたけど、考えたくなかった。やっぱり俺のことなんか何とも思ってないんだね、君は」

「そんなことないです」

詩織の口から出たのは、案の定、薄っぺらくて重みのない言葉だった。

「そんな無難な答えは求めてないよ」

「ほ、本当に、そんなこと、ない……」

泣きそうになりながら、詩織は言った。唐突に色々なことを言われた驚きで、頭が働かない。

これまで想像していた『紳士で優しくて、ちょっと距離感のある孝弘』の姿と、今自分を強く抱きしめている彼の姿が重ならなくて、なんだか怖かった。

「俺との結婚が嫌なら嫌だとはっきり言ってくれ。いや、本音を言えば俺を好きだと言ってほしいけど……詩織の正直な気持ちを聞きたい」

もちろん、結婚が嫌だなんて思っていない。

――ど、どうしよう。そんなことないですって言えば……

再び軽い言葉が口から飛び出しそうになったが、詩織はすんでのところで唇を噛んだ。

『一緒にいられたら、それで十分満足』というのが、詩織が自分で認識している正直な気持ちだ。

だが、その答えが孝弘の求めているものではなかったら。

孝弘が、今日を限りに離れていったとしたら。

想像した瞬間、詩織の胸にずきんと痛みが走った。

詩織は今まで、『孝弘が自分をどう思っているか』だけを気にしていた。

だが、彼の気持ちを気にしつつも、これから先も、孝弘はずっと一緒にいてくれて当たり前……そう思い込んでいたのだ。

何もかもが完璧すぎて遠く感じる彼の後ろを、自分が黙ってついていくだけだと。

――一方的についていくだけの関係でも構わないけれど、側にいられなくなるのは嫌だ。

そう考えている自分に、詩織は今初めて気がついた。

「い、一緒にいたいです……孝弘さんと一緒に……」

考えがまとまらないまま、詩織は震え声でそう告げた。

口にした瞬間、今まで不鮮明だった感情が、霧を払うようにくっきりと輪郭を見せる。

孝弘の答えを待たず、詩織は続けた。自分にすらよく見えていなかった気持ちだけれど、孝弘に心を揺さぶられ、必死になった今なら言葉にすることができる気がした。

「あの、私、鈍いから、自分が恋してるのかとか、相手がどう思っているのかとか、どっちもよくわからなくて、将来もずっと孝弘さんといられるんだって、それしか考えていませんでした。何も焦ることなんかなくて、いつか時が来たら平和に結婚するんだって」

痛いくらいに詩織を戒《いまし》めていた腕がふと緩《ゆる》む。

詩織は身体を捩《よじ》り、間近で孝弘の顔を見ながら続けた。

「孝弘さんも私と同じなんだって思ってました。家格が釣り合っていて、私にこれといって大きな問題がないから結婚しようと考えているんだって。そうやって合理的に、私を選ぶんだろうなって」

「……合理的に選ぶなら、君じゃなくたってよかった」

その答えに、詩織の肩がびくりと揺れる。

――どういう意味？

眉をひそめた詩織を、孝弘が透き通るような茶色の瞳でじっと見つめた。

「俺と君の婚約に関しては、君の従姉《いとこ》の女性やら、他のグループ企業のオーナー一族のご令嬢やら、いろんなところから横槍《よこやり》が入ったんだ。古河家のお嬢さんではなく、うちの娘はどうですかってね。全部不愉快だった……なぜ俺と詩織の邪魔をするんだろうとしか思えなかったから」

そんな話は初耳だ。しかし、ありえることではある。小早川家に有利な提携の話を持ちかけ、詩織と孝弘の婚約を反故《ほご》にさせようとする人間など掃いて捨てるほどいるに違いない。

その中に自分の従姉《いとこ》とその親が含まれていたというのはトホホな気分だったが。

「五年前、詩織に振られるまで、俺は自分を世界一幸せな人間だと思ってたんだ」

「ちょっと待って、振られるってどういう意味ですか！」

続く孝弘の言葉に詩織はぎょっとなった。

彼を振った覚えなどない。アメリカに一緒に行くかと問われ、戻ってきたら結婚すると答えただけだ。孝弘が帰国するまで、五年もかかるとは思っていなかったけれど。

「表現が不適切だったかな。でも振られたも同然だ。あんなに真剣に頼んだのに、君の答えはノー一点張りで。あのとき俺は思った。ああ俺は、自分で思うほど詩織には愛されてないんだなって」

「そんなことないです！　誤解です！」

思わず大きな声が出た。孝弘が美しい形の目を大きく見張る。

詩織は自分で自分の勢いに驚きつつ、言葉を続けた。

「私、日本を離れるのが不安だったんです。まだ子供だったから！」

「それはそうだけど、絶対に俺が守ると何度も言ったはずだ。詩織は俺を信用できなかったんだろう？」

その言葉に一瞬怯《ひる》んだが、意外なことに、答えは詩織の唇からするりと出てきた。

「違います。あのとき、孝弘さんはもう社会に出て色々な仕事にも挑戦していたけど、私は短大生で何もしていなかったし、世間のこともまったく知らなくて……だから嫌だったんです。自分の人生が始まってもいないのに、何も知らずにお嫁に行って有耶無《うやむ》耶《や》になってしまうのが」

必死になればなるほど、今まで気づけなかった本当の気持ちが溢《あふ》れ出す。

――ああ、そうか。私、専業マダムになりたくなかったんだ。社会に出たかったんだなぁ……

自分は、母や親戚の女の子達のように、いい家に嫁《とつ》いで、お買い物にご馳走にエステ三昧《ざんまい》をして暮らしたいわけではないのだと、改めて実感する。

小説が書きたいし、できる限りは本が出したい。人におおっぴらに見せられる本でなくてもその気持ちは変わらないし、今の仕事は本当に好きだ。

孝弘と比べてどちらが大事というものではない。どちらも違っていて、両方大事なのだ。

「詩織」

険しい顔をしていた孝弘が、微《かす》かに表情を緩《ゆる》める。

詩織も、自分がすごい形相になっていたことに気づき、慌てて顔の力を抜いた。

「ごめんなさい。今の仕事も大もうけには程遠くて、孝弘さんから見たら取るに足りないものだと思います。だけど、私は好きだし、努力して手に入れた仕事なんです」

もし『それはどんな仕事？　何を書いてるの？』と聞かれたらまずい。そう思いつつ、詩織はぎゅっと唇を噛む。だが孝弘は何も尋ねてこなかった。

「そうだったのか。五年前詩織は俺を拒《こば》んだわけじゃなく、あの頃にしかできない経験を優先したんだな……それは理解した。もちろん俺はその選択を尊重するよ。自分の気持ちばかりを押し付けてすまなかった」

孝弘が穏やかな笑みを浮かべる。詩織は何も言えずに、彼の気品溢《あふ》れる笑顔をただ見つめていた。

「あのとき俺は、やっと大人になれて、堂々と詩織と一緒に暮らせるとしか思っていなかったんだ」

孝弘の手が詩織の後頭部に回る。そのまま詩織の頭は、孝弘の肩口に抱き寄せられてしまった。

「こうして詩織の正直な気持ちを聞いて思った。俺も子供だったのかもしれないって。詩織は小悪魔的なところがあるから俺を振り回して楽しかったかもしれないけど、俺は苦しかった。いつまで礼儀正しい親切なお兄さんでいればいいんだろうって」

「はい……？」

色々なことを一度に言われすぎて、頭の中が飽和状態だ。

だが、小悪魔というのは明らかに違うと思った。

詩織はちょっと人よりエッチなコンテンツを見たり作ったりするのが好きな、ただの残念風味の平凡女子だ。

――待って……孝弘さんの脳内で、私は一体どんな人物なの？

だが、疑問に思いつつも、胸はドキドキと苦しくなってくる。

孝弘が嘘をついているのでなければ、もしかしなくても今、詩織は愛の告白……というやつをされているのではないか。

――どっ、どっ、どうしよ……っ！　わ、私、私！

今更、顔に思い切り血が上った。頭が爆発しそうだ。頬も熱くて仕方がない。

「俺は昔から君が好きだ。当然知っていたよね。知っていて俺を振り回していた。違うか？」

「いえ、私、孝弘さんを振り回したことなんて」

そう。孝弘を振り回した覚えなど全くない。だが孝弘は端整な顔に皮肉げな笑みを浮かべて、詩織の言葉を遮《さえぎ》った。

「はっきり言うよ。俺は君に都合のいい、優しいお兄さんにはなりたくない。空気のような名ばかりの夫にもなりたくない。詩織のただ一人の男になりたいんだ。昔からずっと君のことを女の子として意識していたから」

心臓が、どうしようもないくらいばくばくと音を立てた。

まさか自分の人生に、こんなイケメンから愛の告白をされる日が来るとは思っていなかったので、当然ながら気の利いた答えも出てこない。

「そうなんですか？　あ、あの、知りませんでした」

「冗談だろう？」

孝弘が怪訝《けげん》そうに眉をひそめる。詩織は小刻みに震えつつも、正直に言った。

「全く、気づきませんでした。えっと、私と結婚するまでの間、孝弘さんは会社で普通に綺麗な彼女さんとか作って、人生エンジョイしているのかなと、勝手に思っ……」

正直な思いを告げた途端、孝弘が妙に酷薄な表情を浮かべた。

「へえ」

――あ、しまった。今、余計なこと言った。

そう直感したが、後の祭りだったようだ。詩織の身体を抱きすくめる腕が片方外れ、顎《あご》を指先でくいと持ち上げられる。

「やっぱり、俺に対して完全に無関心だな。そういうところが小悪魔だって言ってるんだけど」

「ち、ちが……小悪魔ちが……」

「小悪魔だろう？　待ち合わせは連絡もなしですっぽかすし、迎えに行けば露骨にシャワーを浴びて現れる。普通は、慌てて情事の痕跡《こんせき》でも消していたのかと思うよね。俺は思ったよ、詩織はどこの男と会ってたんだろうって。まあ仕事だったたって言われて納得はしてるけど……やっぱりモヤモヤするね。本当なのかなって」

とんでもないことを言われ、詩織の頭はクラクラしてきた。

――そ、そんな誤解を!?　だって私ですよ？　私ごときにそんなエッチな事件は起きないですってば。夜更かししすぎて風呂も入らず寝落ちしたんだなって思ってください！

内心そう答えた詩織の顎《あご》が、ゆっくりと引き寄せられた。

いや、孝弘の顔が近づいてきているのだ。息が触れるほど近くで、孝弘が囁《ささや》いた。

「詩織は、俺のこと好き？」

どくん、とひときわ大きな音が身体の中から聞こえた。

全身が燃え上がりそうに熱い。たぶん今、自分はゆでだこのような顔で孝弘を見つめているのではないか。そう思いながら、詩織はかすれる声を絞り出した。

「す、すき……」

『すき』という二文字を声にするのが、こんなに苦しくて緊張することだとは思わなかった。

けれど今は、曖昧《あいまい》にしていた気持ちがはっきりと見える。

詩織も孝弘が好きだ。

だけど、たまたま生まれた家柄が良かっただけで、お嬢様らしくなく、特に取り柄《え》もない自分が、本当に孝弘の隣に立てるのか自信がなかった。

政略結婚なのだから、孝弘も自分の側にいてくれるだろう。そう思って自分を安心させてきたのだ。

孝弘は優しくて穏やかで、王子様のように素敵な紳士だ。これからも詩織は、ずっとのんきに彼を慕っていられる。二人で平和に暮らしていける。

そんなふうに自分に都合よく定義していた未来は、たった今、孝弘の見せた意外な激しさに吹き飛ばされた。

丸裸になったような頼りない気分で、詩織はじっと自分を見つめる孝弘に尋ねた。

「あの、私、何か変なことを言ったでしょうか」

「いや」

孝弘が薄く笑ったまま、ふいに顔を傾けた。

——えっ？

詩織が戸惑いを感じる間もなかった。孝弘の柔らかな唇が、詩織の唇を塞いだ。

彼の鼓動が詩織の身体にも伝わる。

そのまま詩織の背中は、壁に押し付けられた。

孝弘がのしかかるように近づき、詩織の身体は、壁と彼の腕にできた空間に閉じ込められてしまう。

「……っ、う……」

キスされたまま、詩織は震える脚に必死に力を込めた。

これは、よく考えなくてもファーストキスだ。小さい頃に父や兄にされたのを除けば、男の人とこんなことをするのは初めてだった。しかも相手が孝弘だなんて信じられない。

孝弘の背広の身ごろを無意識に掴んで、詩織は必死に息を止めた。息が苦しくて涙が出てきた。

——お、落ち着いて思い出すのよ。自作のキャラはどうやって息をしていたか……だめ！　わかんない！

パニックに陥《おちい》った詩織は、窒息しかけて孝弘の顔を押しやった。

ぜえぜえと息をしながら口元を拭《ぬぐ》った詩織の顔に、孝弘の顔が近づく。

「息は鼻でするといいよ」

小さい声でそう言い、再び孝弘は詩織にキスをする。逃げても、唇が絡みついてくるように離れない。詩織はいつの間にか両肩を抱かれ、しっかりと捕まえられていた。

——は、鼻で息……を……。

逃れられないキスの激しさに、詩織の目尻に涙が滲《にじ》んだ、そのときだった。

——あれ、な、何?

舌先で唇をこじ開けられ、詩織は目を見開く。

熱を帯びた舌先が、優しく、けれど容赦なく詩織の口内を嬲《なぶ》る。

確かに、エロ小説の中でこういう行為について書いたことがある。しかしそれが、自分の身に起きるなんて……どうしていいのかわからないながらも、詩織はそっと口を開けた。

このシチュエーションで孝弘を押しのける勇気はないし、かといって自分から積極的に行く勇気もない。されるがままに舌を絡められつつ、詩織は震える身体で孝弘にしがみついていた。

——どうし……よう……

目をつぶってひたすら戸惑っていると、ふいに唇が解放された。

「詩織、ベッドはどこ?」

「えっ……あっ……あっちです……」

ベッドルームは居間から続く八畳間、家の一番奥にある。反射的に答えた瞬間、詩織の身体がひょいと抱き上げられた。

人生初のお姫様だっこだ。小さな悲鳴を上げて、詩織は孝弘の首筋にしがみつく。

詩織は小柄な方だが、まさかこんなに軽々と抱き上げられるとは思っていなかった。

「続きをしていいよね。俺は五年間焦《じ》らされたんだ」

「ま、待って、あの……結婚前に、こういうことは良くないと……」

「どうして? 人生は一日ずつ減っていく。詩織といられる時間もどんどん消費されていくのに? 長いお預けに耐えられたのだから、もう少し待てとでも言うつもりなのか?」

普段の孝弘らしくもない強い口調で言われて、言い返すこともできなかった。

――え、私の身に十八禁イベントが発生とか……嘘でしょ……待って……

抱き上げられたまま寝室に運ばれ、粗末なベッドに横たえられて、詩織は何も言い返せずに指を祈りの形に組み合わせた。孝弘はそのまま、ベッドを軋《きし》ませて詩織の上にのしかかる。

「脱がせている余裕がないな……ごめん」

そう言って、孝弘が詩織のクロップドパンツのウエストに手をかけた。

全身から変な汗が出そうになる。

なぜ今日に限って、通販で買ったストレッチ素材のパンツを穿《は》いてしまったのか。

——ううっ、ゴムのウエストを孝弘さんに見られるとか……最悪すぎる……！

だが、孝弘に詩織の服装を気に留める余裕はないようだ。ショーツと一緒に、パンツをそのまま引きずり下ろす。

詩織は慌てて、剥《む》き出しになった下半身を隠そうとした。

しかしその手は振り払われ、孝弘の手が腿《もも》にかけられる。

「……見せて」

囁《ささや》かれた言葉に、詩織の肌が微《かす》かに粟立《あわだ》った。

「だめ……ッ！」

抗《あらが》おうとしたが一瞬遅く、詩織はそのまま脚を大きく開かれてしまった。

——や、やだ、見えちゃう……ッ……！

脚を閉じようとするのだが、腿《もも》にかけられた孝弘の力は強くて抵抗できない。

「あ、だ、だめ、み、見ないで、くださ……」

隠すものが何もない状態というのは、これほどまでに心もとないものなのか。

身を捩《よじ》っても、揺すっても、強い力で押さえつけられた身体はびくともしない。

まるでこれから食べられる小動物のような気分だ。

詩織の身体を薄い色の瞳で一瞥《いちべつ》し、孝弘が口元をほころばせた。

「……ああ、綺麗だね」

どこを見てそんなことを言っているのか。あまりの恥ずかしさに、再び涙が出てきた。

普段は優しく紳士な孝弘の豹変《ひょうへん》ぶりが、なんだか恐ろしい。

それなのに、それが嫌ではない自分に気づかされる。

「愛してるよ、詩織。俺がいない間、誰と何をしていたか知らないけれど、今日からは俺だけのものになってもらう」

孝弘は背広の内ポケットから小さなパッケージを取り出し咥《くわ》えると、そのままネクタイを解き、脱いだ背広と一緒に床に放り投げた。

上着を着ていると細身に見えるが、シャツ一枚になると鍛《きた》えられた身体であることがわかる。

孝弘は詩織の身体に覆《おお》いかぶさり、開いた内腿《うちもも》をそっと撫でた。

その感覚一つで、詩織の身体の芯に今まで感じたことのない、異様な疼《うず》きが走る。

脚を閉じたいのに閉じられない。詩織の息が、微《かす》かに乱れ始めた。

「た、孝弘さん……っ」

「柔らかいな。俺が想像していた以上に柔らかくて、綺麗だ」

咥《くわ》えていたパッケージを片手に握りしめ、孝弘が小さな声で言った。

耳元で孝弘の声が響くたびに、身体が震える。

脚を開かされ、その間に孝弘の身体が割り込んでいるこの状態が、不安で仕方ない。

——顔、近い……っ……！

詩織はほとんどメイクをしていない顔が恥ずかしくて、そっと顔を背《そむ》けた。

「どうしたの。俺とセックスするのが嫌？」

孝弘が小さく笑って、詩織の耳たぶに軽く歯を立てる。

それだけで、びくびくしていた詩織の身体は大きく跳ねてしまった。

「い、嫌じゃないけど、ちょっと、こわくて……」

「あれ？　俺がいない間に覚えたんじゃないのか」

皮肉な声音に、詩織は怯えた気持ちも一瞬忘れて、思わず孝弘を睨みつけた。

さっきから孝弘は何を言っているのだろう。

待ち合わせの前にシャワー浴びていたから異性の存在を疑っただとか、小悪魔だから俺のことを振り回して楽しんでいただとか……

本気で聞きたい。それは誰のことなのだと。『孝弘さんの脳内の私はどうなってるんですか』と。

それにそもそも浮気を疑われている時点で心外だ。詩織は力いっぱい孝弘の肩を押しやって、彼の美しい顔を睨みつけた。

「他の人と何かするなんて……そんなわけないでしょう。だって私、孝弘さんと結婚するって決まっていたのに」

まさか彼は本気で、詩織がこっそり彼氏を作ってよろしくやっているとでも思っていたのだろうか。

この五年、詩織はひたすらおとなしくエロ小説を書いて、清く正しく孝弘を待っていた。さらに言うなら男性との接点もほぼない。生まれてこの方ナンパをされたことすらないのだ。

——うう、エロ小説を書いていたことについては全然清くも正しくもないし、男性との接点がないのもただモテないだけだけど……でもそんな誤解は困る！

気を取り直し、詩織はできるだけ気丈な口調で言った。

「私を信用できないなら、こういうことは止めてください」

口にしたら、なんだか妙な勇気が出た。

頼りないとはいえ、詩織も一応大人なのだし、お互いの合意があるならば肉体関係を持つのは悪くないと思う。しかし、信じてないのに身体だけ重ねてしまえ、なんて考え方をもし孝弘がしているのであれば嫌だ。

詩織の言葉に、孝弘がはっとしたように軽く身体を起こした。非の打ち所がないほど整った顔で、じっと詩織を見下ろしている。

「……ごめん。嫉妬《しっと》深い男で。自分でもどうしようもないんだ。ずっと離れていたから、何もかもが不安で仕方ない」

孝弘の言葉を、詩織は慌てて否定する。

「だから、嫉妬《しっと》するようなことは何もないんですってば。だって私ですよ？　昔からよくご存知でしょう、あの地味な私ですよ？」

「君みたいな小悪魔がそんなことを言っても、全然説得力が……でも、ごめん。君を信じないなんてどうかしている。これは俺の性格上の問題かもしれないね」

孝弘は切なげに一つため息をつくと、詩織の唇に軽い音を立ててキスをした。

唇が触れ合うだけで、また、先ほど感じた甘くどろりとした疼《うず》きが身体の芯に走る。

無意識に身体を捩《よじ》り、詩織は漏れそうになった吐息を呑み込んだ。

「詩織、君は昔から可愛すぎるよ。俺の調子を狂わせるのは、後にも先にも君だけだ」

「な、何、言っ……」

言いかけた言葉が途切れた。孝弘に優しく頬を撫でられたからだ。

孝弘の形の良い目が、じっと詩織を見ている。そこに浮かぶ光はいつもの彼のものとは違って、なんだか少し怖かった。息を呑む詩織に、孝弘が静かな声で告げる。

「とにかく、俺は君を独占したくて仕方ないんだ。五年間も離れ離れで苦しかった。詩織と離れていた時間を取り戻したい。好きだよ、詩織。いつもとぼけられるけれど、今日は逃がさない」

再び深く口づけられて、詩織は思わず目を閉じた。さっきと同じように、孝弘の舌が詩織の舌先を絡め取る。

「ん……う……っ」

組み伏せられた姿勢のまま、詩織は彼の重みを受け止めた。

何度も執拗《しつよう》に、舌先をねぶられ、歯列を舐められて、だんだん詩織の息は弾んでいく。

——こんなキス、知らなかった。

こんなふうに何もかもを食べつくそうとする行為が、この世にあるなんて……

けれどその動きは、艶《なま》めかしい一方でひどく優しかった。

こわばっていた詩織の身体から、力が抜けていく。

いきなり押し倒されて若干混乱していたが、孝弘の体温を感じているうちに、だんだんうっとりとしてきた。

キスを交わしながら、詩織は思い切って孝弘の背中にそっと手を回してみた。こうすると、彼を抱きしめているような気持ちになる。

——ああ、あったかい……

そっと息をついた瞬間、孝弘の手が剥《む》き出しになった脚の間に触れた。

突然の刺激に、詩織の身体がびくんと跳ね上がる。こんな場所を人に触れられたことなどない。

「あ、ああ……やぁ……っ」

こんなに敏感な場所を、他ならぬ孝弘に触れられてしまうなんて。

恥ずかしい、なんてものではない。あまりのことに身体が震え出した。

「た、孝弘さん……やめ……んっ……」

やめて、と言いかけた詩織の唇が、再びキスで塞がれる。

孝弘の長い指が、湿り始めた裂け目をつっと撫でた。

濡れた柔らかい襞《ひだ》が、指先の動きに反応して小さく収縮する。

「んぅ……！」

感じたことのない刺激に、詩織の腰が無意識に浮いてしまう。けれどキスは解かれず、身体は孝弘に組み敷かれたままだ。

「ん、んっ……」

焦《じ》らすように柔らかな肉を幾度《いくど》もなぞられ、詩織は声を漏らしながら必死に身を捩《よじ》った。

身体の奥から、じわりと何かぬるいものが湧き出してくる。

詩織は思わず、孝弘の背にしがみつく手に力を込めた。

——あ、い、いや、どうしよう……私……っ……

孝弘の指先が、茂みに覆《おお》われた小さな粒を軽く押す。再び収縮感を伴った強い刺激が走り、詩織は開かれた脚を閉じようとあがいた。

——こ、これ、ダメ、変な声が出そうだから、ダメ……

どうしようもなくて、詩織は脚をばたつかせた。

けれど、詩織がもがけばもがくほど、孝弘のキスが熱を帯びる。どう逆らっても離れない唇に、詩織はなすがままに翻弄《ほんろう》された。

舌先が詩織の唇から離れたのと同時に、指先が濡れた蜜口をこじ開ける。

「……っ、あ！」

触れられている部分が異様な熱を帯びた。

微《かす》かに聞こえ始めた淫《みだ》らな水音に、詩織の呼吸が速まっていく。

「濡れてきたよ。気持ちいい……?」

耳元に囁《ささや》かれた言葉に、身体の芯がかっと火照《ほて》った。

「な、なに……言って……」

恥ずかしさのあまり涙が滲《にじ》んだ。濡れている、というのがどういう意味なのか考えたくない。

「何って、ここのことだよ。触るとひくひくいってる……可愛いな」

孝弘の指が、反応を確かめるように幾度《いくど》も詩織の中に沈む。襞《ひだ》の間が、侵入者を拒《こば》むべくキュッと閉じようとするたびに、孝弘の長いひとさし指がそれをそっとかき分ける。

「あ……あ……」

異物であるはずの孝弘の指の感触に、詩織の身体が反応する。

それが前後すればするほど、ぬるりとしたものが溢《あふ》れ出すのがわかった。

息を弾ませながら、詩織は首を振った。

「やっ、指、ダメです……ダメ……手が汚れ……」

孝弘のシャツの背中にすがりつき、詩織は訴えた。

「何がダメなの？　こんなにきついんだから緩《ゆる》めないとだめだろう？」

お腹側のざらついた部分を指先で擦《こす》られると、詩織の中が指を咥《くわ》えこむようにキュンと収縮した。

「ひっ、ダメ、ダメっ……やぁぁ……っ」

くちゅくちゅと小さな音を立てて、硬かった蜜口がほぐされていく。

「そんなところ……ああっ！」

孝弘の指が動くたびに、詩織は身体を捩《よじ》って首を振った。その小さな抵抗すらも孝弘を煽《あお》り立てるのか、彼の指の動きが激しくなる。

「もう少し広げよう。……ああ、こんなに濡らして」

うわ言のように孝弘が呟く。同時に、揃えられた二本の指が詩織の中に入ってきた。

突き入れた指を中でゆるゆると動かしながら、孝弘がごくりと喉を鳴らす。

「すごい締め付けだな」

そこが指をしっかりと咥《くわ》え込んでいることは自覚している。あまりの羞恥《しゅうち》に、詩織の喉から泣きそうな声が絞り出された。

「い、言わない……で……くださ……」

「こうすると、いいのか？」

ふいに、親指が濡れた茂みに隠れた何かをくいと押し上げた。

「あああっ」

身体が跳ねるほどの衝撃が走り、ぬるい雫《しずく》が滴《したた》り落ちる。

詩織は思わず、両膝で孝弘の身体を挟み込んでしまった。

「……いい反応だ。初めてなんだよね。だとしたら、やっぱり君は小悪魔だな」

ぬるり、と身体の中をいっぱいに満たしていた指が抜け落ちた。再び身体の奥が閉じていくのを感じながら、詩織はぎゅっと目をつぶる。

——ど、どうしよう……変な声出ちゃう……

自分の書いたヒロインはこういうとき、どんな声を上げていただろう。もっと可憐な声ではなかっただろうか。

そう思う詩織から、孝弘がおもむろに身体を離した。

「最後までしていい？」

「え……あ、あの……」

かちゃっ、と軽い金属の音がする。ベルトを外したのだろう。スラックスを下げ、孝弘が再び詩織にのしかかる。彼も詩織も上半身は服を着たままだ。

「触ってみて」

詩織の手を引いて、孝弘が何かに導く。触れさせられたそれは、何か樹脂のようなものが被せられているけれど、熱くて、隆々として、脈打っていた。

「挿《い》れても大丈夫そう？」

——無理！　入らない！

詩織は目をつぶったまま、首を左右に振る。

「……そんな可愛い顔をされると、泣かせたくなるんだ。覚えておいて」

片方の手を詩織の膝裏にかけ、脚をさらに大きく開かせながら、孝弘が言った。

——そ、そんな！　孝弘さんって結構ドSだよね……優しいけど……！

詩織は抗《あらが》うのを諦め、孝弘のシャツを掴む。

ひくつく蜜口に先端を押し当て、孝弘がふう、と息を吐いた。

「痛かったらやめるから」

「あ、あ、ダメ……」

先端でぬるぬると入り口を擦《こす》られ、詩織は思わず声を上げる。

硬い切先で刺激を与えられるたびに、呼び水のように蜜が溢《あふ》れてくるのがわかった。

「……っ……ひぃ……っ……」

責め立てられている部分がきゅうっと収縮した。ふいに速まった動悸《どうき》に、詩織の呼吸が乱れる。

そのとき、詩織の裂け目を擦《こす》っていた先端が、すぶ、と沈み込んだ。

きっとすごく痛いのだろう。詩織は力を入れて目をつぶる。濡れた襞《ひだ》をみちみちと開きながら、熱い剛直が身体の中に押し入ってくる。

——うう、硬い……やっぱり無理……

強引に開かされている脚が、小刻みに震え始める。焼けた杭《くい》に身体をこじ開けられているようだ。

「あ、や、やだ……」

涙の滲《にじ》んだ目で孝弘を見上げ、詩織は抗《あらが》いの言葉を口にした。

痛い。それに怖いのに、そのさらに先に、見知らぬ快感が垣間《かいま》見《み》えるのはなぜなのだろう。

「孝弘さん……嫌……無理……っ」

粘膜の擦《こす》れる生々しい音を立てながら、肉杭《にくくい》が詩織の中に埋まっていく。

詩織は指の色が変わるほどに強く孝弘のシャツの背中を掴み、圧倒的な異物感に耐えた。

「大丈夫だよ」

孝弘が苦しげに言い、詩織の耳たぶに軽く歯を立てた。ただそれだけの刺激にも、詩織の身体はひくりと反応してしまう。

身体を内側から押し広げられ、貫《つらぬ》かれて、息もうまくできない。大丈夫だなんて言われても……到底そうは思えない。

詩織は泣きそうな声で孝弘に訴えた。

「だ、だめなの、大きくてっ……硬い、から……すごい硬いからぁ……っ」

だがその台詞《せりふ》は、ますます彼を煽《あお》っただけのようだ。

ずくずくと音を立てて、受け入れがたい大きさの杭《くい》が身体に突き立てられる。詩織は抗《あらが》うこともできずに、震えながら孝弘にしがみついていた。

ひたすら全身をこわばらせる詩織の頬に、ふいに孝弘の唇が押し付けられた。

「……入ったよ、ほら。わかる？」

結合部を擦《こす》り合わせるように動きながら、孝弘が言う。

みっしりと彼のもので埋め尽くされた隘路《あいろ》が、その動きに合わせて咀嚼《そしゃく》するような音を立てた。

「あっ、ああ……っ」

ぐりぐりと身体を擦《こす》り付けられるたび、一番奥が突き上げられる。

お腹の中にぞわりと、たとえようのない感覚が走った。

「痛い？」

詩織は慌てて首を横に振った。痛いは痛いのだがこのくらいはなんとかなる。どちらかと言うと熱いほうが気になった。

「じゃあ、体勢を変える」

孝弘がそう言って、投げ出された詩織の両脚を肩の上に担《かつ》ぎ上げた。

ぐちゅっという音とともに、より深くまで杭《くい》が押し入った。昂《たかぶ》る器官を根元まで呑み込んだ部分から、幾筋も何かが滴《したた》るのがわかった。

「や、やだぁ……奥まで……入っちゃっ……」

手の甲で涙を拭《ぬぐ》い、詩織は呟く。

硬いもので貫《つらぬ》かれた蜜道が、詩織の意思とは裏腹に蠕動《ぜんどう》し、それを弱々しく締め上げようとする。

下腹部がどこもかしこもじんじんと痺《しび》れていた。お腹が熱くて苦しいのに、止めないでほしいと感じるのはなぜなのだろう。

力が入らないまま、詩織は涙の溜まった目で孝弘の顔を見上げた。

彼の綺麗な顔に、微《かす》かに意地悪な笑みが浮かんでいる。そのまま孝弘は、脱力した詩織の身体を軽く揺すった。繋がり合った部分から、くちゅりと蜜音が響く。

今、詩織は、挿《い》れられて、咥《くわ》えこんで、濡れているのだ。それを思い知らされるような淫《みだ》らな音だった。

孝弘が形のいい唇を開き、少し意地の悪い口調で詩織に尋ねた。

「ねえ詩織、今、すごくいい音がしたね。聞こえただろう？」

「い、いや……」

羞恥《しゅうち》のあまり詩織は首を横に振った。

「何が嫌なの？　俺のことこんなに締め付けているくせに」

ぐいぐいと突かれるたびに、お腹の奥がじんわりと疼《うず》く。

蜜の絡む音がますます激しくなり、肉杭《にくくい》で擦《こす》られた襞《ひだ》から、下腹中に快感が広がった。

「やだぁ……っ！」

詩織はもう一度激しく首を振り、孝弘の身体から手を離して顔を覆《おお》った。

痛かったはずの行為が、快楽に変わっていく。

戸惑いを感じるのに、自分の身体を制御できない。

このままではどんな恥ずかしい姿を見せてしまうかわからない。

「あ、は……ぁ……っ……」

せめておかしな声は上げたくない。必死に目をつぶる詩織の服の下で、乳嘴《にゅうし》がつんと立ち上がって擦《こす》れた。

──あ、ああ、どうしよう、わたし、変……！

詩織は、嬌声《きょうせい》を懸命に呑み込みながら、唇を噛んだ。

絡みつくような淫《みだ》らな音と共に、質量を増した塊《かたまり》がきつい襞《ひだ》の間を行き来する。

「あっ、あ……そんなに動いちゃ、あぁ……ッ……」

柔らかく敏感な部分に、幾度《いくど》も血管の浮き上がった硬いモノが擦《こす》り付けられる。

「あ……あ……」

言葉にならない声を上げ、詩織は振り乱した己の髪を掴《つか》んだ。身体を内側から焼いているのは、今まで感じたことがない、やり過ごせないほどの快楽だ。

「ここは……？　ああ、こんなに硬くなってる」

孝弘の指が、服の上から乳嘴《にゅうし》をきゅっとつまんだ。

「やぁ、だめ、そこ、触っちゃ……ああんっ」

抵抗した瞬間に、ずんと力強く突き上げられて、詩織は声を上げて腰を揺らしてしまった。

「ひ……っ……だめ、え……っ……」

自分から身体を揺すってしまうなんて。羞恥《しゅうち》で泣きそうになった詩織の様子に、孝弘が満足そうな笑みを浮かべる。

「ねえ詩織、君はわかっていて俺を煽《あお》っているの？」

肩の上に担《かつ》ぎ上げた詩織の脚を解放し、孝弘は詩織の身体に覆《おお》いかぶさった。

挿入の角度が変わり、詩織の身体がふたたびビクンと反応する。

「ん……くっ……」

蜜がお尻のカーブを伝って流れ落ちていく。

切れ切れの声を漏らし、頬を赤らめる詩織の顔を覗《のぞ》き込んで、孝弘は優しく言った。

「ここに当たるのが気持ちいいんだ？」

孝弘は詩織の中を満たしていたモノを、まるで焦《じ》らすようにゆっくりと引き抜いた。

そして刻みつけるかのごとくジリジリと、それを奥まで埋め込む。

襞《ひだ》が押し広げられる感触に、詩織の下腹部にぞわぞわと得体の知れない熱が広がった。

「あ、やだぁ……あぁ……ッ」

無意識にシーツを蹴りながら、詩織は身を捩《よじ》った。頭の中がとろとろになっていく。

もう何も考えられない。

「詩織、俺にもっとしっかり掴まって」

わざとらしいくらいゆっくりと抜き差しし、疼《うず》き続ける秘部を擦《こす》り上げながら、孝弘が言う。

詩織は言われるがままに孝弘の広い背中を抱きしめ直した。

孝弘の鼓動も、怖いくらいに速まっている。詩織を抱きしめる腕の力も今までにないくらい強い。

「詩織、好きだよ」

甘く囁《ささや》かれて、詩織は孝弘の肩に顔を埋《うず》めた。

彼のまとう爽《さわ》やかな香りが、情欲にくすぶる汗の匂いと混じって、詩織の身体を一層熱く燃やす。

乱れる詩織の様子を楽しむような緩《ゆる》やかな抽送は、やがて叩きつけるような激しさへと変わり始める。

いつの間にか圧倒的な雄に貫《つらぬ》かれる痛みは失せ、悦楽が詩織を呑み込もうとしていた。

「た、孝弘……さん……っ……」

幾度《いくど》も突き上げられ、揺さぶられて、目の前がかすみ始める。

自分が快楽を受け止めるだけの空っぽの器《うつわ》になってしまったようだ。そんなことを思いながら、詩織は激しい抽送に身を委《ゆだ》ねた。

「好きだ、詩織。五年前は諦めたけど……もう離さない。全部俺のものにするから」

嬌声《きょうせい》を漏らしながら、詩織は頭の片隅でその言葉の意味を考える。

これほどまでに激しい執着《しゅうちゃく》を、なぜよりによって自分に向けるのだろう。

孝弘の周りにはもっと美しく、家柄だって詩織に引けを取らない女性達がたくさん……

だが、そこまで考えたとき、ふいに思考は途切れた。

「あ、あ、なに……これ……あぁっ」

繋がりあった部分がびくびくと痙攣《けいれん》する。

奥の園を押し上げられて、開かれたばかりの詩織の蜜道が切なくわななないた。

「っ、あ……ああ……」

身体中が痺《しび》れて、力が入らない。まるで濡れた綿のようにくったりとなってしまっている。

それなのに心は不思議と満たされていて、ぼんやりとした温かい明かりに包み込まれている感じがした。

脱力した詩織の腰を抱き寄せ、孝弘が大きく息を吐いた。

「そんな可愛い声を出されたら……駄目だ。ごめん、俺もいく」

揺れる視界に、汗ばんだ孝弘の額《ひたい》が映った。

彼がこんなふうに余裕のない顔をしているのを見るのは初めてだ。

詩織は何も言わず、力の入らない腕で、孝弘の首をそっと引き寄せた。彼を抱きしめたいと思ったからだ。

理由はわからないけれど、自分を抱いている彼を、腕の中に包み込みたいと思った。腕の中で弾む息も、首筋にポツリと落ちてきた汗も、孝弘の全てが愛おしく感じられる。

――ああ……私……

何度かの抽送の後に、鋼《はがね》のように昂《たかぶ》っていた孝弘のものが、詩織の中で大きく脈打って弾けた。

「詩織」

孝弘が優しい声で詩織を呼び、何度も口づけを繰り返す。

詩織は一つ一つの愛撫をぼんやりと受け止めながら、天井を見上げた。

――私……孝弘さんと、しちゃったのかぁ……

不思議と何の後悔もない。ただひたすらに満たされた気持ちだった。

「詩織は俺のだ、これからもずっと……俺だけの……わかった？　絶対に誰にも渡さないから」

孝弘が乱れた息の下、詩織に囁《ささや》きかける。

――いや、私なんか他に引き取り手いないって……どうして孝弘さんはそんなに心配症なの？

汗に濡れた身体で抱き合いながら、詩織は彼の言葉がおかしくて、微《かす》かに喉を鳴らす。

症なの？

「はい」

小さな声で、詩織はようやくそれだけを口にした。

詩織の答えに満足したのか、再び孝弘が詩織のまぶたや額《ひたい》にキスを落としてくる。

「いい返事だね。君は俺の恋人で、俺の未来の奥様だ。これからは一生、俺にだけ愛されるって約束して。いいね？」

その言葉に、詩織はぼんやりした頭で頷いた。

こんなコトになってしまったのだから、これから先の二人の関係性も変わっていくのは間違いないだろう。

——孝弘さんと私が……恋……？　信じられない……な……。

平穏な日常が遠ざかっていくのを感じながら、詩織はぷつりと意識を失った。

第三章　王子ノ猛攻ヤマズ

嵐のように孝弘に身体を奪われてから、一週間が経つ。

詩織は、洗面台の掃除をしながら、ぼんやりと自分の顔を鏡で見つめていた。

美人だと評判の母に似ているのだから、まあまあの顔立ちかもしれないが、やっぱり平凡だと思う。なんというか、素材は悪くないとしても、『私は美女です！』というオーラが感じられない。

――今日も泊まりに来たいって言ってたよね……

一週間前の行為を思い出し、詩織は頬を赤らめる。慌てて鏡から目をそらし、居間に戻ってスマートフォンを手に取った。

――あっ、メールきてる。出張から帰ってきたんだ。

もう夜の十時近いが、孝弘はようやく仕事から解放されたようだ。

初めて孝弘と身体を重ねた翌日、彼は『今日からアラブに一週間行く』と言って、朝の五時くらいに飛び出していったのだ。

そんなに忙しいのにわざわざ会いに来たのか、と変な感心をする詩織に、孝弘は一週間会えない代わりにメールはマメにやり取りしたいと言った。

忙しい孝弘はメールの返信など面倒なのではないか、と思っていたのだが、そうではないらしい。メールで『仕事頑張ってください』と言われるだけでも彼は嬉しいというのだ。

なので、ズボラな詩織にしては珍しく、こまめにメールを送った。

今日の昼に来たメールは飛行機の関係でちょっと帰りが遅くなるかも……という内容だったが、どうやら日本に到着したらしい。

『さっき空港について、今タクシーです。中東はなかなか楽しいよ。夏あたりに一緒に遊びに行こう。今から詩織の家に行く』

――だ、大丈夫。大丈夫。今日はバッチリ部屋を片付けた！

詩織は家の中を見回した。孝弘に見られてまずい本は、外から見えないよう梱包《こんぽう》の上、プラスチックの衣装ケースに入れてクローゼットにしまった。この作業のために古い洋服をケース一つ分処分したくらいである。

スマートフォンにダウンロードしているエッチな本は、クラウド上にのみ残して端末からは一旦削除したし、仕事関連の書類は封筒に入れて、それっぽく書類ケースに立てかけておいた。孝弘がものすごくやきもち焼きなのはわかったが、さすがに詩織の私物をあさるような真似はしないはずだ。

「あとは冷蔵庫に、孝弘さんが昔から好きだった炭酸入りのミネラルウォーター……と。準備オッケーかな」

部屋を確認しながら、詩織はしみじみと思う。

――まさか孝弘さんを自分の家に呼ぶ日が来るとは……

子供の頃からの婚約者だったが、孝弘の言うとおり、今まで彼のことを遠縁の親戚のように捉えていたのは確かである。

孝弘は詩織を冷たいと言って拗《す》ねるものの、詩織に言わせれば孝弘がイケメンすぎ、なんでもできすぎな雲の上の人なので、近寄りがたさを感じていたのだ。

彼は詩織のどこが良くて、あのようにグイグイ迫ってくるのだろう。

もしかして婚約者に対するサービスの一環なのだろうか。だが孝弘は、そんな無駄なことに労力を割《さ》くタイプには見えない。

――まさか、ほんとに私に会いたいのかな……？　だとしたら不思議。なんていうか、孝弘さんの趣味が不思議。

そんなことを考えていると、チャイムが鳴った。孝弘が来た、と思った瞬間、心が弾んでしまう自分に気づかされる。

詩織は慌ててロビーのロックを解錠し、孝弘を迎えた。

「孝弘さんいらっしゃい。お疲れさまでした」

「こんばんは、お邪魔します」

そう言って微笑んだ孝弘が、さっと詩織の左手を取った。

――まずい！　また指輪していない！

慌てる詩織の薬指に、すっと透明のきらめきが収められる。

「はい、お土産《みやげ》。エンゲージリングはなくすと嫌だから金庫に入れているんだろう？　その代わりだ。おねだり上手の小悪魔め。……でもまあ、そういうところが可愛いんだけど」

孝弘が、そう言って詩織の頬にキスをする。

「え、えっと、あの、これは？」

「アラブでいいお店を紹介してもらったから買ってきた。なかなかの石だろう。詩織に似合ってるよ。お邪魔していいかな」

「ど、どうぞ」

薬指でキラキラ輝くエタニティリングに絶句しつつも、詩織は慌てて孝弘を家に招き入れた。

いや、そんなことより、問題はこの指輪だ。ピンクダイヤモンドのフルオーダーリングに比べれば普通っぽいが、ダイヤの大きさが普通ではない。

「あの……これ……」

「似合うよ。ふふ、可愛い手だな」

孝弘が、目の前に突き出された詩織の手を握り、輝く指輪に軽くキスをした。

――そうじゃなくて……！

詩織は慌てて首を横に振り、孝弘に言った。

「こんな高価なものばっかり頂けません」

先週末も服やらアクセサリーやらを贈られたばかりだというのに、孝弘は何を考えているのか。

眉をひそめた詩織の額《ひたい》に、孝弘が再びキスをする。

「なんでそんなに怖い顔をするんだ。君へのプレゼントを選ぶのが俺の楽しみなのに」

妙にご機嫌な孝弘に詩織は首を振った。

「私、おみやげは焼鳥の缶詰とかでいいですよ」

「焼鳥の缶詰なんてあるのか？」

また余計なことを言った。詩織は軽く絶望しつつ、孝弘に頷いてみせた。

「え、あ、あります……コンビニに……それより！」

詩織はなるべくきっぱりした口調を意識して話を続けた。

「あまり高価なものをくださるのはやめてくださいね。二人で会ってお話しできればそれでいいじゃないですか」

そうでなくてもちょっとドジな詩織は、アクセサリーをよくなくす。イヤリングなんて、片耳だけのものがどれだけあることか。服にもよく飲み物をこぼ服にもよく飲み物をこぼすし、高価なものを贈られても、もったいないだけなのである。

「ふうん、ご不満なんだな。じゃあ贈り物の内容はもう少し検討するよ」

しかし、こんなに『いりません』と断っているのに、孝弘はなぜかとても嬉しそうだ。

詩織が色々言えば言うほどそんな顔になるのはどうしてなのだろう。話は通じているのか心配になる。

「本当に私、お土産《みやげ》は『熱燗《あつかん》おつまみシリーズ』の缶詰とかでいいです。五百円くらいするので無理にとは言わないですけど」

そう頼むと、孝弘がくすくすと笑った。

「わかった。次来るときは小悪魔さんのために缶詰を買ってくる。そんなものを頼まれたのは生まれて初めてだ」

とびきりご機嫌な孝弘の顔を見ているうちに、だんだん不安になってきた。

――待ってください。前から気になってたんですが、誰が小悪魔なんですか……誰が？

まさか『ズレてる』『残念』と家族からも友人からも言われ続けた詩織が、これほど眉目秀麗《びもくしゅうれい》、品行方正な御曹司に『小悪魔』と呼ばれる日が来ようとは……

「待ってください！　私、小悪魔とかじゃないですよね？　ただのおっちょこちょいですよね？」

「そうかなぁ」

「そうなんですっ！　認識を改めてください」

廊下を歩いていく孝弘の脇から顔を出した瞬間、振り返った彼にキスされてしまった。

ふんわりといい香りが漂《ただよ》い、詩織は思わずうっとりと目を細める。

「詩織は俺の予想を裏切ることばかりするから面白いんだ」

「あの、前にも思ったんですけど、面白いって、女の子に対する褒め言葉じゃないですよね？」

「俺は褒めているよ、本気で」

孝弘はもう一度詩織に口づけ、腰に手を回して歩き出す。そして持っていた大きな鞄を床に置くと、詩織を伴ったままソファに腰を下ろした。

「何を赤くなってるの？」

抱き寄せられた状態でそう聞かれ、詩織は熱い顔を意識しつつも首をぶんぶんと振る。

「べ、べつに、なんでも……」

「詩織は俺のこと好き？」

予想外の質問にびくりとしつつ、詩織は頷いた。

同時に、過去に母から何度も念を押された言葉が蘇《よみがえ》る。

『詩織、孝弘さんに優しくしていただいたからって、馴《な》れ馴《な》れしくしてはダメよ！　あちらも詩織に気を使ってくださっているのです。きちんと礼儀正しくね』

母は、ボーっとしている詩織が孝弘に愛想をつかされないよう、純粋に心配していたのだろう。

しかし孝弘は、もっと積極的にコミュニケーションをとりたいと言ってくれる。

第三者である母の忠告よりも、孝弘本人の意思を尊重すべきだ。

詩織ももっと心を開いて、孝弘に近寄る努力をしたほうがいいに違いない。

「……あ、あの……す、す、すきです、そ、それに……」

詩織は勇気を出して、前髪を上げて額《ひたい》を露《あら》わにしている孝弘の顔を覗《のぞ》き込んだ。

「こ、こういう髪型してると、すごくエリートビジネスマンって感じで素敵……です、ね」

突然こんなことを言って、おかしく思われないだろうか。そう考えるだけで、胸が痛いくらいにドキドキと高鳴ってしまう。

「そう？　今日は出国前にビジネス・フォーマルの席に呼ばれてそのまま帰ってきたから……。前髪を上げるの、似合うかな」

なぜか孝弘はものすごく嬉しそうだ。こんな無邪気な笑顔は初めて見たかも、と思いつつ、詩織はしっかりと頷いた。

「はい！　王子様みたいです！」

「他には？」

目を合わせた状態でそう尋ねられ、詩織は真っ赤になってうつむき、か細い声で答えた。

「あ、あの、えっと、やっぱり、かっこいい……です……すごく……」

「……そんな可愛い顔をされたら、色々したくなってしまうな」

えっ、と思う間もなく孝弘にキスされ、詩織は反射的に身を固くした。

優しく甘いキスに、文字どおり身体が溶けそうになる。なんだか地味な自分が、とびきりの恋愛小説のヒロインになってしまったような気分だ。

からかうような笑みを浮かべた孝弘が、詩織の前髪をそっとかき上げる。

「今日、泊まっていってもいいよね」

当然予想していた質問だったが、かあっと顔に血が上る。それでも詩織はおずおずと頷いた。

「い、いいですけど……たまに母が突撃してくるんです……うち……」

「突撃とは穏やかじゃないな」

詩織の言い回しがおかしかったのか、孝弘が屈託《くったく》のない笑い声を上げた。

「もしも君のお母さんに叱られたら、俺から頭を下げてお願いするよ。早く入籍させてくださいって」

「えっ、入籍？　あの、孝弘さん」

孝弘の言葉を聞いた瞬間、詩織の脳裏に大量のエロい本の存在が過《よぎ》った。

幸せを感じるシーンのはずなのに、まず飛び出してくるのが『大量のエロい本をどうするか』ということだなんて悲しすぎる。

本当に、好きでやっている仕事とはいえ、何という業《ごう》を抱えてしまったのだろう。

──私、電子書籍でもいいけど、紙本派なのよね……どうしよう……

「どうしたの？」

詩織の表情の変化に敏感な孝弘が、端整な顔からさっと笑みを消した。高感度センサーでもついているのか？　というくらい迅速な反応だ。

茶色の目でじっと見つめられ、詩織は慌てて笑顔を作る。

「一緒に暮らすなら、私物を整理しないとなって思って」

「いいよ。何も捨てなくていい。そうだ、明日一緒に部屋を探そう。俺も実家で暮らすのは窮屈《きゅうくつ》だったからちょうどいい。詩織が好きな家を選んでいいよ。ロケーションも間取りも詩織の好みでいい。収納が多いところがいいんだろう？」

──いいえ、収納が多くてもどうにもなりません。

心の中でそう答えつつ、詩織はなんとかエロ本を孝弘に見せずに済むような言い訳を探した。

「ちょ、ちょっと、子供っぽい本もあって……漫画とか……。恥ずかしいからトランクルームとかに預けようかなって」

「へえ、詩織が漫画を好きなら俺も読んでみようかな。今までほとんど読まなかったけど。よかったら詩織の本を貸してくれる？」

孝弘の楽しげな言葉に、詩織は白目を剥《む》きそうになった。

「こ、今度、面白そうな本を探しておきます……ね……」

かろうじてそう答えつつ、心の中で絶叫する。

——嘘です。子供っぽい本ではなく、大人しか読んじゃいけない本です。ごめんなさい！

真面目で仕事熱心で優秀な孝弘が、女性向けの官能小説、しかも詩織が書いたものを手に取る光景を想像し、気が遠くなった。

小早川家の御曹司として大切に育てられた彼の目に、『ああ、殿下、中に出さないでェ……ッ！』みたいな文章と、大胆・美麗・裸体のイラストが触れたらどうなるのだろう。

予想しなくてもわかることだが、ドン引きされるに違いない。

孝弘の中の詩織像は、きっともう少しおとなしめで、アニメのキスシーンでも照れて顔を覆《おお》うくらいの存在のはずだ。

いや、実際の経験値から言えば、孝弘が想定しているであろうレベルで間違っていない。

仕事柄、耳年増《みみどしま》にはなれど、それに経験が全くついていかないため、ちぐはぐ極まりない二十五歳に仕上がってしまっただけなのだ。

——知られたくない。ああ神様、なぜ私の未来の旦那様は、エッチなコンテンツになど一ミリも興味なさげな、超真面目タイプなのでしょうか……?

「どうした。心配ごとでもあるのか」

青くなったり赤くなったりしている詩織に、孝弘が探るように尋ねる。

その瞬間、詩織はひらめいた。

——あ、もしかして、孝弘さんも部屋にヌード写真とか隠してるかもしれない! そしたらちょっとくらいは見逃してもらえるかも? いや、『見逃してもらう』って量じゃないな、私の場合……同じ本が十冊ずつあったりするし……

ぐるぐる考え込んでいる詩織の顎《あご》を捉《とら》え、孝弘がくいと上向かせる。顔が若干不機嫌だ。またしても詩織の不貞行為を脳内捏造《ねつぞう》して、不安に駆られているのかもしれない。

「何か悩んでる?」

「あ、あの、孝弘さんと一緒に住んで、ベッドの下からヌード写真集とか見つけたら気まずいなと……あの、昔、お兄様の部屋ですごいのを見つけて、びっくりしたことがあって……兄が好きなのは熟女写真集だったんですけど」

言った瞬間、口から出た言葉に自分でびっくりしてしまう。

──何言ってんの！　私！

『なんとかして大量のエロ本を隠したい』と考えすぎて、脳が混乱し始めているのかもしれない。口から出た言葉を今すぐ引っ込めたい。

詩織の言葉に、孝弘が眉をひそめた。何を言っているのだろう、と不審がる気持ちが見え隠れしているように思えて、詩織は内心頭をかきむしった。

──ああ、またやってしまった……私は失言量産マシーンなのかしら……なんで無難でお上品なことを言えないの？

友人は『詩織は面白いから今のままでいいよ』と言ってくれるが、孝弘の前でこんな態度でいてはダメなのだ。もっとこう、孝弘にふさわしい楚々《そそ》としたお嬢様として振る舞わねば。

何の罪もない実兄まで巻き込んで壮大な自爆をしたことを悔やみつつ、詩織がそっと唇を噛んだときだった。

「あははは！」

突然孝弘が、天井を見上げて大笑いした。

普段クールな彼らしくもない笑い声に、詩織はぎょっとしてのけぞる。

「そ、そんなことまで心配してくれたのか、ありがとう。君は本当にびっくり箱みたいな人だな」

孝弘はこらえ切れないというように身体をねじり、ソファの肘かけにもたれて笑い続ける。

しばらく笑い続けた孝弘は、涙を拭《ぬぐ》いながら詩織を振り返った。

「大丈夫だよ。そんなものは持ってないから。君って人は相変わらず……どこからそんな発想が出てくるんだろう」

明るい声で孝弘が言い、詩織の身体をギュッと抱きしめた。

「エロ本、持ってない……んですか……」

ちょっとした絶望を味わいつつ、詩織は孝弘の言葉を繰り返した。やはり彼はそういう系のコンテンツには興味皆無な人間なのだ。

「ああ、持っていないよ。安心して」

笑いを収めた孝弘が、長いまつげを伏せてしみじみした口調で呟く。

「可愛い。俺の未来の奥さんはなんでこんなに面白くて可愛いんだろう」

何度目かわからないキスを受け止め、詩織は思わず孝弘の背中にしがみついた。

——た、孝弘さんは、もしかしなくても趣味が変わってる……のかな？　もしくは周囲に非の打ち所のないお嬢様しかいなかったから、珍獣の私に興味が尽きない……とか……？

その可能性が高そうだ。トホホ、という気分で詩織は肩を落とす。

「……こんなに可愛いくせに自覚がないのが手に負えない。僕は本で見るより実践のほうが好きだ。それを頭に入れておいてくれ」

詩織を抱きしめていた孝弘が低い声で呟く。

その言葉がにわかには理解できず、詩織はつい聞き返した。

「はい？」

だが、孝弘の返事はない。抱きしめられたままソファに倒れ込み、詩織は目を丸くした。孝弘の明るい色の髪と、寝室の天井が視界に飛び込んでくる。

「たかひろ……さん……？」

小さな声で名前を呼んだが、返事はない。首筋にキスされたことに気づいて、詩織の身体はぴくりと震えた。

首筋に止まっていた唇が、ゆっくりと下りてくる。大きく襟《えり》ぐりの空いたカットソーから覗《のぞ》く鎖骨をなぞり、布の上から胸の膨《ふく》らみの上を這《は》う。

くすぐったい、と言いかけた言葉が詩織の口の中で溶けて消えた。

身体の芯に、馴染《なじ》み始めた淡い疼《うず》きが走る。

「あ、あの……あっ……」

意図せず甘ったるい声が出た。孝弘の身体を押しのけようと腕を突っ張るが、彼は頑として離れない。

「ああ……っ」

服越しに胸の頂《いただき》をついばまれた瞬間、詩織は大きな声を上げてしまった。

その声が契機になったのか、孝弘の動きに熱がこもる。スカートの裾から入ってきた手が詩織の腿《もも》を撫で回し、上へとゆっくり滑る。

唇は再び詩織の首筋に落ち、腿《もも》のあたりを撫でていた指先は、焦《じ》らすようにショーツの中にもぐり込んでくる。

「何……だめ……っ」

もちろんそんな抗議では、孝弘の指は止まらなかった。先週末、さんざん馴染《なじ》まされた男の身体の感触が、詩織の中に生々しく蘇《よみがえ》る。

濡れ始めた裂け目を執拗《しつよう》にまさぐられ、詩織は必死で声をこらえて孝弘の肩に顔を埋《うず》めた。

「っ、手が、汚れちゃうから……やめ、ああ！」

抗《あらが》った瞬間に、指が濡れそぼった襞《ひだ》の間に滑り込む。なんとか手を振りほどこうと彼の袖口を引っ張ったが、その抵抗は孝弘を煽《あお》っただけのようだ。

蜜をたたえた内部が、音を立ててかき回される。

詩織の蜜襞《みつひだ》の感触を確かめるようにくちゅくちゅと指が動いたかと思うと、ふいに襞《ひだ》の集まった上部をぐりっと押した。

「やあっ！」

詩織の身体が突然の衝撃に大きく跳ねる。その反応に満足したのか、首筋に顔を埋《うず》めていた孝弘がゆっくり顔を上げ、片手で詩織のショーツを脚から引き抜いた。

「気持ちいいの？　こんなにひくひくさせて、絡みついてきて……可愛いからもっとしてあげるよ」

孝弘が詩織の片脚を掴み、ソファの背もたれに乗せた。彼の視線に晒《さら》されながら大きく脚を開かされ、詩織はあまりのことに目をつぶる。これでは恥ずかしい部分が丸見えになってしまう。

「この長いスカートが邪魔で見えない。裾を持っていてくれないか」

詩織の中を音を立てて弄《もてあそ》びながら、孝弘が優しい声で言った。

――ス、スカートめくってろって……こ、このドS御曹司……！

なぜそんな恥ずかしいポーズを取らねばならないのだろう。詩織は涙の滲《にじ》む目で孝弘を睨みつけたが、彼の表情が変わらないので仕方なく諦め、そっとコットンのロングスカートを持ち上げた。

「いやらしい格好だね、詩織」

自分でさせたくせに、孝弘はそんな意地の悪いことを呟く。

「こんなに濡れて。もうとろとろになってるじゃないか。君の覚えが早くて俺も嬉しいよ」

羞恥《しゅうち》のあまり顔を背《そむ》けた詩織の耳を噛むと、孝弘は再びのしかかってきた。

指が柔らかな裂け目からつるりと抜け、しばらく後に、硬く昂《たかぶ》ったものの先端をあてがわれた。

空になった避妊具のパッケージをサイドテーブルに放り出し、孝弘が言う。

「挿《い》れていい？」

「あ……あ……」

詩織は何も言えずにスカートを握りしめる。

ソファの背もたれから片脚を下ろそうとしたが、再び孝弘の手で同じ場所に戻されてしまった。

――やだぁ……こんなに脚を開くの恥ずかしい……！

孝弘が、ゆっくりと身体を進めていく。

熱い切先が、ぬるりと花弁を擦《こす》った。持ち上げたスカートの向こうから、微《かす》かな水音が聞こえる。

「今の音、聞こえた？」

きつく目をつぶった詩織をからかうように、孝弘がわざとらしく問いかける。同時に小さな芽のあたりをぐりぐりと突き上げた。

「ひあっ！」

下腹部に電流に似た刺激が走り、詩織の腰が跳ねた。

「まだ挿《い》れてないのにこんなになって……」

「……っ、う……」

くちゅくちゅと音を立てて入り口を何度も擦《こす》られ、詩織はソファの上で身を捩《よじ》った。

恥ずかしい上に与えられる刺激が強すぎて、涙が滲《にじ》んでくる。

「どうしてほしい？」

「ど、どうって……」

「答えなくていいよ、こうしてほしいんだろう？」

笑いを含んだ声で孝弘が言い、たっぷりと濡れた蜜口に、己の肉茎を沈める。

「ああっ……あ……」

身体を押し開かれる強い圧迫感に、詩織は思わず声を漏らした。

だが、初めてのときのような痛みはない。むしろ、こじ開けられた蜜壁が、まるで熱い杭《くい》を歓迎するようにひくひくと蠢《うごめ》いてしまった。

じゅぷじゅぷと淫《みだ》らな音を立てながら、肉の杭《くい》が詩織の一番奥まで押し込まれる。

剛直した雄を根元まで深く突き立てられ、詩織の中が孝弘の熱でいっぱいになった。

身体中が疼《うず》くような、その一方で安心するような不思議な快感で満たされ、詩織は思わず声を漏らした。

「あ……あ……」

いやいやと首を振る詩織を見つめて、孝弘が唇だけで笑う。

「この前よりずっと楽に入った。もう俺の形を覚えたんだな。全く、こんな身体をしているくせに、君はいつも無邪気な顔をして……悪い子だな」

孝弘が詩織の脚を押さえつけたまま、焦《じ》らすように身体を前後させた。

ぬるりと擦《こす》られる感覚が、身体の芯に灯った得体の知れない炎をさらに煽《あお》り立てる。

詩織は無意識に腰を揺らしながら、音を立てて孝弘の雄を喰《は》んでいた。

抜き差しされるたびに、ぬちゅ、くちゅ、という音が響く。

その音のあまりの淫蕩《いんとう》さに、貫《つらぬ》かれた部分がますます熱く疼《うず》いた。

「気持ちいい？」

詩織はぎゅっと目をつぶると、大声を出さないようスカートの裾を噛んだ。

濡れそぼった蜜口から、ぬるい雫《しずく》が溢《あふ》れて身体を垂れ落ちていく。

生々しい音を立ててゆっくりと抜き差しされるたびに、唇から小さく声が漏れ、肌が粟立《あわだ》った。

詩織は無意識に腰を振って、さらなる刺激をねだってしまう。自分の息がいつもよりずっと熱く感じられ、身体中が潤《うる》む。

「……気持ちよさそうだな。こんなにエロい音を立てて」

かすれた声で孝弘が呟き、ふいにずんと昂《たかぶ》った杭《くい》を奥深くに突き立てた。

行き来するごとに、身体を貫《つらぬ》く熱い塊《かたまり》が硬さを増す。同時に詩織が受け取る刺激も、どんどん強いものになっていく。

「ん、あぁ……っ……ああ……」

噛みしめていたはずのスカートの裾が零《こぼ》れ落ちる。

咀嚼《そしゃく》するような音を立てながら、詩織は不器用に孝弘の身体に結合部を擦《こす》りつけた。

お腹の中が熱くてどうにかなりそうだ。目に涙を滲《にじ》ませ、不自然に脚を開かされた体勢で身体を揺する詩織を、孝弘が愛おしげに見つめた。

「詩織……」

孝弘が上半身を倒し、詩織に覆《おお》いかぶさる。

スカートから手を離し、詩織は彼の背中に手を回した。

「っ、あ、孝弘さ……ぁあっ」

けれど詩織を攻め立てる動きはやまない。ようやく男性との行為に馴《な》れ始めた身体は、ちょっとした刺激にも激しく反応してしまう。

蜜口を擦《こす》る杭《くい》の角度が変わった。ただそれだけで、彼を呑み込む器官の全てがひくひくと収縮する。そして、ぐちゅりというひときわ大きな音とともに、秘裂の奥からぬるい雫《しずく》が滴《したた》り落ちた。

「ふぁ……っ！　や、あっ」

詩織は思わず顔を覆《おお》った。まだ抱かれ始めたばかりで達してしまったことに気づき、恥ずかしくてたまらなくなる。

「あ、やだ、わた……し……どうしよ……う……」

未だに硬く反り返る孝弘のものを受け入れたまま、詩織は力の入らない腕で孝弘にしがみつく。肩口に顔を埋《うず》めて、乱れる呼吸を整えた。溢《あふ》れた蜜が身体を伝い落ち、スカートに濡れた染みを広げていくのがわかる。

「もう一回気持ちよくなればいいんだよ」

笑いを含んだ囁《ささや》きに、詩織の身体に再び淫《みだ》らな熱が灯り始めた。

「う……無理……んっ」

反論は、孝弘の唇で塞がれてしまう。孝弘のなめらかで少しひんやりしている唇が詩織の唇をこじ開け、熱い舌が口内に割り込んできた。

熱い塊《かたまり》で貫《つらぬ》かれ、同じく熱を帯びた舌で舌先を嬲《なぶ》られると、身体の深い場所が甘く疼《うず》く。

「ん、う、ううっ……」

容赦のない力で下から突き上げられるのと同時に、優しく舌に舌を絡められて、何がなんだかわからなくなる。

接合部から響くくちゅくちゅという音を聞きながら、詩織は拙《つたな》く腰を振った。

「……可愛いな、そんな必死な顔されたら、もっと意地悪したくなる……」

唇を離した孝弘が、指先でそっと詩織の唇を拭《ぬぐ》って呟いた。

服越しにも、孝弘の身体が熱くなってきたのがわかる。

「反応されればされるほど、離したくなくなる。もっと泣かせたくなるよ」

片腕で詩織の腰を掴み、薄い笑みを浮かべたまま、孝弘は激しく身体を揺すった。

ふいに激しく押し上げられた奥が、びくびくと痙攣《けいれん》する。

「……っ！　だめ、私また、あ、ああ……っ」

口づけをするように結合部を擦《こす》り合わされ、詩織の目の前に星が散る。

孝弘が、のけぞる詩織を抱きしめた。驚くほど速い鼓動が詩織の身体に伝わる。

痛いくらいに掻《か》き抱かれ、とめどなく収縮を繰り返す蜜路をぐりぐりと攻められた詩織は、背もたれに置かれていないほうの脚を孝弘の腰に絡めた。

「……いいね、この姿勢。君の中に呑み込まれそうだ……」

孝弘の低い呟きに、詩織の胸が激しく高鳴る。

彼が息を吐き出すのと同時に、詩織の中に収まった肉杭《にくくい》が脈動し、熱を吐き出す。

「ああ……！」

身体の内側でぴくぴく動く肉杭《にくくい》の感触に、達したばかりの詩織の身体は再び反応してしまう。

孝弘が、汗に濡れた額《ひたい》を詩織の額《ひたい》に押し付け、呼吸を乱しつつ言った。

「俺は君を離さないから、覚えておいて」

脱力した孝弘の身体を抱いたまま、詩織は目をつぶる。ソファの背もたれにかけさせられていた脚が滑り落ちて、孝弘の身体を両脚で挟み込むような格好になる。

——駄目だ、力が入らない……

孝弘に何度も頬ずりされながら、詩織はいつの間にか眠りに落ちていった。


——あれ？　あ……運んでくれたんだ……

いつの間にかベッドに寝かされていた詩織は、軽く痛む腰を引きずるようにして起き上がった。

なぜか服を全部脱がされている。裸を見られたのかと思うと恥ずかしいが、あんなことをしておいて今更……という感じもしたので、気を取り直した。隣では同じく服を脱いだ孝弘が、軽い寝息を立てている。

――うーん。綺麗な肌……いいなぁ……

美しい孝弘の上半身を見つめ、詩織はそっとため息をついた。

寝ていてもこんなに美しいなんて反則だと思う。

彼ほどのパーフェクト人間が、なぜ自分を嫁にすると大張り切りしているのかイマイチわからない。幸せは幸せなのだが、理解できないことが若干不安でもある。

――よくわからないけど……孝弘さんなりに政略結婚を楽しもうとしてくれてるのかも？

二人の結婚は、詩織の古河家と、孝弘の小早川家、双方にとって最大の利益が出るように二十年も前に取り決められた縁談だ。おいそれと破談にするわけにはいかないので、孝弘も前向きな気持ちで詩織を大事にしようと思ってくれているのかもしれない。

――不思議な人だな、孝弘さんって。

色々と疑問はあるものの、孝弘の綺麗な寝顔を見ていると、今までに感じたことのない甘い気持ちが込み上げてくる。

恋愛感情に鈍い詩織だが、これは認めずにはいられない。

――私、孝弘さんのこと……すごく好きなんだな……

そう思った瞬間、とくんと心臓が鳴った。

孝弘に嫉妬心《しっと》を剥《む》き出しにされるとびっくりするけれど、『好きだ』と言われるたびに、詩織の中で眠っていた恋愛能力がちょっとずつ目を覚ますような気がする。彼に微笑みかけられ、他愛のないメールや会話で喜んでもらえるたびに、心が近づいていくように感じられる。

もちろん、肌を合わせるときも……。

そこまで考えた瞬間、ものすごく恥ずかしくなって詩織は顔を覆《おお》った。

――うう、私、毎回変な声出しちゃって恥ずかしい……朝になったら笑われないかな……

照れ隠しに余計な心配をしつつ、詩織はそっとベッドを抜け出してパジャマを羽織り、パソコンの前に座った。

薬指にはめてもらったエタニティリングが、淡い光に照らされてキラキラと輝く。

――プレゼント、嬉しいけど、もう高いものはいらないって言わないと。別にこういうものをもらわなくても、ちゃんと好きだもん。

しみじみと思った途端に再び恥ずかしくなった。

今まで現実の恋愛とは縁遠かった自分が、こんなことを考えるようになるとは。

パソコンの前で膝を抱え、詩織はしばらく込み上げる照れくささを噛み締めた。

――ドジとか天然とかしか言われたことのない私が、恋する乙女になるなんて似合わなすぎる。しかも相手は孝弘さんだなんて。

どんなに注意されても、全くお嬢様らしく振る舞えなくて、さんざん親を嘆かせてきた過去を思い出し、詩織はぶんぶん頭を振った。

王子様と珍獣の恋なんて、一体どんなことになるのか想像もつかない。

それはさておき、ちょうど夜中に目が覚めてよかった。

詩織は腰をさすりつつ、ノートパソコンを開く。

孝弘が寝ている間に、先月校正を終えた新刊のイラストチェックを終わらせてしまおう。

小説家業において、プロのイラストレーターさんに描いてもらったイラストを確認するのは、最高に楽しみな時間の一つだ。

――わーん！　美しい！

人気のイラストレーターさん渾身《こんしん》の挿絵に、詩織は目を輝かせた。

――ヒロインのドレスの描き込みすごい……ああこの表情すごく可愛い……イラストレーター様って神様なのかな！

いつも素晴らしいイラストを色々な人に描いてもらうが、今回のイラストも夢のように美しい。そしてエロい。こんなに美しく合体開脚しているシーンを描いてくださってありがとうございます、と心の中で感謝を捧げつつ、詩織は微動だにせずにイラストに見とれた。

――ちょっと何か飲んでこよう……

さっきまでさんざん喘《あえ》がされていたのと、イラストに見とれて口を開けっ放しにしていたせいで喉が渇いた。詩織はこたつテーブルの上にノートパソコンを開いたまま、台所に立った。

冷蔵庫から水出しのルイボスティの瓶を取り出してコップに注《つ》ぎ、ごくごくと飲み干す。

――ああ美味《おい》しい。このお茶、また買おうっと。

のんきにそんなことを思いながらコップを洗い、居間に戻った詩織は絶句した。

孝弘がソファに腰かけて目を擦《こす》っていたからである。

――嘘！　起きてる！

彼の位置からは、開きっぱなしのノートパソコンが丸見えだ。

――やばい！　仕事のファイル見られちゃう！

詩織は反射的に台所に戻った。先程のルイボスティをコップに注《つ》いでリビングに急ぎ、眠そうに目を瞬《またた》かせている孝弘に明るく声をかけた。

「孝弘さん、起きちゃったんですか？　ノンカフェインのお茶飲みます？」

詩織の声に、孝弘が顔を上げた。

「ああ、君がベッドから出ていったからどうしたのかと思って。ありがとう」

笑みを浮かべた孝弘にコップを手渡しつつ、詩織はさり気なくノートパソコンを閉じた。

「詩織、仕事していたの？」

「え、ええ、ちょっと。まだ書き終わってないメールがあったから」

一番手前に表示していた画像が着衣状態のものでよかったと思いながら、詩織は孝弘の手から、あっという間に空になったコップを受け取った。

「こんな時間に起きていたら身体に良くない。明日の朝でいいだろう？　もう今夜は寝よう」

「あ、あの、でも」

孝弘の視線がない安全な場所で、可愛くてエッチなイラストのチェック結果と、お礼を心ゆくまで書きたいのだ。口が裂けてもそんなことは言えないが。

「寝るよ。明日の朝、一緒にお風呂に入ろう」

さり気なくすごいことを言われ、詩織はまばたきして孝弘の顔を見上げた。

「えっ、おっ、お風呂一緒？　えっ？」

「さ、おいで」

あわあわしているうちに詩織は強引に肩を抱かれて、再び寝室に連れ戻されてしまった。そのままベッドに押し込まれ、半裸の彼に抱きしめられると、『まだ仕事します、先に寝てください』と言える雰囲気ではなくなってしまう。

「おやすみ」

抱きしめられたままそう囁《ささや》かれ、詩織は蚊の鳴くような声で言葉を返した。

「は、はい、おやすみ……なさい……」

同時になんとなく悟る。孝弘と一緒にいる間は、こっそり起きてとか、目を盗んでとか、そうやって仕事をするのは無理なのではないか。

詩織はそっと彼の顔を盗み見た。視線に気づいたのか、孝弘が目を開ける。

「どうした？」

「い、いえ、寝ます。おやすみなさい」

そう言うと、孝弘が額《ひたい》にキスしてくれた。詩織の身体は長い腕に完全にホールドされていて、再度抜け出すなど不可能そうだ。

──あ、あれ？　孝弘さんてひょっとして過保護？

いや、婚約者がベッドを抜け出しただけで迎えに来るなんて、言うまでもなく、過保護だ。

今更気づいたが、これは猛烈に照れくさいシチュエーションのような気がする。彼の振る舞いは詩織が日々必死で書いている『溺愛系ヒーロー』そのものではないか。

――い、いや待って。私はヒロインって柄じゃないし。か、考えるのやめよう！　寝よう！

詩織は火照《ほて》る身体をなるべく意識しないようにしながら、孝弘の温かな腕の中で目をつぶった。


翌日土曜日。孝弘の提案で何軒かの物件訪問を終えたあと、詩織は手許《てもと》のゴージャスなマンションのパンフレットを眺めてため息をついた。

――あ、朝から一緒にお風呂に入って、セックスして、物件訪問三軒……疲れた……ッ！

詩織の脚はガクガクいっているのに、海外出張帰りの孝弘はなぜこんなに元気なのだろう。基礎体力が違いすぎるのか。

土地と家を買う前に仮住まいを探したいと孝弘は言うのだが、詩織からすれば『仮住まいならもっと普通の家で……』という気分だ。

正直、孝弘が知人の紹介で検討しているという物件は、どれも豪邸すぎた。ジャグジーなどいらない。ワインセラーなどいらない。ホームシアターなんてもってのほかだ。

いつか家を買うまで、父に借りているこの３ＬＤＫで暮らせばいいと思うのだが。

「詩織はどの家が気に入った？」

買ってきたオーガニックのオレンジジュースをコップに注《つ》ぎながら、孝弘が機嫌良く尋ねてくる。

「私、今のこの家でもいいと思います」

ここは、父が『一人暮らしするならここに住め』と用意した物件だけあって、セキュリティもしっかりしているし、周囲の治安もいい。なにより一応高級住宅街だが、家賃の高いセレブ向けのエリアからは若干外れているので、レストランもスーパーも結構安いのだ。

難を言うなら詩織の実家から近いことだが、いくら有閑《ゆうかん》マダムの母でも新婚夫婦の家に毎日突撃などしてこないだろう。

「詩織が気に入っているならそれでもいいけど、遠慮しなくていいよ。明日も家を見に行こうか？　友達の不動産会社がペントハウスをたくさん扱っているから、今から頼めば紹介してもらえると思う」

「ペントハウス？」

「最上階の広い部屋のことだよ。景色が良くて結構好きなんだ」

孝弘はそう言うが、気が引ける。そんな部屋、絶対に家賃が高い。どの物件を見るときも家賃の額が詩織にわからないようにしてくれるので、なおさら怖いのだ。

――実家ですら広すぎて落ち着かなかったのに……私は今くらいの家で本当に十分だよ。でも孝弘さんは嫌かな？　手狭《てぜま》に感じちゃうのかなぁ。

そんな詩織の気持ちを知ってか知らずか、孝弘はご機嫌だ。表情が朝からずっと明るい。

「今日のディナーは俺が腕を振るうからね。アメリカにいる間は一人暮らしで自炊していたから結構料理の腕は磨けたと思うんだ」

孝弘が袋から野菜を取り出しつつそう言った。さっき寄ったスーパーで買った食材だ。彼はそれを一つ一つ手に取って確かめ、『日本の野菜は品がいいな』なんて呟いている。

「あの、本当に孝弘さんが料理なさるんですか？」

おずおずと尋ねながら、詩織は実家の父と兄のことを思い浮かべた。

台所に立ったことすらなさそうな父に、焼きそばくらいしか作れない兄……身の回りに料理をする男性がいないので、孝弘が料理をするイメージがどうもわかない。

それに専業主婦の母から『家事は女性の仕事です』と刷《す》り込まれてきたせいか、孝弘を台所に立たせるのを申し訳なく感じてしまう。

「今日はパスタと魚のグリルを作ろう。詩織はカクテルでも飲んで待っていて」

買ってきたオレンジジュースにシャンパンを注《つ》ぎ足し、孝弘は詩織にグラスを差し出した。

孝弘に食事を作らせて自分はお酒を飲むなんて、実家の母が知ったらものすごく怒りそうだ。

「い、いいえ、あのっ、手伝いましょうか？」

「一人でできるから大丈夫。詩織はのんびりしててくれ。けっこう歩いたから疲れただろう」

あっさり断られ、申し訳なく思いつつも、詩織は恐る恐る申し出た。

「あ、あの、じゃあ、その間に仕事をちょっとしちゃいますね、いいですか？」

「構わないよ。料理は一時間くらいでできるからそうするといい」

すっかり料理に夢中なのか、孝弘からは楽しげな声でそんな答えが返ってきた。

——じゃあ、申し訳ないけど、そうさせてもらおうかな……

詩織は心の中で孝弘に手を合わせ、ノートパソコンを開いた。

作ってもらったカクテルを飲みながら、表紙イラストと挿絵に対して、設定との相違がないかなどを確認する。

それにしても素晴らしいイラストだ。

——ああっ、頑張って徹夜で原稿を納品してよかった……全てが報われたよぉ！

小一時間ほど美麗なイラストをチェックした後、詩織は出版社の担当さんに返事を書き始めた。

イラストに対する指摘事項は特になく、書く内容はひたすらイラストレーターさんと担当さんへのお礼になってしまう。

――本当にありがとうございました、っと。

メールを書き終え、詩織は顔を上げた。台所からはいい匂いが漂《ただよ》ってくる。

詩織は台所に向かうと、そっと覗《のぞ》き込んだ。

孝弘は立ち姿まで本当に綺麗だ。手慣れた仕草で野菜を炒める姿も、詩織よりはるかに料理上手に見える。

彼はこの五年間、アメリカでどんな生活をしていたのだろう。

完璧で頭が良くてなんでもできる彼のことだ。きっと何の悩みもなくスマートに暮らしてきたに違いない……そう思い込んできたけれど、実際はどうだったのかと気になってきた。

「アメリカでは毎日お料理をなさってたんですか？」

「ビジネススクールの課題が多すぎて毎日気が滅入《めい》っていたから、気分転換にね。テイクアウトのデリより自分で作るほうが美味《おい》しかったし」

料理の手を止めず、孝弘が穏やかな口調で言う。

「孝弘さんでも気が滅入《めい》るなんてことがあるんですね」

驚く詩織に孝弘が振り返る。

「当たり前だろう。二十五歳で親の会社のアメリカ支社に送られて、環境は変わるし、ビジネススクールとはいえ、学校には通わないといけなくなるし。これがまたとんでもなくレベルが高い学校で、はじめは全く授業についていけなくて死ぬかと思った。なのに周囲は『御曹司はのんきにビジネススクールに通うんですか。結構なご身分ですね』なんてイヤミ言ってくるしね。本気で出奔《しゅっぽん》しようかと思ったくらいだ」

詩織は、意外すぎる孝弘の答えに唖然《あぜん》としてしまった。『楽しかった』『いい経験だった』という無難な答えが返ってくると想定していたのに……。同時に、孝弘でも苦労することがあるのか、と初めて思った。

「私、孝弘さんはどんな難しい課題も、何の苦もなくこなせるのかと思っていました」

正直にそう告げると、孝弘がフライパンに視線を戻して小さく笑った。

「そんなわけがない。父さんも叔父さんも俺に期待しすぎなんだ。潰れるかと思ったよ。まあ、意地とプライドだけで乗り切ったけどね」

「意外です。私の父も兄も、孝弘さんなら何の問題もなくやり遂げるだろうって言っていたので」

詩織の言葉に、孝弘が笑いながら首を横に振る。

「大学を出て三年しか経っていない二十五歳なんて、子供に毛が生えたようなものだよ。そんな子供が、好きな女の子からメールももらえずに異国でひとりぼっちだぞ。よくメンタルを保てたものだと我ながら褒めてやりたいな」

「好きな女の子……?」

目を丸くした詩織に、孝弘はフライパンを片手に振り返り、薄い笑みを口元にたたえた。

「僕の側でキョトンとしている、とぼけ上手さんのことだよ」

その答えを聞いた瞬間、胸がちくんと痛んだ。

詩織の頭の中に、孝弘の最初の求婚を断って、一人日本に残った当時のことが過《よぎ》る。

母は、全般的にゆるい詩織が彼に遊びのようなメールを送ったり、電話をかけて邪魔をしないようにと、ものすごく気を張っていた。

『孝弘さんに連絡するときは必ずお母様の許可を取るんですよ。いいですね。孝弘さんはお仕事でアメリカに行かれたのです。貴方の遊びにお付き合いする余裕はないのですからね!』

母は、まだお子様の詩織が孝弘の機嫌を損ねないよう必死に考えてくれたのだろうが、その気遣いが裏目に出てしまっていたとは。

世間知らずのお嬢様である母にとって、身近な異性は父くらいだ。だから、父のことを参考にしてアドバイスしてくれたのだろうと思う。

しかし考えてみれば、コミュニケーションを取るのが好きで独占欲の強い孝弘と、面倒くさがりで『黙って俺についてこい』タイプの父では、まるでキャラが違う。

――私、孝弘さんはアメリカでもパーフェクトになんでもやり遂げてるって、勝手に思い込んでた……お母様に色々言われても、こっそりメールしてあげればよかったな……

孝弘が寂しい思いをしているなんて想像もせずに、自分の好きなことだけして楽しく暮らしてきた自分ののんきさに、詩織はちょっぴり後悔の念を抱く。

感じた胸の痛みを振り払うように、詩織は思わず大きな声で言った。

「あの！　私、これからいっぱいメールしますから！」

「そうしてくれると嬉しいな。ちょっとした休憩とか移動のときに、詩織からメールが来てると癒《いや》されるから」

茹《ゆ》で上がったパスタを具と一緒に炒め合わせながら、孝弘が微笑む。

「でもうちの父は、メールとかそういうの嫌がるんですよね。仕事が忙しいときは、大事な連絡でも返事をくれないくらいなんです」

「人によるよ。俺は仕事中であってもたまには息抜きしたい。ビジネスモードにぶっ続けで入るよりも、こまめに切り替えながらやったほうが楽だ」

やはり、恋人や夫婦間の付き合い方というのは人それぞれのようだ。

詩織が納得したときオーブンが鳴った。コンロの火を止めた孝弘がオーブンを覗《のぞ》き込む。

「お、魚がいい感じに焼けた。詩織、飲み物の用意を手伝ってくれる？」

「はーい」

明るい返事をしたとき、こたつの上に置いていた詩織のスマートフォンが鳴った。

――誰からだろう。あとで折り返せばいいかな。

のんきにそんなことを思った、その瞬間だった。

『あいだ先生、お休みのところすみません！　スイートラブ文庫編集部の高橋《たかはし》です！』

留守電に吹き込もうとしたらしいメッセージが、なぜかハンズフリーモードに切り替わっていたスマートフォンから大音量で流れ出す。一瞬ビックリして飛び上がりそうになったほどの音量だ。

テーブルにお皿を並べていた孝弘が手を止め、詩織を振り返る。

「あれ、この電話、詩織あてなのかな？　名字が違うけど間違い電話じゃないか？」

――いいえ、あいだ先生は私ですっ！　わーーん！　ペンネームと仕事先がバレちゃう！

自分でも信じられないくらいの速さで身体が動いた。

スマートフォンをひったくり、十五畳のリビングを瞬間移動して、ベランダで電話に出る。

「す、すみません！　こんにちは！」

今日は休日なのに、どうやら担当さんは詩織の初稿を持ち帰って確認してくれたらしい。

背中から汗を噴き出しつつ、詩織は担当さんの指示に最低限の返事をする。

全体的にもう少しねっとりと、今回はエッチ押しで売りたい、など、担当さんが色々な提案をしてくれる。

『それでですね、あのぉ、もうちょっと加筆していただきたいんですよ。あいだ先生の書かれた一六七ページからのエッチシーンがすごくいいので、ここに乳首責めを一ページ追加いただけないかなって』

「あ、はい……」

会話しているうちに脳内が仕事モードになってきた。詩織は部屋に戻ると、いつも仕事をしているこたつテーブルに座ってノートパソコンを開き、言われた内容を入力していく。

——えっと、乳首責めを一六七ページからのエッチシーンに一ページ分追加……それからもう少しヒーローの独占欲を感じさせるようないやらしくて甘い台詞《せりふ》をエッチ中に追加……っと。

「わかりました。そこを直したら送りますね」

『あの、申し訳ないんですが、この週末でご対応いただくことって可能ですか？』

「大丈夫ですよ。わかりました。月曜の朝に確認いただけるように送っておきますね！」

いつものようにそう答え、詩織は電話を切った。そこで我に返る。

──今週末は……孝弘さんがずっと家にいるのでは……？

普段そんな生活をしていないので、頭からすっぽり抜けていつものように仕事を請《う》けてしまった。

担当さんは制作進行の都合上、どうしても週明けに作業を済ませてしまいたいのだろう。

今夜は孝弘にさっさと寝てもらうか、何か理由をつけて一時的に実家に帰り、自室の隅でこそこそパソコンを開いて作業をするしかない。

──乳首責めシーンを書いているときは絶対に一人になりたい。

詩織は必死に考えを巡らせた。何と言えば孝弘は納得してくれるだろう。

とにかく、ちょっと一人になりたいというニュアンスのことを孝弘に伝えよう。

だが、『どうして俺がいたら仕事ができないの？』と突っ込まれたら答えようがない。何が何でも誰にも見られずに書きたい文章とは一体どんな機密文書なのか、と思われるだろう。言い訳が難しすぎる。

「詩織、どうしたの」

孝弘が台所から顔を出した。詩織が内心で良からぬ計画を立て始めたときの彼の反応は素早い。やはり何らかのセンサーが搭載されているに違いない。

詩織は慌ててパソコンを閉め、立ち上がった。

「何でもないんです。あとでちょっと仕事しようかなって」

「休日なのに……？　フリーだからって無理に仕事を請《う》けすぎないほうがいい。休日はきちんと休んだほうがいいよ」

「そ、そうです……よね……」

「そうだよ。休日は休日で確保すべきだ」

平日休日関係なく、いつもエロ小説を書いている詩織にとっては耳が痛い忠告だ。

同時に、彼と結婚したら『週末も徹夜で仕事します！』なんて無理なんだろうなとなんとなく思う。

――ま、まずい、孝弘さんの言うようにもっと計画的に仕事を進めなければ……

焦っていた詩織だが、孝弘に促《うなが》されて席についたところで、運ばれてきた料理に目を見張った。

ピンクペッパーをちらしたズッキーニとパプリカのペペロンチーノ、そしてホイルで蒸し焼きにした鰆《さわら》のグリルだ。バターとバジルのいい香りがする。

仕事をどうしようかと悩んでいたはずが、一瞬、全部頭から消えた。

「すごい、美味《おい》しそう！　孝弘さんお料理が上手！」

詩織のはしゃいだ声に、孝弘が表情を緩《ゆる》める。

「よかった。喜んでくれて」

「私、こんな香辛料使ったことがないですよ」

それ以前に、オーブンの機能などほぼ使ったことがない。レンジで冷凍食品や母が差し入れしてくれたおかずを温めるくらいだ。本来の機能を活かすことができて、きっとあのオーブンレンジも満足していることだろう。

「俺は結構、この風味が好きなんだ。明日また何かピンクペッパーを使って作ってあげる」

孝弘の言葉に、ごちそうの素晴らしさに浮かれていた詩織ははっと我に返った。

——明日までいるつもりなんだな、どうしよう。一緒にいられて嬉しいんだけど、原稿が……

これが普通のシーンなら良いのだが、加筆するのは全部エッチなシーンだ。

喘《あえ》ぎ声バリバリの文章を見られて『地方紙のグルメ記事の仕事です！』なんて言い訳が通るとは到底思えない。

笑顔になったり青ざめたりしている詩織を不思議に思ったのか、対面に座った孝弘が、つと手を伸ばしてきた。

「詩織」

「はっ、ハイッ！」

「もしかして家に俺がいると迷惑？」

詩織の指先を握る孝弘の顔には『違うと言ってくれ』とはっきりと書かれていた。詩織は慌てて力いっぱい首を振る。

「そんなことないです。楽しいです」

「だって今日の家探しもあまり乗り気じゃなさそうだったし……俺といるとき、しょっちゅう『心ここにあらず』って顔してるから」

——思考が飛んでるときはたいがい、エロ小説関連のことを考えてます、なんて言えない……

何をどう言い訳すればいいのだろう。必死で言葉をひねり出そうと頑張ったが、普段嘘など吐く必要のない平和な暮らしをしているおかげで何も思いつかなかった。

「あの、あの」

青ざめた詩織は、結局、成仏《じょうぶつ》できない幽霊のような声で答えた。

「仕事中の原稿を……見ないでくれたら……それでいいです……」

詩織のあまりに暗い表情に、孝弘が眉をひそめる。

「どういう意味？」

「すみません、えっと、あの、人に見られると……文章が書けないので……」

まるで悪事を犯した芸能人のインタビューみたいだ。

これでは『後ろ暗い仕事をしています』と言っているようなものではないか。

「そうか、詩織は仕事のときは別のモードで書くんだな」

あまりの空気の微妙さに、孝弘が明るい声でそうフォローしてくれた。

その言葉にすがりつくように、詩織はこくこくと何回も頷く。

「わかったよ。邪魔しない。ただし休養日はちゃんと入れるようにしてくれ」

素直に頷くと、孝弘が気を取り直したようにシャンパンのボトルを手に取った。

「冷める前に食べてしまおう。このシャンパンは結構美味《おい》しいんだよ」

「ええ。いただきます。本当に美味《おい》しそう」

詩織もグラスを手に取る。

——そうだ、明日の朝五時くらいに起きて作業しよう。早起きなら孝弘さんも何も言わないだろうし……

孝弘が整えてくれた贅沢なディナーを味わいながら、詩織はそう決意した。

しかし、予定は未定。思ったとおりにいくものではない。

「あ……ああ……」

たくましい肩にすがりつき、詩織はしゃくりあげるような声を上げた。

柔らかな襞《ひだ》を押し広げるようにして、熱い塊《かたまり》が、幾度《いくど》も中を行き来する。

お互いの汗と溢《あふ》れ出した雫《しずく》で身体はしとどに濡れ、もうどれだけの間こうやって啼かされているのかわからなくなってきた。

——あ、朝もしたのにぃ……これ、何回目!? 早起き、できない……かも……

ぐちゅぐちゅと音を立てて身体を揺すられ、幾度《いくど》も奥深くまで突き上げられた詩織は、嗄《か》れ果てた声を漏らす。

喘《あえ》がされすぎて、意識が朦朧《もうろう》としてきた。

孝弘の手は、詩織の手首を鋼《はがね》のような力で押さえつけている。

遂情《すいじょう》するまで片時も詩織の身体を離さない、という強い意思が伝わってくる。

「君がそんな可愛い声を出すから、俺は我慢できなくなるんだ」

孝弘の汗が詩織の胸に落ちる。欲情をこらえる彼の顔がたまらなく色っぽく見えて、詩織の不慣れな欲望も煽《あお》り立てられる一方だ。

ふいに、何度めかわからない絶頂が詩織の身体を襲った。

詩織はシーツを足の指で掴み、裸の胸を孝弘に押し付けてビクビクと身体を震わせた。

「あ、あん……っ!」

ひときわ力を込めて孝弘にしがみつくと、彼は汗まみれの腕で詩織を優しく抱き寄せた。

「上手にイケたね。でもまだ寝かせないから」

火照《ほて》る身体を持て余す詩織にキスをして、孝弘が未だに衰《おとろ》えない肉杭《にくくい》で詩織の一番奥を執拗《しつよう》にえぐる。蜜を溢《あふ》れさせつつも、詩織は彼の動きに応《こた》えるように腰を振った。

「たかひろ、さん……すき……」

身体中を口づけの痕《あと》だらけにしながら、詩織は呟く。

孝弘が満足げなため息を漏らし、詩織の濡れそぼった花弁を指で軽くつねった。

硬い雄を呑み込んだまま、詩織の花襞《ひだ》が激しくうねり、収縮する。詩織はたまらずに盛《さか》った猫のような声を上げてしまった。

「や、あ、ああー……ッ」

「今の、もう一回言って」

焦《じ》らすみたいに身体を揺すりながら、孝弘が笑いを含んだ声で言う。

「す、すき……すき……」

荒い呼吸を繰り返し、詩織はやっとそれだけを口にする。

「俺も好きだよ……愛してる、詩織」

情欲にかすれた声で、孝弘がそう呟いた。

舌を絡ませ、秘部を分かち合い、素肌を隙間なく重ね合い、詩織は意味をなさない声を漏らす。

「やだ、やだぁ……おかしくなっちゃう、から……ぁ……！」

「……もっとおかしくなって、乱れて。可愛いよ、なんでこんなに可愛いんだろうな……五年分抱くまで離したくない」

一番感じる部分をわかっているかのように、昂《たかぶ》った切先が詩織の柔らかな最奥を突き上げる。

「ひぃ……ぁ……ぁぁ……っ……」

もう、まともに言葉も出ない。詩織はその後一時間近くも孝弘に組み敷かれ、甘く執《しつ》拗《よう》な攻めに晒《さら》され続ける羽目になった。やがて、夢とうつつの境もわからなくなってきて……

……そして起きたら、朝の九時だった。

孝弘の鼻歌と朝食を作っているらしき物音が聞こえてくる。漂《ただよ》ってくる甘い匂いは、昨日の昼に詩織が食べたいと言ったフレンチトーストのものだろうか。

完全に寝坊したようだ。

激しい情事の名残《なごり》が残った身体を抱きしめ、詩織は呆然と座り込む。

――ちょっと待って。孝弘さん、元気……すぎる……これじゃ私、休日に早起きできない！

第四章　御曹司 ↓ 押しかけ旦那様

詩織は、パソコンのキーボードを叩きつつ、部屋にベッドが運び込まれる様子をぼんやり見つめていた。

――孝弘さんにダブルベッドまで買っていただいてしまった……

海外の有名メーカーのベッドはいかにも寝心地が良さそうだ。

設置を終えた配送業者の人を見送り、詩織は玄関でため息をつく。

あれから一週間、毎日詩織のマンションに『帰って』来るようになった孝弘は、今後もここに居続けることを決めたらしい。詩織を『独占』するために。

がら空きだったクローゼットにも和室にも、孝弘のものがどんどん増えていっている。

孝弘の実家は都心の大邸宅で、彼の勤務する小早川グループの本社ビルからも近い。通勤至便《しべん》な場所に家があるのだ。

だが孝弘は、ここに毎日帰ってきたいのだという。非の打ち所のない御曹司で、引く手あまたの彼が、なぜ詩織にこんなに執着《しゅうちゃく》するのか未だによくわからない。

もちろん『週末は四六時中ベッタリしたいし、平日は詩織の家に帰ってきたいし、お風呂には一緒に入りたいし、事情が許せば毎晩でも抱きたい』とまで言われて『私のこと、好きなのかな?』とすっとぼけるほど、さすがの詩織も鈍くはない。

ありがたいことに、彼は本当に詩織のことを好きでいてくれているのだろう。

しかし、正直なところ謙遜《けんそん》ではなく思うのである。『なぜ私なんだろう?』と。

孝弘の奥様の座を狙っている従姉《いとこ》も、彼にアプローチをかけているという他所《よそ》の家のお嬢様も、はっきり言って詩織より美人だし、華やかで社交的だ。昔から女の子同士のバトルに全敗してきた詩織とは比べ物にならない『勝ち組女子』ばかりなのである。

そんなことを考え込んでいたとき、ポケットに入れていたスマートフォンが鳴った。

――あ、マリからだ。新しい同人誌でも作ったのかな?

画面に表示された画像は、人参の着ぐるみを着たマリと、大根の着ぐるみを着た詩織。高校の文化祭で撮影した写真で、見るたびに笑いそうになってしまう。

マリは、大手外資系企業の日本支社長令嬢である。

だが、マリ本人は全くお嬢様らしくなく、どちらかと言えばバリバリのキャリアウーマン風の女の子だ。

彼女は親が持ってきた婚約話を全部蹴り、さらには詩織が通ったお嬢様高校付属の短大には進学せずに難関大学に入学した。

今は都内で超一流企業のOLをしつつ、有名アニメやアプリゲームの二次創作漫画を描きまくっていて、その筋ではかなりの有名人である。神絵師《えし》様、なんて呼んで崇拝する人もいるくらいだ。

「はーい」

『あ、ねえ詩織、よかったらさぁ、イベントの売り子手伝ってくれない？』

「いいよ。またBL《ボーイズラブ》のやつ出すの？」

『うん。今回は詩織もやってるゲームのやつ。アーサー×男主人公の溺愛系の新刊と、前回のイベントで完売しちゃった既刊を三つ持っていこうと思って。それでね……』

マリは電話口で一方的にまくし立てる。男女モノのエッチなコンテンツも大好きなようだが、自分で描くなら断然十八禁ボーイズラブらしい。

「新刊、私にも頂戴」

『いいよ。詩織が持ってないやつ全部あげる。じゃ、再来週の土曜の、朝七時に……』

自作の超絶エッチなボーイズラブ漫画を顔見知りに配りまくるマリの武勇に感服しつつ、詩織はうきうきとして居間に戻った。

イベントの売り子は結構楽しい。マリは人気サークルの主宰者なのだが、朝のお客さんが殺到する時間がすぎれば『詩織は買い物に行ってきていいよ』と言ってくれる。そこでいろんな創作小説の同人誌を買ったり、手作り雑貨コーナーで可愛いものを買ったりできるのだ。

詩織は秘密の本を詰め込んだ衣装ケースからマリの同人誌を取り出した。

——マリがいきなり漫画を描き始めたときはびっくりしたなぁ。それにすごく上手になったよね。

高校の頃の同人誌は……マリは『黒歴史』と呼んでいるけれど、本当に子供が描いたような絵だった。だが今のマリは大手の出版社から『弊社《へいしゃ》のボーイズラブ小説の表紙と挿絵のお仕事を受けてもらえませんか?』と引き合いが来るくらいに上達している。

ＯＬが本業なので商業の依頼は全部断っているようだが、プロに評価されるほどの腕なのだ。

彼女がこんなに上手になったのは、やはりボーイズラブがものすごく好きで、親に『そんな猥褻《わいせつ》な漫画を描くのはやめて!』と泣かれても、『イベントイベントって何のイベントなんだよっ!』と彼氏に振られても、ひたすらエッチなボーイズラブを描き続けたからなのだろう。

改めて、やはりマリは剛《ごう》の者だと思う。

詩織なんてまだまだだ。親や孝弘に作品を見られることを想像するだけで気が遠くなるのだから。

——ううん、気が遠くなってる場合じゃないよ。あの恋愛小説の賞だって、今回初めて三次選考までいったもんね。私もコツコツ頑張ろうっと。

マリの努力を思い出して前向きな気持ちになり、詩織はパソコンに向かった。

今日はダラダラせず、孝弘が帰ってくるまでに予定分の仕事を終わらせ、夜はパソコンに触らないようにする。それが目標だ。

うちに来ないでください！　などと言ったら大揉めに揉めるのは目に見えているし、詩織自身、押しかけ旦那と化した孝弘に対して悪い気はしないのだ。原稿さえ見られなければ、ずっと彼と一緒に過ごしたい。

――まあ、それにしてもやっぱり、孝弘さんがなぜ私のことを好きなのかがわからないのよね。私、恋されるヒロインだったことが一度もないもん……孝弘さんの前ではずっとドジばっかりだったし。

振り返ると、初対面だった五歳のときから、詩織はやらかしていた。

十歳の孝弘と引き合わされた日、詩織は兄や大人達が難しい話をしているのに飽きて、勝手に庭に出て遊んでいた。そこでなぜか亀を捕まえようとして、池にドボンと落ちたのだ。

今考えれば、亀なんか捕まえてどうするつもりだったのだろう。

それほど深い池でもなかったのだが、幼かった詩織は死ぬかと思った。そんな大ピンチに陥《おちい》った詩織を助けてくれたのは、詩織を探しに来た孝弘だった。

彼は躊躇《ちゅうちょ》なく池に飛び込み、パニックを起こしてバチャバチャ暴れていた詩織を抱っこして池から上げてくれたのだ。

思えばあの頃から孝弘は賢くて判断が早い冷静な神童で、詩織はドジだった。二十年前の初対面のときすらも最悪だったのに、どうして彼は『詩織がいい』と言ってくれるのだろう。

しかし、『なんで私が好きなの？』と聞いても『またそんなふうに俺を試して……何度でも言ってあげる。好きだよ。昔から好きだ』とか言われながら押し倒されるだけのような気がする。

——イケメン御曹司様の考えることはわからん……どうしてもわからん……

そんなことを考えつつ手を止めたところで、こたつテーブルの上のスマートフォンが鳴った。

七つ年上の兄、章介からだ。何だろうと思いつつ、詩織は電話に出た。

「はーい。詩織です」

『ああ、詩織、来週フランスに行くんだけど何か買ってきてほしいものあるか。母さんに山のように買い物頼まれたから、お前にもなんか買ってきてやるよ』

「チョコレートがいいな」

色気より食い気の詩織は、兄にそうねだった。父や兄がフランスに行くときはいつも、とあるメーカーのチョコレートを頼んでいる。世界的に有名なお店の品で、日本で買うと目玉が飛び出るような値段なのだ。

『またあそこのお菓子か。化粧品とかアクセサリーとかじゃなくていいのか』

「うん。チョコでいい」

詩織の言葉に、兄が電話の向こうで苦笑する。

『まあいい。あっちに行ったら秘書に頼んで買ってきてもらう。ところで聞いたか、ヒカルの新作が百万部を突破したらしいぞ。何かお祝いしてやったら？』

兄の言葉に、詩織は目を丸くした。

ヒカルというのは、兄の大学時代からの友人である。詩織がモノカキの端くれであることを知った兄が『先輩として色々相談に乗ってもらったらどうだ』と紹介してくれた人物だ。

彼は『花青光《はなおひかる》』というペンネームで、大学生の頃から様々な作品を上梓《じょうし》している、有名な人気作家である。

これまでも数々のヒットを飛ばしてきたのだが、今回とうとうミリオンセラーを出したらしい。

――ひゃく……まん……ぶ！

自分とは縁のなさすぎる数字に、詩織はテーブルに突っ伏した。震えが来る。何をどうすればそんなに多くの読者に受け入れられる作品が書けるのだろう。

「わかった。ヒカルさんにメールしてみる。ありがとうお兄様」

『知人がミリオンセラーを出した』という衝撃を噛み締めたあと、詩織はネットで『花青光』の名前を検索した。

出版社のホームページに『百万部突破』の文字とともに、彼の新作が大々的に取り上げられている。どうやら現代を舞台にしたミステリ仕立ての恋愛もののようだ。

——す、すごい……でもヒカルさんの書くお話、本当に面白いからな……

詩織はスマートフォンを手にして、ヒカルあてにメールを打った。

『お久しぶりです。詩織です。兄から聞きました。百万部突破おめでとうございます！今度一緒にお茶しませんか？　お祝いに何かごちそうさせてください！』

返事はすぐに返ってきた。

『章介は元気？』

詩織の書いたお祝いへのコメントなど何もない。

徹頭徹尾《てっとうてつび》、兄にしか興味を示さないヒカルの態度は今日も変わらなかった。

驚くべきことに、彼は昔から詩織の兄が好きらしい。

好きというのは恋愛の好きであり、女の人に興味を抱いたことは一度もない。そうヒカルは言っていた。

——お兄様は昔からモテたけど、あんな有名作家さんにまでモテるなんて……しかも同性の……

初対面の日に堂々とこのことを告げられたときは仰天《ぎょうてん》したが、今はもうそんな言動には慣れた。妹として何と答えていいのかはいまいちわからないのだが。

『兄は元気ですよ。相変わらず忙しいみたいです』

『女はできた？』

本当に必要最低限のことしか言わない人だな……と思いつつ、詩織は返信を入力した。

『多分できてないと思います！　彼女さんができたら紹介してくれると思うので』

兄はバツイチなのだ。昔からの婚約者と二十五歳で結婚したのだが、一年後に相手の浮気が原因で離婚した。

――お兄様が離婚してから随分経ったけど……ヒカルさん、諦めない人だなぁ……

詩織はメールを送って、ため息をついた。

ヒカルは、兄の離婚が成立した日から、毎週金曜の夜に『世界で一番愛してる』というメールを兄に送っているらしい。

兄はそのメールを拒《こば》むでもなく受け入れるでもなく、ただひたすら受け取っているようだ。

詩織には理解できない関係だが、まあ多分、二人は仲良しなのだろう。

『了解、ありがとう。今日なら暇だよ。詩織ちゃんの家の下のカフェに行く。三時にどう？』

ヒカルは昔から、その場の思いつきでなんでも決めるタイプだ。詩織は慌てて返信を打った。

『ありがとうございます！　三時に行きますね』

ヒカルには、今まで色々と業界の話を教えてもらったり、ちょっと困った担当さんに当たったときに相談したり、仕事の悩みを話したりしてきた。

ものすごく頭のいいヒカルの助言は、毎回的確だった。無駄なことは一切言わないのでキツい人だと思ったこともあるが、彼の言うことは間違っていなかった。

相談に乗ったお礼として『兄に彼女ができたか』という報告を毎度求められるのは微妙なのだが……基本的にヒカルは面倒見のいい人だと思う。

それにヒカルは女の子に全く関心がないので、絶対に詩織に変なことをしてこない。よって、男性に不慣れな詩織でも不安なく会えるのだ。

——とりあえず、三時までプロットを進めようっと。ヒカルさん、手土産《てみやげ》とかあげても受け取ってくれないし……カフェの代金を払えばいいよね。

ヒカルは趣味にうるさく、何をあげようとしても『いらない。食べない。使わない』の一点張りで何も受け取ってくれない。『章介の女遍歴《へんれき》だけチクってくれればいい』とだけ言うのだ。

気持ちを切り替え、詩織はパソコンに向かってひたすら文字を打ち込み始めた。

頭をひねって色々と書いているうちに、あっという間に三時前になった。

時計を見上げた途端、思い出す。そういえば今日はまだ、孝弘にメールを送っていない。

『お仕事お疲れさまです！　夕飯はカレーにします。家で食べられそうなら連絡ください。あとベッドが届きました。広くて素敵です。ありがとうございます』

さて、孝弘が家に入り浸《びた》っていることを両親が知ったらどうなるのだろう、と思いつつ立ち上がったところで、孝弘から返事が来た。

『メールありがとう。今日は十八時には会社を出られそうだから俺が作るよ』

フルタイムで会社で働いているのに、家に帰って家事までしたいとはどういうことだろう。

今週詩織が作った粗末なご飯が口に合わなかったのだろうか。

『私が作りますよ？』

慌ててそう送ると、孝弘からすぐさま返事が返ってきた。

『ありがとう。今週は毎日詩織に作ってもらったから、今夜は俺が作る。週末は詩織が好きなケーキも焼こうと思う。なんでもリクエストして。愛してるよ』

最後の一言を見た瞬間、ボン、と音を立てて顔に血が上った。

——あ、あ、愛してるって……！

ストレートな言葉に何と返事をしたものかとおろおろした挙句、とりあえずハートマークの絵文字を送った。

慣れない。王子様のような彼にこんなふうに『溺愛』されることに、今もって全く慣れない。

心臓をバクバクいわせつつ、詩織は靴を履《は》いて一階のカフェに急いだ。

カフェでは、すでにヒカルがテラス席に腰かけて文庫本を読んでいた。

「やあ」

詩織の姿を認めて、ヒカルが淡く微笑む。

ずば抜けた美青年というわけではないのだが、不思議と目をひかれる。いつ見ても、まるで夜の気配をまとっているかのような、妖艶《ようえん》な印象のある人物だ。

「お待たせしちゃってごめんなさい」

「いや。平気。あ、そうだ、詩織ちゃんに俺の本あげる」

ヒカルがそう言って、バッグの中から一冊の本を取り出した。

「来週出る新刊だよ。現代モノ」

「ありがとうございます！　これ、私の新刊です」

そう言って、詩織も恐る恐る自分の本を差し出した。

詩織の本を受け取り、ヒカルがちょっと目を細めた。

かなりの速読家であるヒカルに言わせると、『縁あった全ての本は一読すべき価値がある』とのこと。そんなわけで、彼は、完全女性向け仕様の詩織の本も読んでくれる。

詩織の本をペラペラめくっているヒカルを見ていると、兄の紹介で初めて彼に会った日のことがふと思い出された。

『どんな本を書いているのかは言いたくない』と口走った詩織に、ヒカルが言ったのだ。

『物語として成立しているなら俺は読む。嫌いな本とかないから』と。

なんとなくその言葉に心動かされて、詩織は後日、彼に自分の本を送ってしまった。

親や兄には絶対に言わないでくれ、と言って。

本が届いた日の夜、ヒカルは感想を送ってくれたのだ。彼はなんと、詩織の書いた拙《つたな》い官能小説をきちんと読んでくれたらしい。

『子供が書いたみたいな話だね。設定も展開も突拍子もなくて。でも作品がちゃんと息をしていた。また書いたら送ってください』

ヒカルからのメールにはそう書かれていた。

あの日から、詩織にとってヒカルは恩人であり大先輩になった。

彼はジャンルをとやかく言うことはなく、詩織が描こうとした物語を読み取ろうとしてくれる。ものすごく端的な一言ばかりだが、どれも的を射ていて、毎度新しいことに気づかせてくれるのだ。

——変なものを書いたら、きっとすっぱりと切り捨てられるんだろうなぁ……緊張する。

詩織は美しい装丁のヒカルの新刊をパラパラとめくった。家に帰ってゆっくり読もう。そう思いながら、本を大事にバッグの中にしまう。

「あ、指輪だ」

詩織の左手に目を留め、ヒカルがふわりと微笑んだ。

「そうなんです、これ、婚約している相手の方に頂いて」

なんとなく気恥ずかしくて、詩織は頬を染めた。そんな詩織を見て、ヒカルが優しい声で続ける。

「旦那さんには詩織ちゃんの本見せた?」

詩織は慌ててぶんぶん首を振る。

「どうして見せないの」

「あ、あの、すごく真面目な人なので……恥ずかしくて……」

「そう。本を見せれば、詩織ちゃんが、愛情は柔らかくて優しい宝物だと思ってる、って伝わりそうだけど」

ヒカルの言葉に、詩織は言葉を失った。

確かに書いているものは官能濃いめの話だが、詩織はそこに甘く優しい世界と、自分が思う理想の愛情を表現しているつもりだ。

裕福な親や歳の離れた兄に大事にされてきた詩織にとって、世界は穏やかで優しいものだった。悪く言えば、苦労知らずなのだ。

でも、苦労を知らない詩織だからこそ書ける、牧歌的で善良な世界があってもいいと思う。担当さんも『あいだ先生のお話は、ハッピーで甘々なところが好評なんです！』と言ってくれている。

同時に、小早川家の古色蒼然《こしょくそうぜん》たる門構えが脳内に浮かんだ。

『威厳』を体現したような冷徹な孝弘の父と、真面目さと誠実さが訪問着を着て歩いているような孝弘の母。そしてその両親や親族の巨大な期待を受け止め、かつ、パーフェクトにそれに応《こた》えきる超エリートの孝弘……

彼らに『私が書いたエッチな話です！』と自著を差し出すなんて無理すぎる。考えるだけで恐怖のあまり凍りそうだ。

「無理なの？」

ヒカルに言われ、詩織はこくこくと頷いた。仕方ないな、というようにヒカルが笑い、詩織の本を開いた。

「ま、章介も俺の本は読んでくれないけどね。章介へのラブレター代わりに書いた本が百万部突破したよって言ったらブチ切れられたし。詩織ちゃんが羨《うらや》ましいよ、だって旦那さんと両思いなんでしょ。両思いじゃない愛は、常に人の迷惑になるんだ。俺のこの深い愛みたいにね」

そう言いながら、ヒカルが大胆なエッチシーンの挿絵を開いて、詩織の前に突き出した。

「俺こういう挿絵、結構好き。女性向けの官能モノもいいね、今度変名で書いて章介に送ろうかな。章介のためにエロ小説書いたよって」

突然エロエロ合体イラストのページを広げられ、詩織は慌ててヒカルの手から本を取り上げた。

「あ、あの、ヒカルさんは普段、うちの兄に何を？」

「ラブコールしてるだけだよ」

ヒカルはそう言って、美味《おい》しそうにオレンジジュースを飲む。

「そんなことよりさ、相手は詩織ちゃんが一生懸命やってることを否定するような人間なの？　もしそうだとしたら、そんな人と暮らして大丈夫？」

「え、えっと……」

思いがけず、心をぐさっと刺す言葉だった。返す言葉に迷い、詩織は視線を彷徨《さまよ》わせる。

「条件付きの愛情なんて長持ちしない。その条件が亀裂になって、いつか愛情が変質するよ」

小難しい表現だが、ヒカルの言わんとすることはわかる。結婚するならば、詩織の大事なものを一緒に大事にしてくれる人を選ぶべきだ、と彼は示唆《しさ》しているのだ。

「で、でも、見せるも何も……私が書いてる内容は、ちょっと……初心者の方にはキツすぎるというか」

詩織の言葉に、ヒカルが頬杖をついた。

「まあ、真面目なサラリーマンは、愛する奥さんがこんなの書いてたら腰抜かすかもねえ。だってすごいね、詩織ちゃんの新刊。ＳＭ？　目隠し？　ネクタイ縛り？　うっわ、俺でもないわ、こんな経験」

兄いわく『男にモテまくりの魔性の男』のヒカルにまでそう言われると、やはり自分はドギツい話を書いているんだな、と思わずにいられない。

「う……うう……そういう作品もスパイシーでいいかなって……担当さんと……」

答えながら、詩織はガックリと肩を落とす。同時に、ヒカルに言われて改めて思ってしまった。

――私、ずっと小説を書いていたいけど……それを一生孝弘さんに隠すなんてできるのかな。

衣装ケースがパンパンになるほどに詰め込まれた作品達のことを思う。

――自分の大事なものを、孝弘さんに教えられないって寂しい。いや、でも真面目なOLさんがSMにハマってよがり狂うお話なんか見せられるわけないし。どうしよう。

頭を抱える詩織の前で、ヒカルが楽しげに言った。

「ねえ、君達幸せカップルの話はもうお腹いっぱいだから、章介の話してよ。まさかあいつにお見合い話なんか来てないよね？」

詩織はその後二時間、ヒカルの『章介って、本当に中途半端に優しくていいよね。残酷。俺、昔からあいつのそういうところが好き』という話に付き合わされたのだった。


ヒカルの得体の知れないパワーに押され、詩織はぐったりして家に帰った。

「あら詩織、おかえりなさい」

「お母様、いらしてたの？」

ぎょっとして顔を上げると、居間にブランド物らしきニットにスカート姿の母が立っていた。

一人暮らしの条件は、両親に合鍵を預けることだったので、このように突撃訪問されることは諦めている。しかし……

――やばい。孝弘さんの服とか気がついちゃったかな？　いや、お母様、自分ではしっかり者のつもりだけど、意外とどんくさいから大丈夫かな？

詩織は息を詰めて母の様子をうかがった。だが、母の表情は普段と変わらない。どうやら気づかれていないようだ。だが……

「どうしてベッドを買い替えたのです。そんなお金があるのですか」

唐突にそんなことを言われて、詩織はぎくりとした。

「えっ？　なんで知ってるの？」

「寝室のドアが開けっ放しでした。一人暮らしであっても、あのようなプライベートなお部屋のドアはちゃんと閉めなさい。はしたないから。ところであのベッド、かなりいいお品みたいね。無駄使いはダメだと言ったでしょう。お買い物をいっぱいしたいのなら家に戻っていらっしゃい。そもそも貴方は……」

お説教が無限に続く気配を察した詩織は、慌てて口を挟んだ。

「ごめんなさい」

神妙そうにうつむきつつ、やはり母は世間知らずだな……としみじみ思う。

一人暮らしの娘が唐突にダブルベッドを買ったら、普通は別の心配をするものなのに。

しかし母は天地がひっくり返っても詩織が家に男を連れ込むなどと思わないのだろう。根っからのお嬢様で、娘のことも自分の分身だと無邪気に信じているタイプなのである。

だが現実は違う。

『連れ込んだ』のではなく『押しかけてきて絶対に帰らないことを決意している』という違いはあるものの、詩織は今、孝弘と暮らしているのだ。

もちろん勝手な同棲なんて良くないことだとは思うのだが、孝弘の勢いと、彼と過ごすなんとも言えない甘い時間が、罪悪感に優《まさ》ってしまっている。

しかし彼が母と鉢合わせしたらまずいのは確かだ。

「今日はカズミさんが煮物を作ってくれたの。詩織にもおすそ分けしようと思って」

詩織の心など露知らず、母はのんきにそう言った。カズミさんというのは、古河家で長く働いてくれている家政婦さんで、料理上手な人だ。詩織は、今の状況を一瞬忘れて思わず歓声を上げた。

「本当？　嬉しい！」

「とても美味《おい》しいのよ。ちょっと唐辛子が入っていて、それがアクセントになっているの。教えていただいたんだけど、どうしてもカズミさんみたいな味にはならないのよね」

すぐに我に返った詩織は、半月ぶりに娘の家に来て楽しいらしい母に話を合わせつつ、内心の焦りを押し隠す。

――孝弘さん、絶対『ただいま』って言って入ってくるよね。鍵持ってるもん。ああ、お母様にそんな場面を見られたらどうしよう。

「どうせまたお弁当を買ってるのでしょ？　一緒にお夕飯を作りましょう」

いつもなら母のヘルプは大感謝なのだが、今日はまずい。詩織は慌ててスマートフォンを取り上げ、孝弘にメールを打った。

『母が急に家に来て、一緒に夕飯を食べると言っています。ご飯も作り始めてしまいました。なので今日はごめんなさい』

これだけ言っておけば、孝弘が自分で判断してくれるだろう。詩織はスマートフォンを傍《かたわ》らに置き、母の隣に立った。

「お父様とお兄様のお夕飯はいいの？」

「ええ。お父さんは今日は外食なさるから。章介は仕事で遅いのよ。出張前で大変なのですって」

「そうなの……」

やはり母はなかなか帰ってくれそうにない。

「詩織、かしわ飯《めし》をお作りなさいな。教えてあげますから。お嫁に行く前に色々お料理を覚えて、孝弘さんに作って差し上げるのよ」

どうやら母は、嫁《とつ》ぐ日が近づいた娘に料理を教えたいらしい。その気持ちを思うと、無下に追い返すこともできなかった。

早く帰ると言っていたけれど、七時を過ぎても孝弘は戻ってこない。連絡した内容を見て今日は実家に帰ってくれたのだろう。ほっとしつつ、詩織は母と一緒に夕飯の膳を整え終えた。

「詩織もちゃんと和食を作りなさいね」

母の言葉に詩織が頷いたとき、玄関のほうでガチャリと鍵が回る音がした。

「あら？」

母が不思議そうに振り返る。

「お父さんがいらしたのかしら。詩織の家に行くって連絡しておいたから」

――まずい！　ぼーっとしているお母様はともかく、お父様に家探しされたら孝弘さんのものなんか一発で見つかっちゃう……

息を呑む詩織の前に、難しい顔をした父がやってくる。

「あら、お父さん、会食はどうなさったの？　こちらでお夕飯召し上がっていきます？」

「いや……」

父が鞄を下ろし、背後を振り返って声をかけた。

「孝弘くんもどうぞ。娘が全然片付けてないから見苦しいんだが」

「お邪魔します」

何の曇りもない笑顔で、孝弘が入ってくる。

——えっ？　なんで一緒にいるの？

詩織は絶句し、ぽかんと口を開けてその姿を見つめた。

「母さん、孝弘くんが、近日中に詩織と暮らし始めたいそうだ」

父の唐突な言葉に、詩織の口がさらにぱかーんと開いた。一体何が起きているのか。孝弘の笑顔は何なのか。

案の定、父の言葉に母が眉をひそめた。

「一緒に暮らすのは結婚してからでないと……まだ結納も済ませていませんのに」

「結納は来月だし、それを済ませたらすぐにでも入籍すると言ってるから、構わないんじゃないか」

普段ならこんな話は嫌がりそうな父が、妙に物わかりのいいことを言っているのはなぜなのだろう。

「なにをおっしゃっているの？　絶対にありえません。娘がお式の前に男性と暮らすなんて。私の両親やあなたのご親族がなんて言うか……」

——うう、お母様ごめんなさい……私はすでに色々されてしまっています……

詩織は瞑目《めいもく》した。父が難しい顔のまま、母の肩を抱いて居間の隅へ歩いていく。

「……って言うんだから仕方ない。今更結婚話がまとまらないほうが困る……」

声を抑えているものの、父は地声が大きいので話がなんとなく漏れ聞こえてくる。

おそらく父が『仕方ないから同棲を認める』と思うような何かがあったのだ。

詩織は孝弘を振り返ってこっそりと耳打ちした。

「父に何を言ったんですか？」

「さっきおじさんに電話して、母方の従妹《いとこ》が僕と結婚すると言い出して、面倒なことになっていると正直に報告した。僕としては詩織さんと早く落ち着きたいから、邪魔が入る前に入籍を急ぎたい、それと早めに同居させてくれと頼んだんだ。そうしたらおじさんが、詩織やおばさんと一緒に話そうって、予定されていた食事会を欠席してこうやって誘ってくださった」

「な、なっ……それって！」

大声を出しかけた詩織の唇を、孝弘が指先でそっと塞いだ。

「うちの母は昔から娘を欲しがっていた分、従妹《いとこ》を溺愛していてね、面倒なことになったら困るだろう？」

「え、そっ、それ」

――本当の話なんですか？

言いかけた詩織の目を見つめて、孝弘がにっこりと微笑む。

「大丈夫、俺は詩織一筋だ。おじさんとおばさんにも詩織が一番大事だって説明して、安心してもらうから」

「あ、ありがとうございます、でも、孝弘さんの従妹《いとこ》って……」

孝弘に対して『どうかうちの娘を嫁に！』としつこくねじ込もうとする人がたくさんいるのは知っていたが、その中に彼の従妹《いとこ》まで含まれていたなんて初耳だ。

詩織は両親の姿にちらりと目をやった。おろおろしている母に、父が真剣に何かを言って聞かせている。母は困った表情で、父の言葉に頷いていた。

「孝弘くん」

父が、笑顔で振り返った。非常に愛想のいい顔だ。

「詩織も来なさい。話があるから」

居間の真ん中に四人で座り込む。詩織は落ち着かない気分でうつむいた。

「まあ、今の若い人は形式に拘《こだわ》らないものだよな。私の若い部下も入籍の一ヶ月前から嫁さんと暮らし始めていたなぁ。そういうものらしいな、うん」

自分を納得させるためと思《おぼ》しき言葉を、父が口にする。

父はどんな局面でも、自分を鼓舞してその気になっていくタイプなのだ。

「入籍は来月の結納の後でいいのかな？」

「はい。本当は五年前に結婚したかったくらいなので。俺は一日でも早く詩織さんと一緒になりたいです」

ハキハキした孝弘の言葉に、父がうんうん、と頷いて目元を擦《こす》った。

「あのときはなぁ……詩織が君と一緒に行かないって言い出したときはどうなることかと思ったが。そうか、とうとう詩織も覚悟を決めたか」

どちらかというと、孝弘にぐいぐい押し切られて今に至るのだが、詩織はあえて口をつぐむ。

「詩織も孝弘くんと同じ気持ちなんだな？」

父にさり気なく尋ねられ、詩織は自然に頷いた。

「孝弘くんがまた海外勤務になっても、今度はちゃんとついていくんだな？」

もう一度頷いた瞬間、原稿のことがちらっと脳裏を過《よぎ》る。

──大丈夫！　メールのやり取りができれば、仕事のほうはなんとかなるってもうわかったし！　あとは諸々隠すだけ……です……ハイ。

この期《ご》に及んで官能小説家としてやっていくことを考えてしまう自分におののきつつ、詩織は父に笑顔を向けた。

「これからは孝弘さんについていきます。あのときはまだ社会に出たことがなかったから、結婚に抵抗があっただけなんです」

詩織の答えに納得したのか、父が目頭《めがしら》に微《かす》かに浮かんだ涙をさり気なく拭いた。

「……そうか。うん。孝弘くんなら大丈夫。昔からいい子だ。詩織を任せられると思っている。お前覚えてるか、池に落ちたときに孝弘くんに助けてもらったこと」

父が笑顔で言うので、詩織は慌てて頷いた。忘れるはずがない。人様の家にお邪魔して、亀を捕まえようとして頭から池に落ちたのだ。本当に……どうしようもないいたずら娘だったと思う。

「なあ、命の恩人だよな、孝弘くんは」

その言葉に孝弘が華やかな笑顔で頷いた。

「あのときはびっくりしました。溺れている詩織さんを抱き上げたら『あの亀を捕まえるから下ろしてくれ』と頼まれて」

「私、そんなこと言ったの？」

孝弘の言葉に仰天《ぎょうてん》して、思わず大声を出してしまった。

「うん。亀を捕まえるって言ってた。溺れてたのに。忘れられないよ」

その話に父が弾けるように笑い出した。

「すまないね、詩織は時々突拍子もないことを言うんだ。もう知ってると思うが」

詩織は恥ずかしくなって身を縮めた。孝弘の前ではなるべく妙な言動をしないようおとなしくしているつもりなのに。しかし孝弘は、楽しげな表情で父に答える。

「俺は詩織さんのそういうところが好きです。面白くて。一緒にいて一番楽しい人です」

娘を褒められてまんざらでもないのか、父と母が相好《そうごう》を崩す。

「まあ、愛嬌はあるほうかもな」

「詩織は昔からちょっと変わってるんですけど、気立ては悪くないんです。孝弘さんにそう言っていただけるのならよかったわ」

孝弘に巧みに操作されてあっという間に和《なご》やかになった場で、詩織はにこにこ笑いつつ、クローゼットに押し込んだ官能小説のことを考えた。

一ヶ月後に入籍するなら、あの本達をどこかに隠さなければならない。

それに新刊の献本も今後どうするかを考えるべきだし、仕事も孝弘の前では絶対にせずに済むよううまくスケジューリングしなければ。

――っていうか、結婚の話……あっという間に進んじゃったよ？　どうするの私……嬉しいけど……嬉しいけど……ッ！

詩織の脳内になぜか、時代劇で見た『大坂夏の陣』が浮かんだ。どんどん埋められていく堀の様子……

その光景をまるで今の自分のようだと思いつつ、詩織はそっと孝弘の美しい横顔を盗み見た。

――孝弘さん、外堀を埋めるのが早すぎるよ！

同時に、ヒカルの言葉を思い出す。

『本を見せれば、詩織ちゃんが、愛情は柔らかくて優しい宝物だと思ってる、って伝わりそうだけど』

心の中で、詩織は大きく頭を振った。

無理だ。孝弘はものすごく真面目でなんでもできる超エリートなのだ。

それにこの前、『エロ本なんか持ってない』と断言していた。

そんな彼に、ネクタイで手首を縛られ、目隠しまでされてエロエロなことをされまくるOLさんの話なんて見せられない……

脳内の大坂城に白旗が上がるのを呆然と見つめながら、詩織はなんとか今後の活路を見出そうと考えを巡らせ続けた。

——どうしよう、結婚……一緒に暮らせる……嬉しいけど……私の、小説……！

しかし、いい案は全く思いつかなかった。

両親の訪問後、ぎこちなくも初々《ういうい》しく孝弘と一緒に暮らし始めて、一週間ほどが経った。

家は、とりあえず詩織が住んでいたマンションのままだ。孝弘は多忙なので、だいたい日付が変わった頃に帰ってくる。眠っている詩織のベッドに入ってきて、キスをして、目を覚めた詩織が『おかえりなさい』と言うと『ただいま』と返事をしてくれる。

身体中がむずむずするほど何もかもが甘い。予想以上にスウィートな新婚予備期間の始まりだった。

当初こそ孝弘の強引さに目が回ったものの、少しずつそれにも慣れていった。

それに、夜目を覚ましたとき、孝弘が隣にいてくれるのは安らぐ。

だが、『仕事』に関する諸々を今後どうするのかはサッパリだ。

――もう一週間経ったのに、何も対処方法が思いつかない。『ま、なんとかなるでしょ』とか開き直り始めてる自分が怖い……！　なんともならないよ、私のばか！

実際、危機はじわじわ迫っている。まもなく校正内容を指示した原稿が紙で送られてくるのだ。今まではパソコンの電源を落とせば小説の本文を隠せたが、紙となると……

――ああ、もう、どーしよ……校正の作業こそ絶対に孝弘さんがいないところでないと無理……！

そんなことを考えながら、詩織は傍《かたわ》らの孝弘を見上げた。

今日はこれから小早川家へ、孝弘の両親に挨拶《あいさつ》に行く予定なのだ。孝弘は別に来なくていいと言っていたが、そんなわけにはいかない。

「ご両親への手土産《てみやげ》、こんなお菓子でよかったでしょうか？」

「いいよ。別にうちの両親への挨拶《あいさつ》なんていらないのに」

手を繋いで歩きながら孝弘が言う。

道行く人達が、ちらちらと彼を振り返っていた。春の優しい光を反射してきらきら光る孝弘の髪の毛に見とれながら、詩織は首を振る。

「でも、一緒に暮らすなら、私からもちゃんとご挨拶《あいさつ》しないといけないと思います」

「そう？　ありがとう、気を使ってくれて」

孝弘は微《かす》かに微笑んだ。

思えばこれまで、孝弘の両親と積極的に会ったことはなかった。

もちろん両親とともに訪問したり、されたりということはたびたびあったが、両親がいない状態で小早川家を訪問するのは初めてかもしれない。

――孝弘さんのご両親って、近寄りがたいというか、すごく威厳がある方達なのよね。

孝弘の両親は、詩織の両親のように子供に構うタイプの人達ではない。

あくまでクールで、一人っ子の孝弘に対しても距離を保っている。孝弘も、詩織の兄と違って両親の前で軽口を叩いたりしない。

――そういえば孝弘さんから、ご家族の話って全然聞かないな。

小早川家の古めかしい門をくぐり、飛び石の上を歩きながら、詩織は庭の池に目をやった。

そういえば、子供の頃あそこに落ちたのだ。あの日から二十年経って、もうすぐ孝弘の妻になるのだと思うと妙に感慨深い。

「私、おじさま達にお会いするの、久しぶりです」

思えば、孝弘が海外に行ってから、この家を訪問することはなかった。緊張の面持《おもも》ちの詩織に、孝弘が優しく微笑みかける。

「そうだね。でも気にしなくて大丈夫だ。さ、入って……ただいま」

引き戸を開けながら孝弘が声をかけた瞬間、中からちょこちょこと小さな女の子が走ってきた。

お姫様のようなピンクのワンピースを着て、頭にもおもちゃのティアラを乗せている。

――あ、可愛い！

詩織は思わず笑顔になった。

「たかひろしゃん！」

「やあレイナちゃん、今日も遊びに来てたの」

孝弘が優しい笑みを浮かべ、その女の子をひょいと抱き上げた。すると『お姫様』は目を輝かせて彼にしがみついた。

「その女の子はどなたですか？」

「俺の従妹《いとこ》のレイナちゃんだよ。母の一番下の妹のところの末っ子。上のお兄ちゃんと十五歳も離れててね。うちの親戚みんなのアイドルなんだ」

「へえ、従妹《いとこ》なんですか。可愛いですね……従妹《いとこ》？」

従妹《いとこ》という言葉で何かを思い出しそうになったのは気のせいだろうか。

「たかひろしゃん、このひとだれ」

つぶらな目で詩織をじっと見つめ、レイナが言った。

「お兄ちゃんのお嫁さんになる人だよ」

その言葉に、レイナがみるみる顔を曇らせる。

「およめしゃん、レイナじゃないの？」

「ごめんね。お嫁さんはこの人なんだ」

あくまで真面目に孝弘が答えると、レイナが可愛い顔に怒りを浮かべて叫んだ。

「チガウ！　およめしゃんはレイナ！」

孝弘にギュッとしがみついて、レイナが泣き出した。そのとき、家の奥から孝弘の母が現れた。

「おかえりなさい、孝弘。あら！　詩織さん、お久しぶりね、まあ……すっかり綺麗になって……どうぞ上がって頂戴」

孝弘の母が非の打ち所のない美しい笑顔で言って、詩織を家に上げてくれた。そして、孝弘に抱っこされてぐずぐず泣いているレイナを抱きとる。

「あらあら、レイナちゃん、どうしたの？　おばちゃまと一緒におやつを食べに行きましょうか」

姪《めい》が可愛くてたまらないという笑顔で、孝弘の母がレイナに話しかける。

「ヤダ！　レイナがたかひろしゃんのおよめしゃん！　うぇぇーん！」

「そうね、はいはい。おしゃまさんだこと」

ポンポンとレイナの小さな背中を叩きながら、孝弘の母が詩織に笑顔で言った。

「この子、私の姪《めい》なのよ。妹夫婦に急な仕事が入ったから今日は私が預かっているの。まだ三歳なんだけど、随分と一人前のことをしゃべるでしょう？」

「は、はい、孝弘さんのお嫁さんになりたいって言ってました。可愛いですね」

「そうなのよ。適当に話を合わせてあげて。この前親戚の結婚式でフラワーガールをやったから、すっかり自分もお嫁さんになる気なのね」

レイナをあやしながら、孝弘の母は足早に居間へ入っていく。

フラワーガールというのは、結婚式のバージンロードに花びらを撒《ま》く、幼い女の子のことだ。レイナは華やかな式で可愛いドレスを着て皆に褒められ、とても楽しかったのだろう。

――孝弘さん、こんなに可愛い従妹《いとこ》がいるんだな。

そういえば、孝弘と結婚したいと言っている従妹《いとこ》とは誰なのだろう。

あのあと考えてみたのだが、孝弘の従妹《いとこ》はほかに二人しか思いつかない。孝弘が普段『叔父さん』と呼んでいる人の娘で、二人姉妹。確かどちらも成人していて既婚だった気がする。母方には男の子しかいなかったはずだが、詩織が小早川家と疎遠にしていたこの五年の間にレイナが生まれている。ただ、この子は三歳だ。孝弘に適齢期の従妹《いとこ》などいただろうか？

――ん？　まさか。いやいや、まさかね？

詩織は半信半疑のまま、おそるおそる孝弘に耳打ちした。

「あの、孝弘さんと結婚したい従妹《いとこ》の方って……もしかして……レイナちゃんじゃないですよね」

両親まで巻き込んで『困っているから結婚を早めてほしい！』と迫るほど切羽《せっぱ》詰まっていた孝弘が、そんな冗談を言うはずがない。

そう自分に言い聞かせる詩織の前で、孝弘がいたずらっぽい笑みを浮かべた。

「あれ、意外と鋭いね。正解。見てのとおり、会うたびに熱烈に求愛されて困ってるよ。この前は読めない字だったけど、ラブレターまで書いてくれたんだ。母さんはあのとおり溺愛してるし、君の手強いライバルになりそうだろう？」

絶句した詩織の肩を抱き、孝弘が低い声で呟いた。

「おじさん達には申し訳ないが、詩織と離れずにいられるなら、俺はなんでもする」

淡い笑みを口元に浮かべて、孝弘が言う。

「で、でも、嘘だってうちの両親にバレたら……」

「おじさんは、自分が納得できる理由さえあれば、俺達の婚前同棲を認めてもよかったんだと思うよ。俺は詩織と一緒にいたいんだ。くだらない体面を理由に引き離されていたくない。籍だって早く入れたいんだから」

突然露《あら》わになった孝弘の強い感情に、詩織は息を呑む。なぜ彼はここまで詩織を望んでくれるのだろう。

「孝弘さん……」

「さ、居間に行って父さんと母さんに挨拶《あいさつ》しよう。今日は早く帰って二人でゆっくりしたい」

孝弘に背中を押されて居間に入ると、泣きやんだレイナがちょこちょこ走ってきた。

「おねえしゃん、だあれ？」

さっきは自分がお嫁さんになると泣いていたが、今は、初めて会う詩織のことが気になり始めたらしい。

詩織は笑顔でしゃがみ込み「詩織っていうの、よろしくね」と言って、レイナのちっちゃな手を取った。

「アー、しおりしゃん……ネ。ハイ」

「お名前は？」

「レイナ。三しゃいです」

そう答えると、レイナはぴゅっと走って、ソファに腰かけた孝弘の父の膝に抱きついた。普段あまり表情を変えない孝弘の父が、穏やかな笑顔で小さなレイナを抱いて立ち上がる。

「お久しぶり、詩織ちゃん。お父さんのほうにはよくお会いしてたけれども、君に会うのは久しぶりだ。随分大人っぽくなって」

レイナを抱いたまま孝弘の父がにっこり笑った。

「お久しぶりです、おじさま」

孝弘によく似た端整な顔に笑みを浮かべる姿は、ダンディな俳優のようだ。

「息子は至らないやつだが、これからもよろしく頼むよ」

詩織は驚いて首を横に振る。孝弘のどこが至らないというのだろう。どちらかと言うと完璧すぎてとっつきづらいくらいだと思うのだが。

「何かあったら、私か家内にすぐに告げ口してくれていいからね」

孝弘の父が冗談めかしてそう付け加える。だが彼はすぐにその魅力的な笑みを消し、孝弘に向けて冷たく言った。

「お前、新しい会社の社長には挨拶《あいさつ》に行ったか」

威圧感さえ感じる無表情さだった。驚く詩織の前で、孝弘が同じくらい無表情で答える。

「伯識社さんですね。来週早々に会食をセッティングしていただきました」

孝弘の父が口にしたのは、本好きなら誰もが知っている大手の出版社だ。本屋に行けばかならず伯識社の本を見かける。

——私が応募した賞も、伯識社さんの賞なのよね。最終選考通るといいな。

そんなことを考えていた詩織は、さらに続いた孝弘の父の冷たい声で我に返った。

「今は何件か収益性の高いコンテンツを抱えているようだが、当然ながら先はわからない。わからないなりに、まずは五年後の収益予想を立ててみろ。その上で潰すか、リストラさせるか、あるいはどこかと併合するか、お前のほうで結論を出してくれ」

——は、伯識社さんを潰す……リストラって……ひえぇ！　すごい話になってるけど大丈夫？

孝弘の父の口から出た言葉に詩織は仰天《ぎょうてん》してしまう。

一方、孝弘は、父親の指示に無言で頷いた。

「言うまでもないが、一番優先するのはうちの利益だ。伯識社の収益構造を改善させる手があると言うのなら、それでも構わない。だがあの程度の規模の案件に手をかけすぎないように」

「わかりました」

孝弘は眉一つ動かさずに、父の言葉に相槌《あいづち》を打つ。

すると、言いたいことは言い終えたというように、再び孝弘の父が笑みを浮かべた。

「そうだ、ケーキがあったな、母さん。皆で食べよう」

それが孝弘に向けていた表情とは別人のようで、詩織はちょっと違和感を抱いてしまった。

なぜ彼は、孝弘にだけこんなに冷たいのだろう。

詩織の中に生まれたその違和感は、甘えて膝に乗ってくるレイナにケーキを食べさせ、優しく話しかけてくれる孝弘の母と談笑していても、消えなかった。

大人に囲まれてはしゃいでいるレイナのおかげで間が持ったが、普段如才《じょさい》なく振る舞う孝弘がほとんどしゃべらないせいで、かなり微妙な空気のまま、その日の団欒《だんらん》は終わった。

――そういえば昔から、孝弘さんってあまりお父さんと話さないかも？

今更ながらに、詩織はそう思った。これまでは、ただ単に『孝弘はクールだから親とはべたべたしないんだろう』と考えていたのだ。

しかし今回のように、まるで業務命令みたいな父子の会話を聞いてしまうと、なんだか変だなと感じてしまう。

「ばいばい！　またきてね！　しおりしゃん！」

すっかりレイナになつかれてしまった詩織は、苦笑して彼女の小さな手と握手をした。

「そうよ、これからはもっと遊びにいらしてね」

「うちは一人息子だから、詩織さんがお嫁に来てくださったら華やかになるな」

孝弘の両親もそう言って孝弘との結婚を歓迎してくれた。結局詩織は、持っていったものより大量の手土産《てみやげ》を持たされて、孝弘と一緒に帰路についた。

「レイナちゃん、可愛かったですね」

詩織の言葉に、父親の前では完全に表情を消していた孝弘が優しく微笑んだ。

「女の子はやっぱり可愛いね。俺は女の子が欲しいな」

何のことかわからず一瞬ポカンとした詩織は、すぐに言わんとすることを悟って真っ赤になる。

――こ、子供の話はまだ早いよ！　で、でも、時間的にはすぐなのかな。

詩織は繋いだ孝弘の手をぎゅっと握りしめつつ、小さい声で答えた。

「わ、私は、元気なら男の子でも女の子でも、どっちでもいいです。うちの母はどっちもそれぞれ可愛かったと言ってました！」

本当は『お利口な章介よりも、突拍子もないことばっかりしている詩織に手を焼かされた』と口癖のように言っているのだが、それは黙っておこう。

「女の子がいいよ。うちの家に生まれた男の子はけっこう大変だから」

孝弘が空を見上げたまま呟く。整いすぎた横顔からは何の感情も読み取れない。

詩織の胸がチクリと痛んだ。冷たい父親の言動をただひたすら受け流していた孝弘の様子が、生々しく思い出される。

彼が何を考えているのかよくわからなくて、もどかしい。父親に冷たくされて寂しいのか、それとも別のことを思っているのか……

孝弘と手を繋いだまま、詩織はゆっくりと歩いた。

五月に入ったせいか、日差しはだいぶ暖かく、あたりの家々の庭にも色とりどりの花が咲き始めている。

「今日は詩織にラズベリーパイを焼いてあげようか」

ふと思いついたように、孝弘が言った。

「孝弘さん、そんなものも作れるんですか？」

びっくりして詩織が尋ねると、孝弘がふわりと微笑んだ。

「うん。フィリングを作るのは時間がかかるから、あとでスーパーでジャムを買おう。その上に冷凍のラズベリーを載せて焼こうかなと思ってる」

孝弘はあんなに忙しく働いているのに料理も上手で、まさに超人だ。

同時に、孝弘の父は、なぜこんなに完璧な息子に冷淡に接するのだろう、と思う。

詩織の悩みは『所有しているエロ本を隠し抜きたい。エロ小説を書いていることを知られたくない』というしょうもない悩みだが、小早川家の御曹司である孝弘の悩みは想像もつかないほど深いのかもしれない。

――孝弘さんは、すごくいろんな課題を背負って生きてる人なんだろうな……私なんかが奥さんで、本当に大丈夫なのかな。

なんとなく不安を感じた瞬間、孝弘がぱっと振り向いた。

「どうしたの、詩織。難しい顔をして」

さすがの高感度センサーである。詩織が良からぬことを考えると即反応する孝弘に、詩織は慌てて両手を振ってみせた。

「な、なんでもないです！　小早川家にお嫁に行くなんて緊張するなと思って」

「……確かに面倒の多い家かもしれないけど、俺と一緒になるのは嫌がらないでくれるか？」

真剣な口調で言われ、詩織は慌てて頷く。

孝弘のことが嫌なのではない。

ただ、跡継ぎの兄と歳が離れており、しかも女の子ということで大らかに育てられた詩織では、孝弘を支えられないのではないかと不安になっただけなのだ。

「い、嫌がらないですよ！」

そう答えたが、どうにも不安は拭《ぬぐ》えない。そんな詩織に、孝弘は硬い口調のまま続けた。

「……俺の人生には、君がいないと意味がないんだ。何か嫌なことがあったら溜め込まずに言ってくれ」

「は、はい」

真摯《しんし》な声に、詩織は深く頷く。同時に、いつもの疑問が湧き上がる。

——どうしてそんなに、私を必要としてくれるの……？

けれどそれは、納得のできる答えを得られたことのない問いなのだ。彼に深く愛されていることは実感できるのに……

どんなに言葉を尽くされ、言葉と行動で愛していると伝えられても『好きだと言ってくれるのはなぜなの？』という疑問は解消しない。

肝心なピースがはまらないような、もどかしい気持ちは消せない状態が続いている。

——こんなに大切にしてくれるんだから、それでいいはずなのに。

詩織は孝弘と手を繋いだまま、古く大きな屋敷が立ち並ぶ街の様子に目をやった。

これから一緒に時間を重ねていけば、孝弘のことをもっともっと理解できるようになるのだろうか。

そう思ったけれど、いまいち自信が持てなかった。

第五章　私、文鳥《ぶんちょう》ですか……？

孝弘と親公認で暮らし始めてから、二週間ほどが過ぎた。

多忙を極める彼は、毎日遅くに帰ってきて、朝は七時前には出ていく。

孝弘は『もう少ししたら、多少仕事も落ち着く』と言うのだが、詩織としては心配だった。

——このままじゃ倒れちゃうよね？　日帰りで九州に行ったりとかしてるし……また来月も海外出張があるっていうし。大丈夫かなぁ……帰ってきたら肩揉んであげようかな？　そうだ、マッサージの講座とか通ってみようかな……孝弘さん忙しすぎて、マッサージに通う時間もなさそうだし。

そんなことを思っているうちに、気づけば詩織は机に突っ伏して熟睡していた。もう癖になっていてダメなのだ。この姿勢になると自動的にスイッチが切れる。

「むにゃ？」

顔を上げて初めて、自分が寝落ちしていたことに気がついた。

お風呂に入ったあと、孝弘が帰ってくるまでにプロットを作り終えようと思っていたのだが、ノートを押しのけて熟睡してしまったらしい。

一人暮らしの気ままな生活ぶりが抜けないと反省しつつ、詩織は目を擦《こす》って時計を見上げた。

――もう二時かぁ。孝弘さんはどれだけ忙しいの？　アメリカでもこんな感じだったって言ってたけど、大丈夫かな。

そのとき居間の扉が開いて、スーツのジャケットを脱いだ孝弘が部屋に入ってきた。

「ああ、起きたのか。起こしても起きないから、上着を脱いだらベッドに運ぼうと思ってたんだ」

「お、おかえりなさい。熟睡しちゃった」

言った瞬間、ばーんと広げられたままのノートに気がつく。

――げっ！

ノートには『最後は赤ちゃんができてもいいと言いながら中出しされる』などと書いてある。目も当てられない内容だ。

――み、見られた？

だとしたら最悪すぎる。真っ青になってノートを閉じ、孝弘の表情をうかがったが、彼の表情はいつもどおりで……ただ、ひどく疲れているように見えた。気を取り直して、詩織は彼に尋ねた。

「大丈夫ですか？　顔色が悪いけど」

「疲れただけだよ。シャワーを浴びて寝ることにする。詩織ももう寝なさい」

詩織は頷いて、冷蔵庫から作り置きのアイスレモネードを取り出し、孝弘に差し出した。

「よかったら飲んでください」

母が持ってきてくれた国産無農薬レモンと、なんだか色々と栄養がありそうな高級はちみつで作った。クエン酸は疲労物質を体外に流してくれるというので、少しは孝弘の疲れが取れるといいのだが。

「ありがとう……ああ、美味《おい》しい。詩織が作ったの？」

「そうなんです！　母の知り合いが四国でレモンを作ってるので、それを分けてもらって」

頷くと、孝弘が今日初めてかもしれない笑みを浮かべた。

「へえ、君と暮らすとこんなのを作って待っててもらえるんだな。嬉しい」

目の下はクマで黒ずんでいるが、相変わらず透き通るような綺麗な笑顔だ。

詩織も思わず、孝弘に微笑み返した。

孝弘が少しでも嬉しそうな顔をしてくれると、詩織まで嬉しくなる。

「任せてください。孝弘さんが好きなら、毎日山のように作っちゃいます」

「ありがとう」

詩織の言葉に笑うと、孝弘は肩を引き寄せて頬に唇を押し付けてきた。

——身体、冷たいなぁ……今週は毎日日付が変わってから帰ってくるんだもん。疲れてるんだよね。

「さ、詩織は先に寝てて」

「肩、揉みましょうか？」

「いや、今日は大丈夫。週末にお願いするよ」

そう言われて、詩織は頷いて寝室に入り、ベッドに横になった。

——私だけのんきな生活を送ってて申し訳なくなってくる。もうすぐ二時半じゃない……大丈夫かなぁ……また仕事が増えるから今の業務を早めに終わらせたいって言ってたけど。

そういえば、孝弘の父が『伯識社の収益構造をなんとかかんとか』と話していた。孝弘はあの出版社に関わる仕事をするのだろうか。

小早川フィナンシャルグループは日本でも指折りの金融コングロマリットだ。どんな会社と関わりがあっても不思議ではないのだけれど。

——孝弘さん、会社から帰ってくるといつも無表情なのが気になる。お兄様やお父様は、あんな怖い顔してなかったよね？

孝弘に大きなストレスがかかっているのではないかと、心配になってきた。孝弘は確かに超人的なエリートだが、不死身の存在ではないのだ。詩織がパートナーとしていたわってあげなければ、疲労が蓄積して病気になってしまうかもしれない。

――本当に、大変な仕事をしてるんだな……私、何をしてあげればいいのかな？

誰かに対して、こんな献身的な気持ちになったのは初めてだった。

プロポーズされたときは孝弘をどこか遠い存在に感じていたのに、彼と同じ時間を過ごし、知らなかった彼の一面を知って、どんどん惹《ひ》かれていく。

彼は詩織のことを『突拍子がなくて面白い』と言うが、詩織だって孝弘の色々な面を知って驚かされている。プロ顔負けなくらい料理上手で、自分では食べないのにお菓子作りまで上手で、あんなに完璧なのにやきもち焼きなところも不思議な感じがする。

キスされるたび、肌を重ねるたび、心が少しずつ彼に寄り添っていくのがわかる。

遠い世界の王子様だった孝弘が、詩織の中でかけがえのない人へと育ち始めているのだ。

週末は自分の時間を取って、カフェかどこかで仕事を進めようかと考えていたのだけれど、孝弘のやつれようを見ていると、一緒に過ごしたほうがいい気がしてきた。

――仕事、いつしようかな。私のほうが孝弘さんの都合に合わせないと。

今までマイペースにやってきた詩織には、孝弘と編集部の都合、両方にうまく合わせることになかなか慣れない。

隠している本もできれば処分したくないけれど、どうしようもなくて衣装ケースにぎゅうぎゅうに詰め込んだままだ。

孝弘に、エロ小説を書いていること、そして読むのも大好きなことは知られたくない。この前小早川家を訪問して、その思いがますます強まった。あのような家で育った彼に、こんな世界が受け入れられるはずがない。

そもそも、あんな厳格な名家の嫁になる人間が、人目を忍んで官能小説を書いていていいのだろうか……考えれば考えるほど『辞めるべきなんだろうな』と思う。

でも、そんなのは悲しい。

人生で一番嬉しかったことは、本を出版してもらったことだ。

詩織なりにこの仕事を大事にしてきた。チャンスがある限り手放したくない。けれど……今は、孝弘のことも同じくらい大事になっている。

ため息とともに目をつぶった瞬間、部屋に静かに孝弘が入ってきた。

詩織の様子をうかがい、ふう、と息をついてベッドに横たわる。こちらに背を向けたままの孝弘に、詩織は思い切ってそっと抱きついてみた。

こうして触れ合えば、詩織のあり余る元気を吸い取ってもらえるのでは……と思ったからだ。

そういえば、自分から抱きつくのは初めてのような気がする。

一緒に暮らし始めてからもなんとなく気恥ずかしくて、自分からは積極的に触れられずにいたのだ。

――ふ、振り払われない……かな？

思わず取ってしまった大胆な行動に、胸がドキドキして苦しくなってくる。

「あれ？　起きてたの」

孝弘が静かな声で言うので、詩織は小さな声ではい、と返事をした。

そのまま投げ出された長い脚の先に、自分の脚で触れてみる。お風呂から出たばかりなのに、孝弘の脚は冷え切っていた。

「あ、あの、脚が冷たいから、私の脚で挟んでいいですか」

返事がないので、詩織は恐る恐る孝弘の脚を自分の両脚で挟んでみた。背が高い彼の背中に額《ひたい》を押し付けて様子をうかがう。

――温まるかな？

無駄な肉一つない背中をそっと抱きしめた瞬間、孝弘がくるりとこちらを向いた。詩織の身体がひょいと引っ張り上げられ、引き締まった胸に抱きすくめられてしまう。

馴染《なじ》んだはずの孝弘の腕なのに、突然抱きしめられて胸の鼓動が速まった。

「ありがとう」

髪に頬ずりされ、詩織は顔を赤く染めた。シャワーを浴びたばかりの孝弘からは、洗いたての髪の匂いがする。

パジャマ越しに押し付け合った身体がほのかに熱を帯び始めた。

「あ、脚、もう少し温めましょうか」

引っ張り上げられたせいで離れてしまった脚を必死で伸ばしながら、詩織は尋ねた。

「こうやって抱き合ってるほうがいい。ほっとする。……ねえ詩織」

詩織の頭を肩口に抱きしめたまま、孝弘が呟いた。

「君はあれに似てるな、何ていうんだっけ？　あの嘴《くちばし》がピンクで、羽が真っ白な小鳥」

「白文鳥《ぶんちょう》ですか？」

ふかふかしたおもちみたいな白文鳥《ぶんちょう》の姿を思い浮かべ、詩織は答えた。

「それだ。白文鳥《ぶんちょう》みたいだ」

孝弘の長い指が、そっと詩織の髪を撫でる。

「抱き心地もふわふわで柔らかいし。色も白いし。俺のことを首を傾げてじーっと見てるときなんか、そっくりだ」

「え、ええ……文鳥《ぶんちょう》ですか、私」

そう反論してみたものの、確かにあの難しいことを何も考えていなさそうな黒い目、緊張感のないきゅるんとした顔つき……そっくりかもしれない。

孝弘の隣に立つ嫁が文鳥《ぶんちょう》だと、釣り合いが取れないことこの上ない気がするのだが。

「詩織」

少し改まった声で名前を呼ばれ、詩織は顔を上げようとした。

だが、孝弘の大きな手が、詩織の頭を力を込めて抱き込んでしまう。

「俺のこと好きじゃなかったのに、結婚を受けてくれてありがとう」

何を言われたのかわからず、詩織は孝弘の腕の中でゆっくり瞬《まばた》きをした。

「あの、そんなこと……ないです……よ？　好きでしたよ」

「俺が言ってるのは恋愛の『好き』だ。詩織は俺に恋したことないだろう。そのくらい俺がいくら傲慢《ごうまん》な自信家でもわかる。君は俺のことを、不快に感じなくて、昔から知っている人間だから好きなだけなんだ」

その言葉に、はっと胸を突かれる。

――確かに……最近まで私は、孝弘さんとは結婚するのが当たり前で、自分の未来に当然いるべき人だとしか考えてなかった……ただ素敵なお兄さんだって、一方的に憧れていただけ。

でも今は……気持ちも変わってきている。そのことはわかってほしい。

詩織は孝弘に抱きしめられたまま首を振った。

「ちがいます。そんなんじゃないです」

「ありがとう。優しいな。でも俺は、君が恋しているのは自由か、仕事か、もしくは俺の知らない何かなんじゃないかっていつも思っている」

孝弘の言葉がチクリと刺さる。

やっぱり孝弘は気づいているのだ。詩織が、小説の仕事に夢中でなんとか続けたいと気もそぞろになっていることを。孝弘だけに集中していないことを。

「俺は涼しい顔していても、腹の中はそうじゃない。今みたいに可愛い声で可愛いことを言われて、そのときは嬉しくても、あとから何もかもが俺の独りよがりなんじゃないかと思えてくるんだ。君との距離を感じて、なんだかもどかしくてね」

――もっと……私を見せる？　それ、どういう意味？

戸惑って動けなくなった詩織の身体を抱きしめたまま、孝弘が小さく息をついた。

「ごめん、疲れてるせいで余計なことを言ったな、忘れてくれ」

「い、いえ、あの、私も仕事のことばかり優先してしまって、ごめんなさい」

詩織が思わず口にした微《かす》かな罪悪感を、孝弘はすぐに否定した。

「違う、そういう意味じゃないんだ。本当に言いすぎただけ。今のは俺の失言。さあ、もう寝よう」

孝弘の腕が緩《ゆる》み、詩織の額《ひたい》にやさしいキスが落ちてくる。

「おやすみ」

「は、はい、おやすみなさい」

孝弘の様子をうかがおうと思ったが、しっかり抱きしめられていて動けない。

彼に言われたことは気になったものの、詩織はおとなしく目をつぶった。

――やっぱり孝弘さんのことを優先して、仕事を減らすか辞めるかしないといけないのかな。

両親なら間違いなく『当たり前だ』と言うだろう。彼らにとっては、詩織が古河家の娘として無事に孝弘に嫁《とつ》ぐことが願いなのだ。愛娘《まなむすめ》が嫁《とつ》ぎ先で夫に大事にされ、幸せに、裕福に暮らしてくれればそれでいいと思ってくれている。

そこに詩織の『エッチな小説が書きたい』という気持ちなど、割り込む隙はないに違いない。

――あ、そうだ、プロット。ちょっと展開を変えようと思ってたんだ。

しかし、どんなに『これからは立派な奥様になろう』と考えても、頭の中に湧いてくるのは小説のことばかりだ。小説のことを考え始めるとどんなに疲れていても取り憑《つ》かれたようにやめられなくなる。いつも頭の片隅に、これから生み出そうとする物語が息づいているのだ。

自分の血肉《けつにく》になっている『創作』をきっぱり辞めることなんてできるのだろうか。

——今日は考えるのをやめよう。

またもや決断を先送りにして、詩織は孝弘のぬくもりを感じながらうとうとと目をつぶる。

——さっきは、どうしてあんなこと言われたんだろう……？

考えつつも、詩織はいつしか眠りに落ちていた。

翌日、詩織は早起きをして、孝弘のスムージーとおにぎりを用意した。

孝弘の忙しさを見ていると、少しぐらい自分も頑張らなくてはと思う。

まだ六時前だ。もちろん詩織も眠いのだが、よく考えたら昼寝もしたし、孝弘が帰ってくる前もうたた寝をしていたので、なんだかんだ長い時間寝ていると思う。

——孝弘さんはあと三十分くらい寝かせておいて大丈夫だよね？　昨日帰りが遅かったし。

ぎりぎりまで孝弘を休ませようと思いつつ、詩織は足音を忍ばせて居間を横切り、ノートパソコンを開けた。昨日頭に浮かんだストーリーをメモしておこうと思ったのだ。

そういえば、昨日は、担当さんからメールが来るような用事もなかったので、特に確認していなかった。

一応メーラーを立ち上げた詩織の目に、とあるメールのタイトルが飛び込んでくる。

『伯識社白鷺《しらさぎ》文庫新人賞選考委員会です』と書いてある。

何気なくそのメールを開いた詩織は、文章を目で追って茫然となった。

――奨励賞……？

詩織の書いた恋愛小説が、奨励賞を受賞したと書いてある。大賞、金賞の下の賞ではあるものの、書籍化を検討するとも。

早起きでボーっとした頭に、驚きの事実がじわじわと染み込んでくる。

あまりのことに脈が速くなりすぎて息まで苦しくなってきた。

――私の書いた話が奨励賞……嘘！

呆然としたまま、詩織はメールの文章を何度も読み返した。老舗《しにせ》で、昔から詩織も愛読していた伯識社の白鷺文庫から本を出せるなんて、作家の端くれである詩織にとっては夢のような話だ。

しかしすぐに我に返る。

――なぜ、なぜ官能小説と同じペンネームで応募したんだ私は！

これでは、孝弘や親には報告できないではないか。

いや、応募したときは気に入っているいつものペンネームで勝負しようと思ったのだ。

だが正直言って、受賞できるとは想像もしていなかったので、その先のことを考えなかった。

しかしながら、いざ受賞……となると、親や孝弘などに自慢したい、という欲が出てきてしまった。いや、欲が出てきたも何も、自慢したいに決まっている。

なにしろ、天下の伯識社の老舗《しにせ》レーベルの文学賞をもらってしまったのだから。

――い、いやいや、私の小説家としての名前は『あいだふみ』でしょ。私のことを応援してくれた読者様に、新しい作品も読んでいただこうよ！

詩織はぺちんと自分の顔を叩き、メールの返信を打ち始めた。

受賞した今の気持ちをどのように相手に伝えればいいのだろう。お礼でいいのだろうか、これからの抱負でも書いたほうがいいのか……いざ筆が乗ってくると熱中してしまい、周りのことなど目に入らなくなってくる。

「詩織、このおにぎりは頂いていいの？」

「あ、はい、どうぞ」

そっけなく答えたあと、詩織ははっと我に返った。

「孝弘さん！　おはようございます！　いま温めるので座って待っていてください！」

メールの文章を保存し、詩織は慌てて立ち上がる。

昨夜『孝弘を優先してしっかり尽くそう』と決意したばかりなのに、もう頭が小説の世界に飛んでいた。何をやっているのだろう。

「いいよ、何か作業してたんだろう？」

「ごめんなさい、大丈夫です。いま準備しますね」

孝弘の優しい言葉に首を振り、詩織は台所に立っておにぎりをレンジで温め、スムージーに秘蔵の青汁パウダーを混ぜて彼の前に置いた。

「すごい緑色だな」

同じスムージーをすでにゴクゴク飲んでいた詩織は、しげしげとグラスを眺める孝弘にちょっと笑ってしまった。

「そうなんです。でも酵素《こうそ》が生きてるんです！　見えないですけどこの中で、ちゃんと酵素《こうそ》が生きてるって母が言ってました」

「なるほどね。元気が出そうだ。ありがとう」

孝弘が笑いながらグラスを傾けてスムージーを飲み干し、開いた方の手で詩織の口元を拭いてくれた。

「口の周りが緑色になってる」

慌てて手を上げて唇のあたりを擦《こす》ると、孝弘が楽しげな笑いを浮かべた。

「今日は生きている酵素《こうそ》とやらに励ましてもらいながら働くよ。ごちそうさま」

その笑顔に詩織は一瞬ぼうっとなってしまった。

これまでの彼はもっと、完璧で近寄りがたい笑みを浮かべていたような気がする。

けれど、最近は今みたいにふんわりと柔らかく笑うことが多い。

こんな顔を見られるのは多分、詩織だけなのだ。だからこそ今の表情が、とても好きだと思えた。彼の心の中にも、詩織に向けてくれる何らかの思いが確実にあるのだろうと感じられるから。

「あ、あの！」

詩織は思わず声を張り上げる。

昨夜寝る前に、孝弘がなんだか変なことを口走っていたので、ちょっと心配だった。

詩織は小説の仕事も大事だが、孝弘のことだって大事に想っている。

どんくさくて、うまくそれを表現できていないかもしれないが……それに、なぜこんなにも愛情を注いでもらえるのか未だにはっきりわからないが、孝弘のことが本当に好きなのだ。

変に誤解したまま納得してほしくない。

「私、孝弘さんが好きです！」

勢いよく口にした途端、早朝のリビングが静まり返った。

——しまった、やっぱり唐突すぎた……！

孝弘が『えっ？』という顔をしているのでいたたまれなかったが、詩織は勇気を出して続きを言った。

「ほ、ほんとですよ！」

エロ小説の中ではあんなに愛の言葉を囁《ささや》かせているのに、なぜこんな説得力のない言葉しか出てこないのだろう。そう考えてふと気づく。

――女性向け小説で愛の言葉を囁《ささや》くのはだいたいヒーローだからだ！ うーん……私がいきなり『そんなに可愛い顔をして……食べてしまうぞ？』とか言い出したら、孝弘さんびっくりするよね。いや、びっくりっていうか、そんなのだめに決まってるだろーっ！ どうしよう。女の子らしい可愛いことが全然言えない！ これじゃ安心してもらえない！

「本当に大好き、です。だってなんか……お肌すべすべだし……孝弘さんのほっぺ触ってると、気持ちよくて寝ちゃう……」

――ああだめだ。ロクなことが言えない。もう黙ろう……

そう思った瞬間、孝弘がぷっと噴き出した。長い指で綺麗な顔を覆《おお》い、肩を震わせている。

「な、なんでそんなに笑うんですか！」

「確かに……詩織は俺の顔を触りながら寝ているなと思って……」

テーブルに突っ伏して全身を震わせていた孝弘は、やがて笑いすぎて涙の滲《にじ》んだ顔を上げた。

「ああ、面白い。君には笑わされっぱなしだから、俺も何か仕返ししよう」

孝弘の瞳が、いつになく穏やかな光を浮かべて詩織の姿を映す。

「今日こそは早く帰ってくるよ。明日はやっと土曜日だしね……俺も君に負けないくらい面白いことを思いついた。たまには俺からもサプライズだ」

何かを企《たくら》むような笑みを浮かべたまま、孝弘が立ち上がる。

「面白いことってなんですか？」

「秘密」

詩織は首を傾げたが、孝弘は悪戯《いたずら》っぽく笑うだけで答えを教えてくれなかった。


その夜、十時過ぎに帰ってきた孝弘が始めたのは、意外なことだった。

『やっと週末になった』と言いながら詩織をベッドに押し倒すのはいつもどおり……かもしれない。

その後、服を脱がせてくれるのも、ドキドキするがある意味いつもと同じだ。しかし。

――あ、あの？　今日帰ってきたら面白いことをするって言ってたけど、言ってたけどぉぉ！

詩織は内心で、そう叫んだ。

この展開は予想外すぎる。両手を孝弘が締めていたネクタイで縛られ、もう一本、クローゼットから持ち出してきたネクタイで目隠しまでされてしまうなんて。

——ネクタイ二本プレイ？　これってもしかしなくても、そ、ソフトな……えすえむ……？

一糸まとわぬ姿でベッドに横たわり、詩織はそっと様子をうかがう。

怖かったり嫌だったりしたら外してあげるからと言われたので、無理やりされたわけではない。だが孝弘が妙に機嫌よくニコニコしていたので逆らえなかったのだ。

「詩織、手を頭の上に上げて」

目隠しで周りが見えぬまま、詩織は素直に縛られた手首を上げ、万歳の姿勢になった。

「それから膝を立てて脚を開いてほしい」

「え……っ」

戸惑いが生まれ、詩織はもじもじと身体を捩《よじ》る。

さっきから、視界がない状態で裸にされてしまって、なんだか落ち着かないのだ。それなのにそんな恥ずかしいポーズまで取るなんて。そう思ってためらった詩織の脚が、孝弘の手でひょいと動かされる。

Mの字になるように脚を開かされ、詩織は思わず膝を閉じようとした。

「だ、だめ……」

だが孝弘は詩織の膝に手をかけたまま、言った。

「明るいところで見ると本当に綺麗だ。真っ白で、透き通るみたいな肌をしてるね」

大きく開かされた脚の間に空気が触れてひんやりする。普段隠している部分を剥《む》き出しにされ、羞恥心《しゅうちしん》でどうにかなりそうだ……。

しかも孝弘が詩織の恥ずかしい場所に視線を注いでいるのを、なんとなく感じる。

「見てるだけでヒクヒクいいだしたな。自分でわかる？」

「わ、わかんな……」

「ここだよ。脱がせただけなのに、もうゆっくり口を開けてる」

言葉と同時に、濡れ始めた花びらにキュッと刺激が走った。指で軽くつままれたのだ。

「ひっ」

突然の刺激に、詩織は思わず腰を浮かせる。周りが見えないのに裸体を弄《もてあそ》ばれるというのは、予想以上に刺激が強かった。

「ああ、またピクッて震えて、自分から口を開けたよ。可愛い……可愛くて、欲しがりなんだな」

詩織が息を乱して身を捩《よじ》るたびに、指先は執拗《しつよう》に鋭敏な芽を弄《もてあそ》んだ。

触れるか触れないかの力で撫でたかと思うと、ふいに力を込めて二本の指でつまみ、しごくように前後にぐりぐりと動かす。

「やあっ、あ、っ、ああっ」

ネクタイで覆《おお》われた詩織の目に、生理的な涙が滲《にじ》んだ。

これ以上何かされたら、涙でネクタイを濡らしてしまう。そう思うのに、刺激を与えられるたびに身体が勝手に反応する。

「いい声だ」

声とともに、孝弘の指がぬかるんだ秘裂に少しだけ沈んだ。

けれど本当に指先だけで、奥へ進んでくれない。

ひく、ひく、と弱々しく蠕動《ぜんどう》する自分の身体を持て余しつつ、詩織は孝弘の様子をうかがった。

「なにを……してるの……」

「いや、こんなに浅いところでも、随分締め付けてくるなぁって」

笑いを含んだその声に、詩織の全身がぽっと熱くなった。

「や、やだ……だめ……」

孝弘の指先が、浅い蜜口の縁《ふち》を何度も行き来する。

彼の言うとおり、浅いのに、そして突《つつ》かれているような弱い刺激なのに、詩織のそこは彼の指先に絡みつこうと、何度も収縮を繰り返している。

「見えないだろうけど、真っ赤に染まって綺麗だ、詩織のここ」

指先でくいっと陰唇を開かせ、孝弘が言う。

身体の奥から、とろりと何かが溢《あふ》れ出すのがわかった。

「や、やだ、もっと……っ」

「もっと、何？」

濡れてわななく花唇を幾度《いくど》も撫でながら孝弘が言う。

その指先を呑み込もうと、蜜口がひくひくと震えた。

「もっと……奥……欲しいっ……」

ネクタイの下でさらなる涙を滲《にじ》ませて詩織は懇願した。

指で開かされ、剥《む》き出しにされた花襞《ひだ》に空気が触れ、冷えた粘膜が震える。

けれど孝弘は、詩織の懇願には応《こた》えてくれなかった。

「あ、あ、ああっ」

指先で弄《もてあそ》ばれながら身体を捻《よじ》るたび、ちゅくちゅくと吸い付くような音があたりに響く。

「こっちも綺麗な色に染まってる。でも見えないんだね、残念」

孝弘の吐息が乳房にかかった、と思った瞬間、硬く尖った乳嘴《にゅうし》を舌で強く舐め上げられた。

「や……あん！」

突然の刺激に、秘裂がひときわ強く収縮する。その反応を良しとしたのか、孝弘が乳嘴《にゅうし》を何度も舌先で転がした。

まるで押し潰すように何度も舌先で翻弄《ほんろう》され、詩織は身を捩《よじ》って快楽から逃れようとする。

「ああっ！　やだ、やだぁ……っ、あ、ああ……」

そのとき、ふいに孝弘の唇が乳房から離れた。

——え……？

反射的に閉じようとした詩織の腿《もも》に、孝弘のさらさらした髪が触れる。同時に、熱を帯びた花芯を、ざらりとした温かな舌先がつついた。

「だめえっ！」

詩織は不自由な上半身で体重を支え、なんとか孝弘の舌先から逃れようと腰を引いた。

だがそんな儚《はかな》い抵抗など無意味だ、と言わんばかりに、孝弘の両手が詩織の腰を引き戻す。

物欲しげな雫《しずく》を滴《したた》らせる秘裂に、舌が生き物のように割り込んでくる。

「ああっ、あ、だめ、それ、だめ……！」

必死で脚を閉じようとすればするほど、脚の間に孝弘の上半身を抱き込むような格好になってしまう。

詩織の柔らかな襞《ひだ》が、孝弘の舌先によってこじ開けられる。そのたびに、熱いなにかが身体中を火照《ほて》らせた。

舌が詩織の花芯を開き、内壁をつうっと撫でる。そして溢《あふ》れ出した蜜を音を立てて舐めとった。

秘めた場所をこんなふうに嬲《なぶ》られたら、身体が芯から溶けてしまいそうだ。

「た、たかひ……やああっ！」

音を立てて花唇を貪《むさぼ》られ、詩織は嗄《か》れかけた声で嬌声《きょうせい》を上げる。

身体に力が入らず、されるがままに淫《みだ》らな愛撫を受け続けることしかできない。

やがて、名残《なごり》惜しむように、舌先がぐりっと詩織の内側の、充血した粘膜を擦《こす》った。

その刺激に、詩織の隘路《あいろ》がもどかしげに蠕動《ぜんどう》する。

さんざん詩織の中を焦《じ》らしたあと、孝弘の顔がゆっくりと離れた。

「あ……あ……」

言葉にならない声を漏らしながら、詩織は荒い呼吸を繰り返した。

「見せられないのが残念だ。こんなにぴくぴくいわせて……ここまで欲しがられたら、応じずにはいられないね」

どこか性急な声で孝弘が呟く。同時に、待ちわびていたものが、ひたと蜜口に押し当てられた。

「……っ、なんで、こんなこと、するの……」

自由を奪われたままの姿で、詩織は快楽に声を震わせながら尋ねた。

「なんでって、詩織のアイディアを借りただけだよ」

——私の……？

それはどういうことか、と尋ねようとした瞬間、じゅぷ、という蜜音を立てて、猛《たけ》った肉杭《にくくい》が詩織の中に押し入ってきた。

熱く生々しい感触に、それだけで胎内が蠢《うごめ》き、愛おしげにその杭《くい》を締め上げる。

「……そんなに締め付けたら、きつい」

「あ、あ……だって……だって……」

咥《くわ》え込んだモノに秘部がねっとりと絡みつくのを実感しながら、詩織は唇を噛んだ。

ぐちゅりと熱い塊《かたまり》に貫《つらぬ》かれ、詩織の身体が一番奥まで彼を呑み込む。さりさりと音を立てて硬い体毛を擦《こす》り付けられると、目から新たな涙が滲《にじ》んだ。

お腹の奥がうねり始めた。

気持ちがいい、これがもっと欲しいと、どうしようもないほど欲求が高まってくる。

「う……」

大きく淫《みだ》らに開かされた脚の間から、濡れた音が規則的に聞こえてくる。

強く収縮する蜜道の感触を楽しむように、孝弘がことさらにゆっくりと、硬く質量を増した杭《くい》で詩織を貫《つらぬ》く。

「こんなに濡らして。可愛いね。もっとあげるよ、ほら」

ずるりと音を立てて、孝弘のものが雁首《かりくび》まで抜かれる。

入り口付近でとどまったそれが、再び蜜をたたえた隘路《あいろ》を押し広げ、内側から焼かんばかりの熱で詩織の奥深くを突き上げる。

「ひ……っ」

孝弘が抽送を繰り返すたび、詩織の身体が激しく揺さぶられた。

貫《つらぬ》く角度を変えられ、反応を楽しむようにぐりぐりと柔らかな部分を擦《こす》られる。詩織は生理的な涙を流しながら何度も首を振った。

「やあんっ、あ、あ……っ……」

「あれ？　今日はなかなかイけないんだな」

孝弘の少し意地悪な口調に、剥《む》き出しの乳房がびくっと震える。

涙でグシャグシャになった顔で、詩織は唇を噛んだ。

「もっと違うふうにしたほうがいいのか？　たとえば、こう？」

中に収まっていた熱いものが、ゆっくりと引き抜かれる。

まだまだ彼を味わいたかったのに……という失望感が、詩織の蜜襞《みつひだ》を切なく震わせた。

「ここも、ここもこんなに硬くして。花が咲いたみたいで可愛いな」

蜜をまとった肉杭《にくくい》を、ぽってりと色づいた小さな淫芽に擦《こす》りつけながら、孝弘の指先が立ち上がった乳嘴《にゅうし》をきゅっとつまむ。

抜け落ちた熱い塊《かたまり》を求めて喘《あえ》いでいた空洞が、二つの強い刺激に蜜を溢《あふ》れさせ、わなないた。

熱杭《ねっくい》で繰り返し小さな芽を擦《こす》り上げつつ、孝弘が優しい声で言った。

「ここを擦《こす》り続けていればイケそう？」

声を聞くだけで、ひくりと花襞《ひだ》が疼《うず》く。孝弘は、わかっているのに、わざと焦《じ》らしているのだ。

「やだ……ちが……っ」

「じゃあどうしてほしいの？」

もう一度巧みに乳嘴《にゅうし》をつままれて、その刺激で、お腹の奥に熱い欲が生まれる。あまりのもどかしさに詩織は腰を浮かせて哀願した。

「孝弘さんを、ぎゅってしたい……です……だから、この手、解いて」

詩織は息を乱しながら、さらに言葉を重ねた。

「私も……触りたいの」

訴えた瞬間、ぎしりとベッドがきしみ、頭の上で結ばれた詩織の手首が解かれた。

そのまま、孝弘の身体がのしかかり、詩織の頭を優しく抱きしめる。

「そうだな、俺も君に触られたい……」

濡れてぐずぐずにほころびた花芯に、勢いの衰《おとろ》えない肉杭《にくくい》の先端が押し付けられる。

じゅぷじゅぷと音を立てて愛しい塊《かたまり》を呑み込みながら、詩織は孝弘の背中を抱きしめた。腕の中にも、身体の中にも孝弘がいる。

こうやって隙間なく肌を合わせていると、とても安心する。

詩織はうっとりした気持ちで、両脚を孝弘の腰に絡めた。

「くっついているほうが好きなんだね？」

ぴったりと素肌を重ね合いながら、詩織は頷く。

「……なんだか、ほっとするんです……きもちよくて……」

「そう。目隠しはしたままでもいい？」

詩織が頷くと、孝弘が小さく笑って、ゆるゆると抽送を再開した。

彼の荒い息を耳元で感じる。汗に濡れた頬で頬ずりされ、詩織の心に愛おしさが増していった。

背中に回していた腕を解いた詩織は、孝弘の頬を引き寄せ、唇を指先で探り当ててそっとキスをした。

ぐっと硬度を増した肉杭《にくくい》で突き上げられる。そのたびに子猫めいた声を漏らしながら、詩織はついばむようなキスを繰り返した。

詩織の雫《しずく》をさんざん舐め取った彼の唇は、微《かす》かに塩の味がした。

その味が、先程与えられた刺激を思い出させ、詩織の身体の熱をますます煽《あお》り立てる。

「あ、すごく熱くなってる……」

孝弘の首にそっと手を回し、額《ひたい》と額《ひたい》を合わせて詩織は呟いた。

「君の中も熱い。何もかも持っていかれそうだ」

隙間なく肌を重ね合ったまま、孝弘は再び動き始めた。

さんざん焦《じ》らされ弄《もてあそ》ばれた詩織の身体は熱を帯び、触れられるだけでじんと痺《しび》れが走るほどだ。

「あ、あ……だめ……そんなに、しないで……っ」

昂《たかぶ》った熱塊が柔らかな部分を擦《こす》るたび、詩織の身体が小さく跳ねる。

少しの刺激でも苦しいくらいなのに、もっと快感を拾おうと無意識に腰が動いてしまう。

咥《くわ》え込んだものは、形がはっきりわかるくらいに硬く大きく張り詰めていた。息を乱してそれを締め上げつつ、詩織は泣きそうな声で訴えた。

「あ、あの、奥、ぐりぐりしないで……それ、いま、ダメなの……」

しとどに蜜を溢《あふ》れさせ、詩織は弱いところを執拗《しつよう》に穿《うが》つ孝弘に訴えた。

「わかってる。わざとやってるから」

詩織の耳たぶに歯を立てていた孝弘が、笑いを含んだ声で答えた。同時に、感じる部分を強く突き上げられて、詩織は耐えられずに叫び声を上げた。

「やあぁ……っ！」

「こんなに絡みついてくるくせに何が嫌なんだ？　痛いくらい中をひくひくさせて……」

「だめ、言わないで……おねがい……」

貫《つらぬ》く肉杭《にくくい》を咀嚼《そしゃく》しながら、詩織は孝弘にすがりついて懇願する。

「どうしてダメなの？　ここまで俺を咥《くわ》えこんでおきながら随分冷たいことを言うんだね」

言いながら、孝弘が恥骨を濡れた茂みに押し付けてきた。杭《くい》の根元で、小さく立ち上がった粒を擦《こす》られ、身体中に電流のような刺激が走る。

「あああっ！　だめぇ、ホントにだめなの……っ！」

「だから、どうして？」

びくびくと痙攣《けいれん》しながら雫《しずく》を溢《あふ》れさせる詩織に、孝弘がわざとらしく問い直す。

――だめ、もう私……

泣きそうな声で、詩織は答えた。

「い、イッちゃう……からぁ……っ……」

その答えに満足したのか、孝弘の動きがこれ以上になく激しくなった。

詩織は無我夢中で孝弘の腰に自分の脚を巻き付ける。

「あ、あ……もっと、欲し……い……」

半泣きの懇願に、孝弘が軽い口づけで応《こた》えてくれた。

「いいよ。全部あげる。……一緒にいこう」

ずん、とひときわ強く突き上げられ、詩織は汗に濡れた孝弘の胸に乳房を押し付けるようにして仰《の》け反《ぞ》った。

「ひっ……あ、ああっ……」

絶頂に押し上げられるとともに、膣内を満たした孝弘のものが、力強く弾ける。

詩織の目からネクタイがずれ落ちて、視界に涙で歪んだ天井が映った。

愛してるよ、と囁《ささや》かれ、声も出せずに詩織は頷く。

詩織も孝弘のことは大好きだ。だが……ちょっとセックスが激しすぎるのではないだろうか。

――孝弘さん、どこでこんなプレイを思いついたんだろう……

そう思いながら、詩織は孝弘の汗に濡れた背中をそっと抱き寄せた。

翌朝、ぐっすり眠っている孝弘の傍《かたわ》らで詩織は目を覚ました。

――ああ、やっぱり綺麗ですべすべ……

詩織は孝弘の頬にそっと手で触れた。

吸い込まれそうなほど綺麗な肌だ。あんなに忙しいのに、このつややかな肌を保っているのは純粋にすごいと思う。

しっとりした肌を指先でそっと撫で、詩織は枕元に放り出された二本のネクタイに目をやった。

シワが寄り、無造作に投げ出された高価なネクタイ。この綺麗な布製品に昨夜はとんでもない世界を見せられたのだ。

目が見えない世界で、自由にならない身体を翻弄《ほんろう》されるというのがどういうことが、実地で理解した気がする。不安なのに気持ちが良くて、もどかしくて、次に何をされるかわからない分、刺激が強くて。

拘束や目隠しはハマったら帰ってこられないプレイだと小耳に挟んだが、そういう面もあるかもしれないとちょっぴり納得できる。

――ん？　ネクタイ……二本？

そういえば詩織も、ネクタイ二本で女の子を縛るエッチシーンを最近の本で書いた。

ネクタイで縛る、あるいは目隠しをするというのは、女性向け官能小説ではわりと見かけるシチュエーションなのだが、両方使うというのはあまりない気がする。担当さんにも「このシーン、ネクタイはアイマスクに変えませんか？」と言われたが、色々な言い訳をひねり出してこの案を押し通したのだ。

美しい御曹司が、ビジネスマンの象徴、かつ萌えアイテムでもあるネクタイでヒロインの自由をソフトに奪い、言葉責めで気持ちよくさせたらいいかも、と考えただけなのだが。

——あれっ？

そこまで考えて、詩織は思わず動きを止めた。

そういえば昨夜の孝弘とのひとときは、まるで詩織の書いた話が現実になったかのようだった。

なぜ孝弘は、わざわざ余分なネクタイを出してきてまで詩織を縛り、目隠ししたかったのだろうか。枕元にはアイマスクがあるし、顔にタオルをかけるだけでも良さそうなのに。

それに、孝弘は普段、セックスしている途中で抜いて焦《じ》らしたりしない。詩織が何度も達しても執拗《しつよう》なくらいに身体を攻め立ててくるのに、昨日は全然違って、まるで詩織が書いた小説と同じよう……だった気がする。

——ま、気のせいだよね！

わずかな疑念をどこかに押しやると同時に、詩織の頭の中にあるフレーズが浮かんだ。

『強く考え続けたことはゼッタイ現実になる！』

詩織の本を出してくれている出版社さんが刊行した自己啓発書のタイトルだ。

この本曰《いわ》く、一生懸命考え続けたことは、必ず現実になるらしい。

かなり売れた本のようで、今でも本屋さんで平積みされているのを見かける。

——私の頭の中身が……現実に……なったら困ります！

自作のエロシーンのことを考えるだけで白目を剥《む》きそうになった。

装身具だけを身につけて鏡の前で身体を弄《いじ》られ、騎乗位を強制されたうえに、淫乱な姿を見せつけられながら貫《つらぬ》かれるヒロインの姿や、いつ人が通るかわからないバルコニーで将軍に抱かれ啼《な》き声を押し殺す姫君……そんなものが現実になったらどうすればいいのだ。

詩織は顔を覆《おお》った。

——だ、大丈夫、そんなことありえないし！　鏡はともかくベランダプレイはありえないから！

ベッドの上を転がりながら煩悶《はんもん》していると、傍《かたわ》らの孝弘が身動《みじろ》ぎする気配がした。

「おはよう。じたばたしてどうしたの」

「い、いえ、何でも……シャワー浴びてきますね」

頭を冷やそうと思い、詩織はバスルームに駆け込んで冷たい水をかぶる。

昨夜の濃厚すぎる余韻《よいん》が少しずつ薄れて、脳内がクリアになってきた気がする。おかげで、ネクタイ二本プレイの件は偶然だと思うことができた。

——偶然、偶然！　孝弘さんもネクタイ萌えなんだよ！　たぶん。よくわかんないけど。

髪を乾かし終え、朝ご飯でも作ろうかなと思った瞬間、詩織のスマートフォンが鳴った。

マリからのメールで『昨日メールしたけど、今日八時にイベント会場来れそう?』と書いてある。

——あ! そうだ! 売り子頼まれてたんだ!

時計を見上げると、朝の七時だ。今から全力で向かえば間に合うはずだ。詩織は居間のテーブルに座っていた孝弘に、大慌てで報告した。

「ごめんなさい! 私ちょっと友達の……販売を、手伝ってきます」

例によってとっさに嘘が言えず、詩織は正直にそう申告した。

「友達って?」

「マリです!」

孝弘は、マリのことを知っているはずだ。

高校時代、毎年両親のすすめで文化祭に彼を呼んできたけれど、そのたびに、孝弘とマリは顔を合わせている。

「ああ、人参の着ぐるみの子か」

孝弘が納得したように笑った。彼は未だに、詩織達が文化祭で着ぐるみ姿で豚汁屋の呼び込みをさせられていたのを覚えているのだ。もっと可憐な姿を記憶してくれてもいいのに……と思いつつ、詩織は頷いた。

「ハイ、人参の子です……」

「販売って何を売るの？」

当然ながら、孝弘にはちょっと怪訝《けげん》な顔をされた。

「あっ、あっ……文学……作品？」

「文学作品？　そうなんだ。古本か何か？」

「ハイ……」

実際に売るのは、マリの描いたどエロ二次創作のBL《ボーイズラブ》同人誌である。だが孝弘にそんなことを申告する勇気はない。

二人の間に妙な沈黙が満ちる。

「じゃ、じゃあ、急いで支度して出かけますっ！」

孝弘の朝ご飯を整えて二人でゆっくりする予定だったのだが、先約が優先なので仕方がない。

色々なことがありすぎて、マリからのお願いが頭からすっぽ抜けていた。

デニムにカットソー、カーディガンというラフな格好で、空っぽの大きなトートバッグを肩にかけ、詩織はボサボサの頭のまま玄関に走った。孝弘が『よくわからない』という顔をしつつ見送りに立ってくれる。

「場所はどこなの。今から俺もシャワーをあびてくるから、よかったら車で送ろうか？」

「あ、あの、場所はビッグサイ……そんなに遠くないので大丈夫です！　行ってきます！」

危うく開催地を口にするところだった。というかほとんど言ってしまったも同然だが、孝弘はピンとこない顔をしているので多分大丈夫だろう。そうであってほしい。

「遠くないならいいけれど。何時くらいまでいるの？」

「本が売り切れたら撤収して、私も周りの出展者さんを見て帰ります。遅くても五時くらいには戻りますね！」

この期に及んで、戦利品をしっかり確保するつもりで、空の大きなバッグを持っている自分の業《ごう》が恐ろしくなってくる。

「わかった。気をつけて」

額《ひたい》にキスをされ、詩織の胸が小さくトクンと鳴った。

――せっかくお休みなのに、朝ご飯を作れなくて悪いことをしたな。

軽い罪悪感を感じたが、これから向かう薄い本祭りの説明をしたら孝弘をびっくりさせるだろうし、場合によっては『不健全だから行かないでほしい』と言われるかもしれない。

自分の好きなエロ創作の世界のことは、孝弘には知らせないほうがいいに決まっている。

でも、詩織が全人生を傾けて熱中してきた、ちょっと背徳的な……いや、かなり背徳的なエロスの世界のことは、この先も孝弘に言えないままなのだろうか。

そう思うと少し気が滅入《めい》る。でも伝えたら、孝弘にどんなふうに思われるか……考えるのも怖い。軽蔑されるだけでは済まないかもしれないのだ。

詩織は駅に向かって急ぎながら、もやもやした気持ちをとりあえず心の隅っこに押しやった。

大規模な同人誌の祭典は、昼を過ぎてもなお人の訪れが絶えなかった。

人いきれがひどくて、詩織は持っていたチラシでぱたぱたと顔を扇《あお》ぐ。

マリの本は、新刊は全て売り切れ、一番在庫の多かった既刊本も、十数冊を残すのみとなっている。グッズのクリアファイルとアクリルキーホルダーも、少し残っているだけだ。

「ねえマリ、だいぶ売れたね」

詩織の言葉に、傍《かたわ》らのマリが振り返った。お化粧をほとんどしていないのにくっきりはっきり整った美しい顔に、丁寧に巻いた茶色の髪。いかにも『デキるキャリアウーマン』という容姿のマリがにっこり微笑む。

「ホントだね！　ジャンルは下火になってきたって言われてるけど予想よりハケてびっくり。通販用の分再版しなきゃ。……っと、そうだ、詩織」

マリはそう言って、バッグの中からA4サイズの封筒と、ラッピングされた箱を取り出した。

「だーりんが帰ってきてくれてよかったね。結婚と、小説賞の受賞おめでとう。これは私からのお祝いね。あとあげてなかった同人誌もどうぞ」

突然渡されたお祝いの品に、詩織は驚いてマリを見つめる。

プレゼントの箱は詩織の大好きな紅茶メーカーのものだ。通販はしておらず、銀座のお店に行かないと買えない。

「え、あ、ありがとう……！　嬉しい」

メールで、急に結婚が決まったことや、小説賞を受賞できたことは伝えていたものの、まさかこんなふうにお祝いしてもらえるとは予想していなかった。

毎日会社で遅くまで働いているマリが、貴重な休日にお店まで出向いてお祝いを用意してくれたのだと思うと、ありがたくてたまらない。なにより、十八禁同人誌以外のことにはサバサバしている彼女が、こんなふうに心のこもったお祝いをくれたことが嬉しかった。

「本当は短大中退して結婚する予定だったたんだもんね。だーりん、だいぶ結婚を待ってたんじゃない？　詩織のこと大好きっぽいし」

プレゼントと親友の描いた薄い本をトートバッグにしまい込んでいた詩織は、マリの言葉に目を丸くした。

「え、え、大好きっぽいって……孝弘さんにそんな素振りあったかな……？」

詩織は、何気ないマリの言葉に思わず飛びついた。

孝弘本人に『昔から好きだったよ』と言われても、よくわからなくて困り果てているのだ。第三者であるマリの意見をぜひとも聞きたい。

「何言ってるの。ニコニコしながら文化祭に毎年来てたじゃん！　話すときなんかすごく幸せそうに詩織のことを見てたし。ラブラブで羨《うらや》ましいなって思ってたけど？」

孝弘が幸せそうに見えたなんて、そんなの初耳だった。びっくりしている詩織に、マリが首を傾げる。

「え？　なんでびっくりしてるの？」

「私、孝弘さんは優しいから、うちの両親とかに気を使って、ああやって私に会いに来てくれてただけだと思ってたの」

「あんたねぇ。そんなんだから天然お嬢様って言われるのよ。忙しい大学生が、自分の楽しみ放り出して高校の学園祭になんか来ないわよ、普通」

マリがそう言って、詩織の頬を黄色のマニキュアを塗った爪でつねった。

「あの、孝弘さん、私が高校のころも幸せそうだった?」

詩織の質問に、マリがにやりと笑う。

「うん。幸せそうだった。いつ会っても『詩織ラブ』って顔してた。年がら年中『とろけそうな顔で愛しい受けを見つめる攻め』の表情を追求している私が言うんだから間違いない! むしろ不思議だったんだよね。詩織がだーりんとの仲を全然ノロけないのがさぁ」

「そ、そっか、ありがとう……」

マリに意外すぎることを言われて、顔が熱くなってしまった。

——む、昔から、孝弘さんが私といて幸せそうだったなんて……意識したことなかった。どうして私はこんなに鈍いんだろう?

そのとき、ブースの前に立った人物が売れ残りの既刊本を指差した。

「すみません。これください」

「あっ、は……い……」

顔を上げた詩織は絶句する。

——た、た、孝弘……さん……?

なぜ孝弘がここにいるのか。ここは十八禁アダルトオンリーのエリアなのに。周りは男子と男子の肌色天国なのに。

すーっと頭から血の気が引いた。これは悪夢だ。そう思いたい。

「あら、噂をすれば。お久しぶりです、小早川さん。天野《あまの》です」

マリがソツのない笑みを浮かべ、立ち上がって品よく一礼した。

何という肚《はら》の据わりっぷりだろう。彼女の本業は丸の内ＯＬではなく、侍《さむらい》か何かではないのだろうか。

マリの動じなさを見習いたいと思いながら、詩織も無意味に立ち上がって頭を下げる。

「お久しぶりです。詩織が『ビッグサイトで文学作品を売る』としか教えてくれないから、ぜんぜん違うブースを探し回っていました」

孝弘が笑いながら、詩織の頭をこつんと叩くふりをした。

一方の詩織はただ震えるばかりである。

大変なことになってしまった。マリの趣味に孝弘が眉をひそめたりしたらどうしよう。そんな不安がぐるぐる頭の中を回る。

「あら詩織、気を使ってくれたの？　私なら構わないのに……本は詩織に渡しましたから、買わなくて大丈夫ですよ」

美青年が美青年をあんあん言わせている十八禁漫画のサンプルを前に、マリが嫣然《えんぜん》と微笑んだ。

この親友、やはり只者《ただもの》ではない。だが……

「これは天野さんが描いたんですか。お上手ですね。今漫画家さんなんですか？」

社交上手でリア充の孝弘の対応も、これまたうなるほど見事だった。男同士のラブシーンを描いた販促用ポスターを見ても眉一つ動かさない。

「ちがいます。これは趣味で描いています。仕事は別にあるので」

「なるほど。アマチュアの方でもこんなに上手に描かれるんですね」

孝弘が腕組みしたまま、あられもない漫画の見本を覗《のぞ》き込む。

エロい本など所持していないと言い切るわりに、あまり抵抗はなさそうだ。

意外に思って、詩織は孝弘の顔を見上げた。しかし感情を隠すのが上手な彼の横顔からは、何も読み取れない。

「私も今後、家業の関係で出版社の仕事をお手伝いすることになったんです。今まであまり縁のない業界だったもので、最近のコンテンツに疎《うと》くて。このイベントを見て回ったらだいぶ空気感を知ることができそうだ」

「そうなんですか。すごく楽しいですよ。今日のイベントはアダルト以外のジャンルも充実してますし。私のほうはもう大丈夫だから詩織と一緒に見て回ったらどうですか？」

マリが愛想良く笑って、詩織の肩をぽんと叩いた。

「ね、詩織、だーりんとデートしてきなよ！　今日はありがとう！」

突然話を振られ、詩織はぎくしゃくと頷いた。

「じゃ、じゃあ、またね、マリ。お祝いありがとう」

「どういたしまして。お幸せに」

笑顔のマリに見送られ、詩織は途方に暮れたまま孝弘と肩を並べて歩き出した。

――ど、どうしよう……

孝弘が当たり前のように手を伸ばし、詩織の指に自分の長い指を絡める。手を繋いでくれるということは怒っていないのかもしれない。少しホッとした詩織は、顔を上げて孝弘を見つめた。

「自分の作った同人誌を売りたい人ってたくさんいるんだね」

広い会場の様々なブースを見回しながら、楽しげに孝弘が言う。

「は、はい……」

「詩織はこういうのが好きそうだ」

何気ない言葉に、詩織は驚く。

確かに妄想が趣味で、創作も大好きだが、そういった自分の姿は孝弘に見せてこなかったはずだ。小早川家の嫁に不要な要素は隠し抜いてきたつもりだったのに。

「今までも、こういうイベントに何回か来たことがあるの?」

「は、はい、マリが同人誌を出すときに、一緒に売り子で」

プロデビューが早かった詩織は、なんとなく同人誌を出しそびれたまま今に至るが、マリの売り子なら何度も手伝ったことがある。それにマリが好きなジャンルは詩織も好きで、エッチな同人誌もたくさん持っているのだ。今は衣装ケースの中に封印しているけれど……

「天野さんは本当に絵が上手だな。俺は漫画に詳しくないけれど、かなりの腕前なんじゃないか」

孝弘の褒め言葉に、詩織は力強く頷いてしまった。

「はいっ！　そうなんです！　マリは出版社からくる商業の仕事は断ってるんですけど、大手壁サークルさんからアンソロ原稿を書いてくれって言われたりとか、プロの小説家から同人誌のイラストを依頼されたりとか、本当にすごい人気なんです！　今回の新作も午前中で売り切れちゃったんですよ！　二百部用意したのに完売だったんです！」

親友のことなのでつい説明に熱が入ってしまう。勢いよくまくし立てた詩織は、はっと我に返る。

──待って。詳しすぎだろう私！

「壁サークルって何？」

孝弘からの当然すぎる質問に、どっと冷や汗をかきながら詩織は答えた。

「えっと、すごく人気があって、買いたい人が殺到するので、購入列が形成しやすいよう壁際にブースを提供してもらえる展示者さんのことです」

「へえ、そうなんだ。そんな仕組みがあるんだな」

孝弘が形の良い口元を緩《ゆる》め、優しい声で言った。

「君といると色々な知見《ちけん》が得られていいね」

「ち、知見《ちけん》というか……ただの趣味の世界ですから、孝弘さんはお気になさらずにいてください」

「いや、これだけの需要を作り出している世界には、必ず大きな価値がある。軽《かろ》んじることはできない」

孝弘の口から出たのは、意外な言葉だった。

微笑みをとどめたまま、孝弘が続ける。

「確かに裸の絵を手に取るのは気恥ずかしいけれど、それを買いにたくさんの人が来るんだろう？　皆が好きということは、需要があるということだ。生活必需品やインフラと違って、嗜好《しこう》を元にした市場は提供者の側から恣意的《しいてき》に作り出すことは難しい。今そこにある市場を大切に育てていくべきだと思うよ」

彼の言葉は、まるで、このブースに大展開している肌色ワールドを受容してくれているかのように聞こえた。

だが詩織はすぐに我に返る。孝弘は一般論を述べたに過ぎない。ここで詩織まで『私も書いてるんです！　エロ小説！』なんて口走ったら悲劇の幕開けになるに決まっている。

詩織を振り返り、孝弘がきゅっと手を引いた。

「一次創作小説のコーナーが見たいな。週末に読む本をそこから選んでみたい。どうかな」

詩織は慌てて頷く。人気のあるサークルさんの本はおそらく午前中で売り切れてしまっているが、今から行っても色々な発見があって楽しいだろう。

「そうだ、詩織が見たいところはある？　そっちを先に回ろうか」

――私が見たいのはお姫様がイケメンにあんあん言わされる十八禁作品のコーナーです。

心の中でだけ本音を答え、詩織はにっこり笑った。

「私も孝弘さんと同じところでいいです」

「じゃあ、小説を探しに行こうか。どっちにあるのかな。こんなに出展者がいるとどうにも目移りしてしまうな」

色んな人が孝弘を振り返って見る。一緒に暮らしている詩織だって時々見とれてしまうくらいなのだから無理もない。

「詩織、結婚しても天野さんの手伝いをしていいんだよ。今日みたいに俺に隠して出かけなくて大丈夫だ。俺は、自由にしている詩織を見ているのが幸せなんだから」

突然の言葉だった。ぎくりとして肩を震わせた詩織に、孝弘は続ける。

「俺は、詩織がいてくれて救われてる。詩織が楽しそうにしていると、わけもなく楽しくなれるんだ。多分、君のことが好きだからだね。好きって、尊《とうと》い感情だ。俺に与えられた最高の感情かもしれない」

なぜ孝弘はそこまで言ってくれるのだろう。

言葉を失った詩織に微笑みかけ、孝弘は続けた。

「俺はずっと自分のことを、小早川家のために育てられた機械のようなものだと思って生きてきた。やりがいもあるけれど……正直仕事ばかりで味気ない人生だ。でも君といると、楽しい」

「あ、あの、私は、何もしてないですよ……孝弘さんの役に立つこと、何も……」

思わず、詩織はそう答えた。孝弘が与えてくれる言葉に値するようなものを、彼に提供できている気がしない。それなのになぜ、孝弘はこんなふうに言ってくれるのだろうか。

「いや、詩織は自分のしたいことを譲らない一方で、俺に対して『非の打ち所がない人間であれ』と押し付けたりもしないだろう？　君は人も自分も尊重できる人だと思う。俺は昔から君のそういうさっぱりした優しいところが好きなんだ」

突然の独白に、詩織は言葉を失う。

孝弘がそんな気持ちでいてくれることを初めて聞いた。

孝弘の父親の、冷ややかな態度が詩織の脳裏に蘇《よみがえ》る。

厳しい教師のようだった父親に、無表情にただ返事をするだけだった孝弘。

彼は今まで、ずっとああやって、小早川家の重い期待に淡々と応《こた》え続けてきたのだろう。

そしてこれからも、ずっとそうして、小早川グループを率いていくのだ。

どんなに辛くても、孝弘はそれに耐え抜くのだろう。

けれど、その過酷な世界を忘れる時間も欲しいに違いない。

「泣こうが喚《わめ》こうが、義務と責任にがんじがらめになるのが俺の人生だ。でも、俺はもうそのことに納得してる」

詩織は言葉もないまま、孝弘の端整な横顔を見つめる。

「俺が自由でいられない分、詩織には、他人に何を言われようと我が道を行ってほしい。社会を知らないまま家庭に入りたくないと言い切った君でいてほしいんだ。俺は自由で楽しそうな君からエネルギーをもらっている。笑っている君が大好きなんだ。俺と一緒にいてくれて、ありがとう」

「孝弘さん……」

孝弘の笑顔が、詩織の心を明るく照らす。嘘偽りの感じられない優しい表情が、今の言葉は彼の本音なのだと伝えてくれる。

しかし、孝弘にだけ辛い思いをさせるなんて、やはり心苦しい。詩織も同じように苦労をして、大変な思いをしてこその夫婦なのではないだろうか。

「あ、あの、私もいっぱい勉強して、孝弘さんの仕事のことがわかるようになったほうがいいんですよね」

口にした途端、心がずしりと重くなる。

多分そんなことは詩織には無理だろう。

平凡でお話を書くのが好きなだけの詩織にそんな力はない。たくさんの人達の生活を背負い、大きな企業グループという船を沈めないよう、舵取《かじと》りを続けることはできない。

「いや、そんなことを俺は望んでいない」

不安に眉をひそめた詩織に身体を寄せ、孝弘は秘密を打ち明けるように言った。

「父さんには怒られそうだけど、俺は仕事のことばっかり考えて生きていたくないんだよ。家庭は聖域にしたい。詩織はその聖域の女神様だ。俺達の聖域をのんびりした明るい世界にしてくれるだけで俺は嬉しい」

「でも、孝弘さんだけ苦労する家庭なんておかしいですし……私も頑張って、孝弘さんの仕事について勉強を……して追いつけるかわからないんですけど……でも」

やはり口にすると、自分は孝弘には釣り合わない人間なのだと思えてしまう。

しかし表情を曇らせた詩織の前で、彼ははっきりと首を横に振った。

「別にいい。俺の仕事は俺の仕事。君には君の仕事があるだろう。第一、俺の場合は、仕事で苦労させられても、その分報酬を得ているからいいんだ。それに俺は、自分が辛いから奥さんにも辛い思いをしてほしいなんて思わない。奥さんには心地よく過ごしてほしいし、俺は、心地よく過ごしている奥さんの側で安らかに過ごしたい。そういう夫婦を目指したほうがずっと有意義だ」

その言葉を聞きながら、孝弘は精神的に成熟しているのだな、と詩織は思った。

大変な義務を負った中でも割り切る方法を自分で探し、ちゃんと物事のバランスを取れるように調整しようとしている。詩織に八つ当たりもしないし、愚痴だけ言って解決を先送りにしたりもしないのだ。

――やっぱり、すごい人だよなぁ……本物の大人ってこういう人のことを言うんだろうな……

詩織は小さくため息をつき、孝弘の整った横顔を見上げた。

「それに詩織が俺を構ってくれなくても、俺は勝手に君に付いて回るよ、今日みたいに。断りもなく、突然来てごめん。あんなに慌ててどこへ行くのか気になってしまって」

突然現れた孝弘のことを思い出し、詩織は思わず笑ってしまった。

「さっきはびっくりしました」

「そうだろうな。驚かせてごめん。このとおり俺は自分のしたいようにする人間なんだ。だけど、俺だけ好き勝手にするんじゃ不公平だろう？　詩織も同じように、自由に行動してほしい」

「……はい」

孝弘が両親に同棲をゴリ押ししたときのことを思い出し、詩織は笑顔のまま頷いた。

彼はきっと、嫌なことは嫌、欲しいものは欲しいとはっきり言ってくれる人なのだ。

いつもは遠慮が先に立ってなかなか受け入れがたい孝弘の言葉が、今日は一つ一つ、素直に心に染み込んでくる。

孝弘は、自分の理想の結婚生活を詩織に押し付けたいわけではないのだ……と。

「最近詩織と過ごしていると思うんだ。五年前に無理に詩織と一緒にならなくて良かったのかもしれないって。この五年で詩織の世界は広がったんだなって思えるし、君は前よりずっと素敵になった。俺以外の男に心を動かされたりしなかった、というのも最近ようやく信じられたし」

やはり妙なやきもちは焼き続けているらしい。詩織は半ばあきれつつ、孝弘に尋ねた。

「あのう、不思議なんですけど……孝弘さんはどうして私を好きだって思ってくださったんですか。何かきっかけがあったんですか」

マリの『昔から詩織のことを好きそうだった』という言葉を思い浮かべながら、詩織は勇気を出して尋ねてみた。こんなふうに色々話してくれる今なら、何か納得できる答えが聞けるかもしれない。

「やっぱり、池で溺れてるのを助けたら『カメ捕まえるから下ろして』って言われたときかなぁ」

「はい？」

予想外すぎる答えに、詩織は固まってしまう。

「この子は俺にない発想を持っていそうだと思ったよ。君が池に落ちたと知って真っ青になってるお義父《とう》さんに怒られても『どうせ濡れちゃってるから、また池に入ってカメさん捕まえる』しか言わないし。俺にはできない考え方をするなと思った」

あまりのことに、呆然としながら詩織は尋ねた。

「アホな子供だなって思わなかったんですか？」

「思わなかったね。むしろ、ああ詩織は天性の自由人なんだなって思った」

目が点になっている詩織の前で、孝弘がスマートフォンを取り出す。

「あとこれも。前から可愛いと思っていたけれど、これで君に惚れ直した」

画面を覗《のぞ》き込んだ詩織は、硬直して動けなくなった。

なぜならば、孝弘のスマートフォンに映し出された画像は、大根の着ぐるみを着てポーズを取っている詩織だったからだ。

せめて照れくさそうにしている写真なら良かったのに、高校生の詩織はなぜかノリノリで、万歳をし、脚をクロスさせている。

あまりの恥ずかしさに気が遠くなった。おそらく文化祭が楽しかったので、こんなポーズで孝弘に写真を撮ってもらったのだろう。しかし、昔からズレている自覚はあったがこれはひどすぎる。

「こ、こんなの消してください！」

「どうして？　お気に入りの一枚なのに。アメリカでは印刷して職場のデスクに飾っていた」

「待って！　これ大根の着ぐるみ着てる私ですよっ？」

「このときの笑顔、最高にキュンときたんだ。詩織はいつも俺の観測範囲外からすごい刺激を運んでくるなと思ったよ。この子といたら絶対に楽しいって思った」

「ど、どんな趣味ですか……っ！」

「いい趣味だろう？」

詩織は何とも言えない気持ちで、履いているぺたんこの靴の先を見つめた。

孝弘が詩織の『欠点だけど変えられない』と思っていた部分を好きだと言ってくれるなんて……

ドキドキと心臓が高鳴る。

今までにないくらい胸が苦しくて、詩織はカットソーをぎゅっと掴んだ。

――私も何か言おう。『俺のことを好きじゃないのはわかっている』なんて孝弘さんに言わせずに済むようなことを。私も好きだって。孝弘さんのこと、前よりずっと……

真っ赤に火照《ほて》っているであろう顔を意識しながら、詩織は口を開いた。

「わ、私は、初めは気後《きおく》れしちゃってました！ 結婚とか、一緒に住むのとか、本当に私でいいのかなって。私、こんなんだから。でも、孝弘さんが嬉しいならよかったです。私も嬉しいから」

形の良い目を見張った孝弘が、ふいに白い耳を微《かす》かに染めた。

「そうか。俺も、詩織を喜ばせることができているんだな」

「そ、そうです。王子様みたいな人が私の家で寝起きしてるのはちょっと変な感じがしましたけど、今は一人でいる頃より幸せです。た、孝弘さん、素敵だし……！」

本音を言えば、彼に見つからないようコソコソ仕事を進めるのは大変なのだが、それを差し引いても彼と暮らせるのは嬉しい。

やきもち焼きだったり、料理が上手だったり、本物の王子様みたいだったり、孝弘には色々な面があって目が離せない。

それに、詩織の突拍子もない一面を『可愛い』と言ってくれる。そんな孝弘のことを、改めて、どうしようもないくらい好きになり始めている。

「幸せ？」

「こ、恋心が……育っていく、っていうか……そういう経験初めてだから、幸せ……です……」

自分で言って、恥ずかしくてたまらなくなる。焼けるような頬を意識しながらうつむいた詩織の手を、孝弘がぐいと引いた。

「あ、ありがとう。あっち見ようか」

ちらっと孝弘を見上げると、彼の耳はさっきよりもさらに赤く染まっていた。

——珍しい！　孝弘さんが照れてる……！

普段はクール極まりない孝弘の意外な表情に、詩織はなぜか惹《ひ》きつけられた。

こうやって一緒にいれば、彼の意外な顔をもっとたくさん見られるのかもしれない。

そしてきっと、彼のことをもっと好きになるに違いない。

そう思いながらも、詩織は孝弘に釘をさした。

「孝弘さん、あの大根の写真は消してくださいね」

「嫌だよ、気に入ってるんだから」

屈託《くったく》なく笑う孝弘に対して頬を膨《ふく》らませてみせたあと、詩織は思わず噴き出した。

「変わった趣味すぎます」

「自覚はある。詩織マニアなんだ、俺は。俺にとっての『可愛い』は詩織が基準だし」

「う、嘘……さすがにそれは嘘でしょう？」

「いや、本当のことだよ」

笑い出す孝弘につられ、思わず詩織も笑ってしまった。

孝弘と手を繋いだまま、詩織はさっきより軽くなった足取りで歩き始める。

政略結婚で、ただ詩織が一方的に憧れるだけの関係で、それは一生続くのだろう……

勝手にそんなふうに決めつけていた未来が、少しずつ形を変えていく。

――いつか自分の仕事のことも孝弘さんに言えるのかな。

都合のいいことを考えかけて、詩織は心の中で小さく首を振る。

やはりちょっと、それは無理だ。もしかしたら孝弘は許してくれるかもしれないが、彼を通じて親族にバレた日には……そう考えると震えるしかない。

「今日は俺が夕飯を作るよ。詩織は朝早くから働いて疲れただろう」

「い、いえ、私は座ってただけなので全然……でも孝弘さんの作ったごちそうは食べたいです」

正直言って、詩織が作ったものよりも、孝弘が作る料理のほうが数段美味《おい》しいのだ。

『アメリカ暮らしで唯一の楽しみが料理だった』と言うだけあって、何を作らせても相当な腕前である。

「詩織にそんなことを言われたら張り切るしかないな」

優しい表情の孝弘に微笑み返した詩織は、思い切って繋いだ手をほどき、彼の腕に自分の腕を絡めてみた。

一瞬驚いた顔をした孝弘が、見たこともないくらい嬉しそうな顔で笑う。

最近まで『距離を感じる王子様』だった彼の華やかな笑顔を見つめて、詩織は思った。

――これからも……ずっとこんな顔の孝弘さんを見られたらいいな……おじさんになっても、おじいさんになってもずっと。

今日は不思議な日だ。

昨日とも一昨日《おととい》とも、いや、過去の全部と違う色合いに染まった特別な日。初めて本当に孝弘と心が触れ合った日だから、どの日とも違う色をしているように感じたのだ。

詩織はそう思い、孝弘の笑顔をそっと心の中にしまった。

――これから先の未来に、もしも孝弘さんと喧嘩する日が来たら、この笑顔を思い出そう。そうすればすぐに仲直りできそう。

満たされた気持ちで、詩織は孝弘の肩に頭をくっつけた。

第六章　運命の授賞式

同人誌の即売会に孝弘がやってくるという衝撃の事件以降、二人の生活は随分と落ち着いたものになった。

あのときに、色々話せたことが良かったのかもしれない。

孝弘が謎の嫉妬《しっと》にかられて『今日は何をしていたのか』と詰問《きつもん》してくることもなくなったし、詩織も仕事を隠すことに慣れて、孝弘の会社の終業時刻に合わせて原稿を片付けることができるようになった。

明日からはやっと、多忙だった孝弘がゆっくり休める週末だ。今日の夕飯はもちろん詩織が支度するつもりだけれど、休日になれば、料理好きの彼が色々とごちそうを作ってくれるに違いない。

しかしこのごちそう尽くしの生活のせいか、どうにも身体のラインが怪しい。

——はぁ、ご飯美味《おい》しすぎて太っちゃったかも。

入浴を終えた詩織は、軽く髪を拭いただけの姿で鏡の前に立つ。

やはり、全体的にむっちりしてきた気がする。

運動不足気味なのに、孝弘に食べさせようとご飯をしっかり作るようになったし、何より週末の孝弘作のごちそうがいけない。

この前はスペアリブやパエリアを作ってくれたし、朝は先に起きて、詩織の好きなフレンチトーストやリコッタチーズのパンケーキを焼いてくれる。どれもとっても美味《おい》しく、ハイカロリーだ。

だが、同じものを食べても孝弘は全く太らない。丸くなったのは詩織だけだ。

——うう、生理が終わったのに全然痩《や》せないよぉ……孝弘さんはあんなに痩《や》せてるのに。よし、私、おやつ抜こう。あと大きい本屋さんに行くときも一駅歩こう。

多分守れない決心をしつつ、パジャマに着替えてお風呂を軽く掃除し、詩織は居間に戻った。

先にお風呂に入った孝弘がのんびりと新聞をめくっている。英語の新聞なので何が書いてあるのかはわからない。

「孝弘さん、ルイボスティ飲みますか？」

「ありがとう。いただこうかな」

新聞を畳んだ孝弘に笑顔で頷き、詩織は水出しのルイボスティを二つのグラスに注《つ》いだ。

「はい、どうぞ」

グラスを差し出し、ルイボスティを飲みながら詩織は今後の予定を頭に浮かべた。

来週末は、小説賞の授賞式なのである。奨励賞でも表彰はしてもらえるらしく、実家に一度戻って、訪問着を着ていこうかと思っている。

母にはどこに行くのかとしつこく聞かれたが、友人の旦那さんが賞をもらったのでお祝いパーティに行く、と答えたらすぐに納得してくれた。

そして、そのような場に出るのに慣れている母は、着物の着付けを引き受けてくれた上に、いつもお願いしている美容師さんも手配してくれたのだ。

――服装はそれで問題ないとして……まあスピーチ聞いて、周りの先生に挨拶《あいさつ》させていただいて終わりだよね。孝弘さんが帰ってくるまでには家に戻ってこられそう。

問題は賞状や記念品をどうするかだが、残念ながら受賞作が官能小説と同じペンネームで書かれている以上、飾ることはできないので、袋に入れてクローゼットにしまっておくしかない。

一抹《いちまつ》の寂しさを感じつつグラスを置いたとき、ソファに座った孝弘が手招きした。

孝弘はサイドテーブルにグラスを置き、ぽんぽんと自分の隣を示す。

――なんだろう？

詩織は、彼の言うがままに隣に腰を下ろした。

「あっちを向いて」

素直に、孝弘に背を向けるよう、身体をひねる。

「……って……あれ？　孝弘さん、これはなんですか？」

何かがパジャマの胸の谷間に垂れ下がってきた。

どうやらロングチョーカーらしい。

「プレゼント。似合うかなと思って」

長めの鎖を何本も重ねて、ヘッドに青紫のアイオライトをあしらってある。流れる水のようにキラキラと美しいが、つけこなすのは難しいかもしれない。

高価な品物はいらないとこの前も言ったのに。詩織はそう思ったが、孝弘の上機嫌な笑顔の前に口をつぐんだ。

そのとき、ふいに孝弘の長い指がパジャマのボタンにかかった。

「孝弘さん……？」

「すごく似合うな。でも、もっと似合うつけ方を教えてあげる」

滑るような手つきで、孝弘が詩織の着ているパジャマの前を全て開く。

――何をするつもりなんだろう？

孝弘は、恐る恐る振り返った詩織の唇を奪い、しっかりと腰を抱いたまま言った。

「寝室に行こう。詩織のおかげでまた楽しいことを思いついたから」

孝弘に引っ張られるようにして寝室に連れ込まれる。そこで詩織は、普段あまり使っていない部屋に放置している姿見がなぜか寝室に置かれていることに気づいた。

——私のおかげ……？　って、孝弘さん、寝室に鏡を置きたかったのかな。声をかけてくれれば、明日の朝に私が出したのに。

そんなことを考えているうちに、詩織のキャミソールがあっさりと剥《は》ぎ取られる。続いてズボンと下着も……

「まって、このチョーカーも外さないと」

「これはつけたままにして」

自らもパジャマを脱ぎ捨てた孝弘が、詩織のウエストに腕を回して引き寄せる。

「ほら、見て」

鏡には、一糸まとわぬ姿で、背後から孝弘に抱きすくめられた詩織の姿が映っている。彼の肌は温かく、胸に触れる細やかな細工のチョーカーはひんやりと冷たい。二つの相反する感触と、映し出された自分の裸体に、詩織の身体が震えた。

——えっ、待って、鏡……見ながら……するんでしょうか？

ごくりと息を呑んだ詩織の乳房に、孝弘の指がかかった。

最近肉付きの良くなった胸のあたりを下からぐいと持ち上げ、孝弘が耳元で囁《ささや》く。

「ずいぶんといい身体になったよね、この辺とか」

孝弘は、詩織の乳房を片手で柔らかく揉みしだきながら、もう片方の手を脚の間へと滑らせる。

「この辺もボリュームが増して、たまらない手触りだね。こんな身体の君に抱きしめられたら、あっという間に天国に行けそうだ」

孝弘の手が、内腿《うちもも》の肉をからかうようにつまみ、何度も撫でさすった。繰り返される胸と腿《もも》への愛撫に、詩織の身体が甘く痺《しび》れ始める。

「な、なんで、こんなこと……」

羞恥《しゅうち》に身を捩《よじ》りながら詩織は孝弘に尋ねた。

鏡の向こうに、困惑した顔をしながらも孝弘に逆らえない自分がいる。幾重《いくえ》にも重なったチョーカーの細い鎖が胸の谷間を流れ落ち、きらきらと光を反射させている。

「君が綺麗だからだよ。それに……詩織からアイディアをもらったから、かな」

その言葉に頭のどこかが微《かす》かに反応した。

——私からアイディアって……前も孝弘さんはそんなことを言っていたような……

どういう意味だろう、と思った瞬間、孝弘の手が詩織の脚を持ち上げ、大きく開かせた。

・鏡の前で脚を広げる格好になり、詩織は反射的に小さく悲鳴を上げる。

「いやっ」

「嫌じゃない、ほら見て。君はこんなに綺麗でいやらしいんだ。この身体に触れるのを五年間も我慢した俺を、もっと褒めてくれてもいいだろう？　脚をちゃんと開いて」

腿《もも》の内側を愛撫していた手が、ふいに開かれた茂みの奥へ滑り込む。

くちゅくちゅと音を立てて中をかき回され、熱を帯びた芽を指先で軽くつままれた。

「んあ……っ」

突然の刺激に腰を浮かした詩織の尻に、熱くそそり立つモノが押し当てられた。孝弘の欲情の激しさを感じ取り、詩織はごくりと唾を呑んだ。

「鏡を見て。胸の先まで硬くしてる、自分の可愛い姿をちゃんと見て」

脚の間にたまり始めた熱が、耐え難《がた》いものになってくる。

恥ずかしさにもがく詩織の抵抗など、孝弘の力の前では何の意味もなさなかった。

「こんな綺麗な身体で、君は今から俺とセックスするんだ。じゃあまずは、ここを、こうやってほぐしてあげる」

つっ、と指先が秘裂をなぞった。

脚の間から脳天まで、突き抜けるような刺激が走る。

もはや声も出ず、詩織は目をつぶっていやいやと首を振った。

「ひっ……や、ぁ……ああ……」

けれど巧みな指先に乳房をこねられ、ひくひく震える蜜口をやんわりとこじ開けられては、甘ったるい声を漏らすことしかできない。

「あれ、そんなに欲しいのか。これはまだ指だろう。こんなに咥《くわ》えこんで……可愛いな」

隘路《あいろ》を行き来する指の感触に、詩織の中が切なくうねる。

もどかしくて目に涙が滲《にじ》んできた。

「ほら見てごらん、詩織、こんなに濡れてるよ」

孝弘の言葉に、詩織は目をつぶったまま激しく首を横に振る。

「ちゃんと見ないと、挿《い》れてあげないよ」

囁《ささや》かれた言葉に、詩織の肩が小さく揺れた。

恐る恐る目を開けた詩織の秘裂の上辺に指をかけ、孝弘がそれを軽く引っ張ってみせた。

「ほら……詩織のここに雫《しずく》が絡まってる。雨上がりの蜘蛛《くも》の巣みたいで、とても綺麗だろう」

孝弘はそう言って、淫《みだ》らな茂みが蜜で濡れている様子を詩織に確認させ、立ち上がった乳嘴《にゅうし》を二本の指できゅっと挟んだ。

「やっ、ああ……ッ！」

その色づいた部分を執拗《しつよう》にしごきながら、孝弘が耳元に囁《ささや》きかける。

「こっちもこんなに硬くして。もう挿《い》れたい？」

意地悪な言葉に、詩織はこくんと頷いた。

こんなふうに恥ずかしい格好をさせられるのはたまらない。早く、続きをしてほしい。

「じゃあ、こっちを向いて座り直して。俺の膝の上に乗ってみて」

詩織は力の入らない身体を引きずって、言われたとおりに鏡に背を向け、孝弘の膝の上にそっと座った。

チョーカーの細い鎖達が、滲《にじ》み始めた汗で素肌に貼り付く。ペンダントヘッドの石だけが、ゆらゆらと視界の端で揺れている。

そのとき、ふいに孝弘がベッドに横になってしまった。

――このまま抱き合うのかと思ってたのに……？

孝弘の身体に跨《また》がった状態で当惑する詩織に、彼はからかうように告げた。

「今日はこのまま俺の上に乗って、そのチョーカーをつけた姿でイッてほしいな」

詩織は思わず両手で胸を抱いて隠した。

「な、なに言って……っ」

「嫌なの？」

「い、嫌じゃ……ないけど……」

両腕で押し潰すようにして隠している胸は、やっぱり以前よりボリュームを増しているように感じる。妙にむちむちしていて恥ずかしい。

目をそらす詩織に、孝弘は優しく、けれど容赦なく言った。

「詩織の手で俺のを握って挿《い》れて。それから動いてみてくれ。俺からそのチョーカーがよく見えるように」

恥ずかしいことばかり言われているのに、何も抗《あらが》う言葉が出てこない。

「わ、私の……手で……？」

「そう、君の手で」

避妊具を手渡され、詩織は震える手でその封を切った。力強く反り返った器官に慎重にそれを被せる。そして腰を上げた詩織は、蜜をたたえ始めた小さな裂け目にその先端を押し当てた。

「そのまま、いつもみたいに奥まで呑み込んでくれ」

甘い命令に、お腹の奥がゾクリと疼《うず》いた。被膜に覆《おお》われた先端に触れるだけで身体中が熱くなる。

傍《かたわ》らの鏡には、自分が淫《みだ》らな姿で裸身を晒《さら》し、孝弘を呑み込もうとする姿が映し出されていた。

――やっぱり恥ずかしい……！

詩織が軽く唇を噛むと、なるべくそっちを見ないようにしながら、身体をゆっくりと沈めた。

粘膜が押し広げられる音とともに、肉杭《にくくい》を根元まで呑み込む。結合部が孝弘の体毛に触れた瞬間、身体の芯がきゅんと疼《うず》いた。

中を満たすものの圧倒的な質量に、抑えようとしても声が漏れてしまう。

「あぁっ……硬い……っ……」

いつもと違う格好で結ばれているせいだろうか。咥《くわ》え込んだ彼のものが普段よりも硬く、熱を帯びて感じる。

「動いて。詩織が気持ちいいように」

みっしりと自分の中を満たす熱塊。その存在をやけに感じながら、詩織はゆるゆると身体を持ち上げた。

顔を下げ、繋がった部分に一瞬目をやる。

詩織の中を貫《つらぬ》くその表面がぬらぬらと濡れているのを見た瞬間、腹の内側がぞわりと波立った。

――きもち……いい……

呼吸が乱れ始めたのも構わず、詩織は慎重に腰を動かした。

たくましく反り返った彼自身が、詩織の中を音を立てて行き来する。

鋭敏になった襞《ひだ》に、硬く隆起した部分が繰り返し擦《こす》り付けられる。そのたびに、どうしても身体が反応してしまう。

「っ……ああ……っ……あ……」

詩織は歯を食いしばった。

蜜襞《みつひだ》がうねり、受け入れている熱杭《ねっくい》をぎゅうぎゅうと締め上げる。

くちゅくちゅと音を立てながら、詩織は無我夢中で身体を上下させた。

繋がっている部分を熱い雫《しずく》が流れ落ちる。

ふいに、ひくん、と蜜襞《みつひだ》がうごめいた。詩織の意思とは裏腹に、勝手に身体のそこかしこが反応を始めている。このままでは、達してしまってすぐに動けなくなりそうだ。

「だ、だめ、私……イっちゃいそう……」

身体を揺すりながら、詩織はそう訴えた。

しかし、孝弘はまだ、自分が上になってあげるとは言ってくれない。

「俺の手に掴まるといい」

詩織は膝の上に置いていた両手を離し、不安定な姿勢で、伸ばされた孝弘の両手を握る。

「あ、あ、いじわる……っ……」

こんな体勢になったら、もっと奥まで突かれて、おかしくなってしまう。グラグラと不安定な状態で、詩織は孝弘を睨んだ。

「意地悪じゃない。君がイくのを手伝ってあげるだけだ。ほら、動いて」

孝弘の手をぎゅっと握りながら、詩織は必死で身体を動かす。

絶頂があっという間に近づいてくる。

――嘘、嫌だ、こんなにすぐ……どうしよう……

不安定な姿勢で愛し合うことによって、予想もつかない場所が刺激され、身体が翻弄《ほんろう》される。

「おっぱいがゆさゆさいってる。エロい眺めだ。たまらないな」

わざとらしくいやらしい言い回しをされ、あまりの恥ずかしさに詩織は首を振った。

「そんなこと……ない……」

「もっと動いてごらん」

「あ、ああっ、もう無理……っ……」

こっちは孝弘が気持ちよくなるように一生懸命動いているつもりだった。それなのになぜか、自分ばかりが良くなってしまって、苦しくて、困っているのに。

詩織の気持ちなどお構いなしに、孝弘が揺れる乳房を指で弾いた。

「ふふ、やっぱり最近大きくなってる」

「あ……っ……だめ、さわらないで」

「馬鹿だな、触るに決まってるだろう、ほら、ぐちゅぐちゅいってるよ。エロい小悪魔さん」

孝弘が、詩織を焦《じ》らすように軽く身体を揺すった。

それだけで、お腹の奥に生まれる疼《うず》きに目の前がクラクラしてくる。

「ひっ、だめなの……っ、動いちゃ……ぁ」

必死に動き続ける詩織の身体の下で、孝弘が切なげな吐息を漏らした。

「ああ、君は焦《じ》らし上手だな。もどかしい」

そう言いながら、孝弘が急にぐいと腰を動かし、下から詩織の身体を深々と突き上げた。

「……っ！」

突然の刺激に、詩織の目の前にチカチカと細かな星が飛んだ。

隘路《あいろ》を埋め尽くす熱い塊《かたまり》を締め付けたまま、詩織の蜜路が激しくうねる。

「や、ぁあ……」

ふるふると身体を震わせ、詩織は小さな啼《な》き声を上げた。

突き上げられた深い場所から、たっぷりと熱い蜜が溢《あふ》れ出し、二人の身体を濡らす。

「あれ？　イッちゃった？」

静かな声で尋ねられ、詩織は震えながら、涙の溜まった目で頷いた。

詩織の中は、未だ孝弘のものを激しく締め付けているけれど、腰が抜けてしまって動くことができない。

「ご、ごめ……なさ……」

「謝らなくていい。続きをしようか」

孝弘は一度熱杭《ねっくい》を抜くと、軽々と起き上がり、力を失った詩織の身体を組み伏せた。

そして勢いの衰《おとろ》えぬ剛直を濡れそぼった秘裂に再びずぶりと突き入れると、詩織の耳を噛みながら激しい抽送を開始する。

「俺としてはもう少し詩織のエロい姿を、いつもと違う体位で見ていたかったけどね……あんなに気持ちよく焦《じ》らされたら、もう限界だ」

詩織の身体をベッドに繋ぎとめながら、孝弘がうわ言のように言う。

灼熱《しゃくねつ》の肉杭《にくくい》が、濡れた襞《ひだ》を押し広げて荒々しく行き来する。痺《しび》れて何も感じなかったはずの詩織の身体に、再び淡い欲望の火が灯った。

「あ、や、やあああっ！」

力強く胎内を押し上げられ、揺さぶられ、詩織は髪を乱して身を捩《よじ》る。

熱い。孝弘の熱に身体の内側から焼かれてしまいそうだ。

「ん、っ、お腹、あつい……っ……」

快楽に翻弄《ほんろう》され、何もわからなくなってきた。大きく脚を広げられ、奥の奥まで貫《つらぬ》かれて、詩織の喉から幾度《いくど》も悲鳴のような声が漏れる。

激しい呼吸が静かな部屋の中に満ちてゆく。

「あ、あぁ、だめ、あ……っ」

身体をわななかせ、詩織は無我夢中で孝弘にすがりついた。まともに息もできないほどの陶酔《とうすい》に、詩織の目尻から涙がつうっと落ちる。

「詩織……」

ため息のように詩織の名を呼び、孝弘は身体をずらして詩織の唇を塞いだ。

中を貫《つらぬ》く熱杭《ねつくい》が、皮膜越しにどくどくと弾けるのがわかる。愛おしさでいっぱいになって、詩織は孝弘の髪に頬ずりした。

「やっぱり君は可愛いな」

詩織の身体を強く抱きしめたままそう呟くと、ふいに孝弘は身体を離した。そして、汗に濡れてぐったり横たわる詩織の身体を眺めて、満ち足りたように呟いた。

「綺麗だ。また今度もこれをつけて」

その言葉にチョーカーの存在を思い出し、詩織はのろのろと頭を上げて自分の身体を確かめた。

しっとりと濡れた肌に細いプラチナの鎖が絡み、波紋のような模様を描いている。

確かに綺麗だが、肌に細い鎖が絡まる様《さま》はいかにも情事の直後という感じで恥ずかしすぎる。

孝弘が、敏感なままの詩織の乳房を優しく撫でて、甘い声で囁《ささや》いた。

「こういうの、癖になりそうだな……」

──こういうのってなんだろう？

詩織は一瞬不思議に思ったが、今は頭の中が真っ白で、何も考えられなかった。ついばむようにキスされて、うっとりと目を閉じる。濡れてひんやりし始めた肌を重ね合い、詩織は安心した気持ちで目を閉じた。

──駄目だ、また太った。

詩織は送られてきた原稿に赤字で修正を入れながら、ため息をついた。

明日は授賞式だというのに、丸い顔で出かける羽目になりそうだ。

孝弘の夕飯に合わせて夜に何かつまむのが良くないのか、絶対に十八時半までに終わらせると決めている小説の仕事にかかりきりのせいで、昼間出歩かなくなったのが悪いのか……多分両方だ。

夜に散歩に行ってもいいのだが、孝弘に知られたら『危ない』と叱られるに決まっている。

──うーん、仕事を減らしたほうがいいのかな。でも仕事をいただけるうちにたくさん書きたいんだよねぇ。

体重計に乗って二キロも増えていたことに悩みつつ、詩織は赤ペンを必死で走らせた。

十七時までに近所のコンビニに持っていければ集荷に間に合う。

だが、エッチシーンを書いているときにふと手が止まった。

――この間、私、アクセサリーだけつけて鏡プレイされて、騎乗位させられる姫君の話を書いたよね……？

ネクタイ縛りの新刊の一つ前に、別のレーベルさんから刊行した話だ。

強く考えたことは現実になる、というフレーズが詩織の頭の中をぐるぐる回る。

孝弘はなぜあんな一風変わったセックスをしようと思ったのだろう。

――確かにどっちのシーンも気に入っているけど……それが私の脳から漏れて孝弘さんに伝わったとか、ないよね……？

考えているうちに不安になってきた。偶然だと思いたいのだが、あまりにもシチュエーションが似すぎている。

もちろん、『孝弘にペンネームがバレ、書いている本の内容もバレている』という可能性もあるのだが、それは考えたくない。

それに、もしバレているとしたら、孝弘が何も言わないはずがない。何かしらのアクションを起こしてくるに決まっている。

――いやいやいや、待って待って。孝弘さんに私の書いたエロ小説を読まれるとか地獄以外の何物でもないから……！　マリの本を目の前で読まれたときも釜茹《かまゆ》でにされている気分だったのに！　無理！　どんなに誇りを持ってやっている仕事でも、それとこれとは別の話だから！

詩織は、マリの十八禁同人誌を、孝弘が目の前で広げていた悪夢の時間を思い出す。

彼は、エロすぎるボーイズラブマンガを見ながら、真顔で『天野さんはデッサンからしっかり勉強しているんだね』とコメントしてくれた。

いたたまれなかった。本当に針のむしろに座っているような気分だった。

『詩織はこういう刺激的な作品も好きなんだ？　意外だよ』と菩薩《ぼさつ》のような笑顔で言われ、凍りついたまま『け、けっこう、好き、かなっ？』と答えさせられたことなんて、早く忘れたい。

——はぁ……私の思考が無意識のうちにダダ漏れになって孝弘さんに伝わるのもまずいけど、あんな話を書いているのがバレるのもまずいしなぁ。でも新刊は這《は》ってでも出したい！　バレて怒られても隠れてコソコソ出したい！

やはり詩織の思考は『バレても怒られてもエロ小説を書きたいし読みたい！』というところに戻ってしまう。

エッチな小説からしか得られないときめきは確実にある。それは、詩織の人生に必要なときめきだ。いくら孝弘がセックス上手でも、それとこれとは別腹なのだ。

……そんなこと、あの真面目な彼に言えるはずもないのだが。

自分の業《ごう》の深さにぐったりしつつ詩織は机の上に突っ伏した。考えても考えても、結論が出ない。

「あー、もぉ……どうしよう！」

このまま頭を乗せていると、いつものように寝てしまうだろう。この癖も早く直さなくては。そう思いつつ目を閉じた瞬間、スマートフォンが震えた。

——あれ？ ヒカルさん？

兄について、また根掘り葉掘り聞きたいことがあるのだろうか。そう思ってメールを開くと、意外なことが書いてあった。

『奨励賞おめでとうございます。明日の白鷺文庫さんの授賞式に俺も呼ばれたよ。あと章介に聞いたけど、もうすぐ入籍するんでしょ？ 結婚もおめでとう。ダブルでお祝いだね。いいものあげる。いつものカフェに十七時半に来られる？』

そういえばヒカルは、白鷺文庫からも何冊かの文芸書を出している。売れっ子作家として授賞式に呼ばれたのだろう。

——ヒカルさんなら、いろんな出版社の授賞式に、ゲストとして呼ばれているんだろうな。そうだ、会場の雰囲気とか教えてもらおう。

詩織は喜々としてヒカルに返信をした。

『ありがとうございます。十七時半なら原稿も終わってるので大丈夫です！ うかがいますね』

うきうきした気分でメールを送信し、詩織は赤ペンを手に再び作業を再開する。

基本一人で淡々と仕事をしている詩織にとって、業界事情を話してくれるヒカルの存在は貴重なのだ。まあ途中から兄の話しかしなくなるのが玉に瑕《きず》だが……それでも彼と話すと色々な含蓄《がんちく》ある助言がもらえるし、有意義な時間を過ごせる。何よりベストセラー作家となった彼に、たまに作品に対してコメントをもらえるのが嬉しい。

——そういえば、孝弘さんに仕事のことを正直に話せってアドバイスされたんだよね……

詩織の手が再び止まった。

やっぱり勇気を振り絞って、孝弘に『私の書いている本を読んでください！』と差し出したほうがいいのだろうか。エロ作家としてデビュー済みのことも、昔からそういうエッチでアダルトな世界が大好きなことも全部正直に……

考えるだけで頭痛がする。

額《ひたい》を押さえた詩織の脳裏に、威厳溢《あふ》れる孝弘の両親の姿が浮かぶ。それから、マリのエロ同人誌に対して『デッサンがいい』なんて、生真面目そのものの感想を述べていた孝弘の姿も……

——えーん、やっぱり孝弘さんに言うのは無理だぁぁ！　どんな反応が返ってくるのか怖い！

一生秘密にするのは無理かもしれないけれど、今はどうしても言う勇気が出ない。

重くなりがちな手を叱咤《しった》し、詩織は再び赤い文字を書き始める。ここで直さなければ基本そのまま本になる。そう思うと否《いや》が応《おう》でも気合が入る。

何が何でも十七時までにコンビニに宅配便を出しに行く、と頑張った結果、なんとかギリギリ間に合わせることができた。

本格的なアオカンを書くのは初めてなのだが、読者受けはどうだろうか。でも令嬢に対して誠実な愛を抱いていた貴族の青年が、行き違いから、彼らしくもない蛮行《ばんこう》に及んでしまうというシチュエーションは萌えると思う。樹にしがみついて髪を振り乱し、バックで突かれまくるお嬢様、というのもなかなかにエロスだ。

そんなことを考えながら、詩織は一度家に戻って念のため髪を梳《と》かし直し、ヒカルに渡していなかった過去の自著を衣装ケースから引っ張り出して、一階のカフェに向かった。

――あ、ヒカルさんいた。

テラス席のヒカルは詩織に気づいて片手を上げ、そのままウエイトレスの女性を呼んでくれた。

「お待たせしました。こんばんは」

詩織は挨拶《あいさつ》をし、コーヒーを注文して空いていたヒカルの隣の席につく。

「こんばんは。だいぶ日が長くなってきたね」

手にしたコーヒーカップを置き、ヒカルがのんびりした口調で言う。

「そうですね……あ、そうだ、これ、差し上げていなかった私の本なんですけど、よかったらどうぞ」

「ありがとう」

ヒカルがパラパラと本をめくり、挿絵らしきページで肩をすくめてみせる。彼は意外にもこのジャンルの本が好きらしい。

「あ、ねえ詩織ちゃん」

「何でしょう？」

「丸くなったね」

あっさり言われ、ショックのあまり詩織は凍りつく。

「でも旦那受けはいいでしょ。男はムチムチしてる女のほうが好きだよ。つまり男受けするようになった君は、俺の敵だ」

「ひ、ヒカルさん……そんなに太りましたか、私」

ヒカルのくだらない冗談も耳に入らず、詩織は彼に尋ねた。

「いや、標準の範囲内じゃないかな。とにかく男受けする色っぽい感じになっちゃって気に入らない。君は、顔は綺麗なのに垢抜《あかぬ》けない文学少女みたいな感じが良かったのに……ダサくて」

ダサくていいとはどういう意味だ。相変わらず女の子全般に手厳しいヒカルの言葉にとほほな気分になりつつ、詩織は言い訳を口にした。

「だ、旦那さんになる人が、お料理上手で……食べすぎちゃって……」

「ふん」

ヒカルが鼻を鳴らしたタイミングで、コーヒーが運ばれてきた。

詩織がコーヒーに口をつけると、ヒカルが思い出したように言った。

「ねえ、詩織ちゃんの旦那さんって、小早川フィナンシャルグループの役員の人だよね？　小早川孝弘っていう人」

兄と古い付き合いのヒカルが、詩織の結婚相手のことを知っているのは不思議ではない。だが、なぜそんなことを聞くのだろう。頷いた詩織に、ヒカルが言った。

「明日の伯識社の授賞式に来るみたいだけど。あの会社、小早川フィナンシャルグループの子会社と資本提携したんだよね」

時間が止まったように感じた。

「……旦那さんには授賞式に行くことは話してる？」

血の気が引いていくことを自覚しながら、詩織は首を振った。

何かの間違いであってほしい。

そう思う詩織の頭に、小早川家に挨拶《あいさつ》に行ったときの会話が蘇《よみがえ》った。孝弘が伯識社の経営に関わるという話を聞いたような……。経営する立場になるのであれば、彼が会社行事である授賞式に来ても不思議はない。

呆然としたまま、詩織はヒカルに尋ねた。

「じゅ、授賞式をいきなり欠席したら良くないですよね？」

「心証は良くないだろうねぇ。それに旦那さんは社内の人としての参加だから、もう受賞者の本名が入ったリストとかもらってると思うよ」

詩織はぐっと息を呑み込む。ヒカルの言うとおり過ぎて返す言葉もない。

ずるずると椅子の上で崩れ落ちる詩織の肩を、ヒカルが慌てたように掴んだ。

「ちょっ……詩織ちゃん、ショック受けすぎ。大丈夫だよ。何なら俺が一緒に謝ってあげるよ。ねっとり濃厚なエロエロ小説を、日本中に商業公開してごめんなさいって大声で叫んであげる」

「ひ、ヒカルさん……面白がってるだけですよね……？」

「あ、バレた？」

ヒカルはくすくす笑っていたが、ふいに真顔になった。

「でもさ、詩織ちゃんは今まで二十冊くらい本を出したわけじゃない？　その本を楽しんでくれて、お金を出してくれる人がいるわけじゃないか。もし旦那さんに作品を卑《いや》しめられるようなことがあったら平手打ちしていいと思うよ。そんなの詩織ちゃんの才能に対する侮辱だよ」

「そこまで言うほどの才能はないですよ」

詩織は笑いながら首を振る。

別に詩織はエッチな小説をお天道様《てんとさま》の下に堂々と広げて、全世界の人に書いていることを認められたいわけではない。

薄暗い場所でちまちま書いていられればそれで満足なのである。

天下の伯識社本社で『こちらの小早川フィナンシャルグループの役員は私の婚約者、そして私は賞に応募した作品以外の著作が、全部十八禁のエロ作家です』と名乗りたいわけではないのだ。

なのに、なぜ小早川家を巻き込んで、壮大な自爆をせねばならないのか……

詩織の心を知ってか知らずか、ヒカルがご機嫌に続けた。

「いや、何かを作り出して完成させるのは才能だよ。才能そのものに貴賎《きせん》なんてない。それを侮辱する資格なんて誰にもないよ。だからさぁ、詩織ちゃん、ムカついたらぶっ飛ばしちゃいな。ぶっ飛ばされて傷心の旦那さんは、俺が一晩中慰《なぐさ》めてあげるから」

「ちょっ……待ってください！　そっちが目的ですか！　ダメですよ」

「あはは。だって旦那さん、噂によるとイケメンなんでしょ？　俺すごい好きなんだ、イケメンでプライド高そうなエリート。つまみ食いさせてよ。大丈夫、俺上手だよ」

「ダメですっ！　絶対ダメ！」

大慌てでヒカルの手首をガシッと掴み、詩織は必死で言い募った。

「お願いです！　兄には何をしてもいいけど、孝弘さんには手を出さないでください！」

兄から漏れ聞いているヒカルの魔性の男エピソードが、詩織のなかで音を立てて駆け巡る。

交際中の彼女がいる男の人が、ヒカルと仲良くなって突如同性愛に目覚め、彼女と別れて押しかけてきたとか、某出版社の真面目な重役さんが『妻子なんかもういい！　俺の愛人になってくれ！』と言い出したとか……巻き起こすトラブルのレベルが一般人と違いすぎて恐ろしいのだ。

そんな人間が孝弘にちょっかいを出したら、どんな惨状が待ち受けているのだろうか。

毒牙にかけるのは兄一人にしてほしい。

「すごい怖い顔。冗談だよ」

ヒカルが明るい笑い声を立ててコーヒーを飲み干し、トートバッグから箱を取り出した。

「はい、これがプレゼント。おめでとう。授賞式って色々お土産《みやげ》持たされるからさ、俺のお祝いは今日渡しちゃおうと思って」

「え……っと……」

急に切り替わった話についていけず、詩織は目をぱちぱちさせた。

「開けてみてよ」

「あ、ありがとう……ございます……」

詩織は頷き、上品な紺色のラッピングペーパーを剥《は》がした。小さい頃、両親あての贈答品のラッピングペーパーを集めるのが趣味だったせいか、ビリビリにせずに包装を解くのが得意なのだ。

「へえ、そうやると紙が破れないんだね」

詩織に肩をくっつけ、詩織の手許《てもと》を覗《のぞ》き込んでいたヒカルが、ふと顔を上げた。

「おお、すごいイケメンがこっちを見てる。俺に気があるのかな」

何の話だ、と思いつつ、詩織は高級そうなラッピングペーパーを丁寧に開け終え、剥《は》がした紙を丁寧にたたんでバッグに仕舞った。

「あ、イケメンさん行っちゃった……残念」

ヒカルが肩をすくめ、再び詩織の手許《てもと》を覗《のぞ》き込む。

——まったく、どこまでふざけてるのかわからない人だなぁ。ヒカルさんって……不思議。

そう思いながら、詩織は箱を開けた。中から出てきたのは、美しいケースに収まった二枚の栞《しおり》だった。金細工なのだろうか。一枚には百合の花、もう一枚には聖母マリアの姿が透《す》けて見える。

「旦那さんと一枚ずつ使って」

静かな笑顔で、ヒカルは言った。

「詩織ちゃんに栞《しおり》をあげてみたかったんだよね。ダジャレだけど。旦那さんと、本を愛せる家庭を作れるといいね」

指先で繊細な細工の栞《しおり》を撫で、詩織は笑顔でお礼を言った。

「ありがとうございます！」

「いえいえ。明日のパーティでいろんな先生に会うと思うけど、しっかり挨拶《あいさつ》しときなね。俺はしないけど」

ヒカルはそう言って、ウエイトレスを呼びコーヒーのおかわりを頼んだ。

詩織はもらった栞《しおり》をバッグにしまい、ぼんやりと明日のことに思いを馳《は》せる。

――授賞式には、孝弘さんが来るんだ……どうしよう……

会場は都内の某ホテルだ。多分そんなに狭くない。隅っこのほうに立っていれば……いや、表彰で壇上に呼ばれるから駄目だ。

――っていうかどう考えても、多分もうバレてるよぉ！

途方に暮れて詩織はため息をついた。

――どうしよう……もう家に帰って、孝弘さんに正直に言うしかないかな。賞はもらったけど、既刊本は読まないでほしいって。うーん……どうしよう、どうしよう……

ヒカルが語ってくれる、出版社のパーティでの経験談など、何も頭に入ってこない。

相槌《あいづち》を打ちながら、詩織は突如降って湧いた大きな問題に頭を抱えた。

――本当、どうしよう。最悪だ……

愛想笑いの下で必死に考えても、最終的に出てくる言葉は一つしかない。

――どうしよう。

詩織は途方に暮れたまま、とっぷりと日が暮れるまでヒカルの話に相槌《あいづち》を打ち続けた。

もっと早くに、ヒカルの言うとおり仕事のことを孝弘に言っておくべきだったのかもしれない。もしくは、小説を書くことをやめるべきだったのかもしれない。

詩織は泣きたい気持ちで、そっと唇を噛んだ。

この状況は、どちらも選ばなかった自分への罰なのだろうか。

――い、いや、罰とかそんなのじゃないよ……ちゃんと帰って話せば大丈夫のはず。孝弘さんは怒るかな、どうかな、呆れられそうだけど……

なんとか笑顔をキープしたままヒカルと別れ、詩織は自宅に戻るため階段を上り始めた。

家は七階だ。階段で帰れば少しダイエットになるだろうと思っているのだが、かなりきつい。

スマートフォンの時計は十九時半を指しているが、まだ孝弘からの『今から帰ります』メールは来ていない。

息を弾ませながら玄関の扉を開けた詩織は、居間が明るいことに気づいて声を上げた。

「あれ、孝弘さん帰ってたんですか？　おかえりなさい」

見れば、彼の革靴が玄関に並んでいる。だが、彼の声は聞こえてこない。

どうしたのだろうと思いつつ、詩織は居間を覗《のぞ》き込んだ。険しい顔で腕組みをした孝弘が、ソファに腰かけている。

「ごめんなさい。遅くなって。どうしたんですか」

よく見れば彼の顔色は青い。驚いた詩織は孝弘に歩み寄り、身を屈《かが》めて彼の顔を覗《のぞ》き込んだ。

「あの……具合、悪いんですか？」

不安になって額《ひたい》の熱を測ろうと伸ばした手が、孝弘の冷え切った指先で遮《さえぎ》られた。

「……詩織」

普段の彼とは違う低く冷たい声に、詩織はビクリと肩を揺らす。

「俺に何か隠してない？」

孝弘の問いに、詩織の喉がひゅっと窄《すぼ》まった。心当たりがありすぎて、とっさに言い訳が出てこない。

詩織の顔がこわばったことに気づいたのか、孝弘が手の力を緩《ゆる》めて、静かに言った。

「あるんだな、隠し事」

「た、孝弘さん、あの……あの……」

詩織の作家活動のことに違いない。孝弘は明日の授賞式の資料を見て、詩織が今回奨励賞を取ったこと、これまで大量の官能小説を上梓《じょうし》してきたことを知ったのだろう。そしてそれらを隠してきたことを怒っているのだ。

孝弘が独占欲が強く、詩織の何もかもを知りたがるタイプなのはわかっていた。だけど、ああいう本を書いていたこと、そしてそれを黙っていたことをこれほど怒るなんて思ってもいなかった。

孝弘はマリの刺激の強すぎるＢＬ《ボーイズラブ》漫画もそれほど抵抗なく見ていたから、詩織の仕事に対しても嫌悪感を示すくらいだろう、『今後はこういう仕事はやめてほしい』と言われる程度で済むに違いない……そう甘く考えていたのだ。

――どうしよう……仕事を辞めれば済むって雰囲気じゃない……

詩織は孝弘の手から自分の手を取り返し、両手をぎゅっと握り合わせた。

歳の離れた末っ子としてのんびり育てられた詩織は、こんなふうに男性に怒りをぶつけられた経験がなかった。

男の人が怒る、というのはこんなに怖いことなのか。

父や兄、学校の先生のお説教とは全然違う。

色の薄い目で詩織をじっと見つめる孝弘の目には、容赦のかけらも見当たらない。

「ご、ごめん、なさい……黙ってて……私……」

怖くて、腰が抜けそうだった。

「私、あの」

「申し訳ないが聞きたくない」

口にしかけたどうしようもない告白を冷たく遮《さえぎ》られ、詩織は何も言えなくなって立ちすくんだ。

「孝弘さん、ごめんなさい」

恐怖と申し訳なさで涙が溢《あふ》れてきた。だが孝弘は、詩織の泣き顔から目をそらし、彼らしくない乱暴な仕草で立ち上がる。

「……今は君と冷静に話し合いができそうにない。ちょっと出かけてくる」

詩織の身体をぐいと押しのけ、投げ出されていたジャケットを羽織ると、孝弘は鞄を拾い上げて足早に部屋を横切っていく。

「待って！」

孝弘は詩織の言葉に応《こた》えず、玄関を開けて無言で家を出ていった。

突然の冷たい拒絶に、詩織の心が凍りつく。フローリングの床に座り込みながら、詩織はぽろぽろと涙を落とした。

——どうしよう……


その日、孝弘は家に戻ってこなかった。小早川の実家に戻ったのだろうか。

ほとんど眠れぬまま、詩織は朝を迎えた。

あんなふうに怒りをぶつけられたショックで、泣き続けて目がパンパンだ。

フラフラとパソコンの前に座り、仕事のメールをチェックする。仕事先の一つから、プロットの返事が来ている。

メールを開いて、詩織はその内容を確認した。

——仕事している間だけは、孝弘さんのことを考えずに済むなぁ……

採用された簡単なプロットについて確認し、近日中に詳細なプロットを送ることを書き記してメールを送信し、立ち上がる。

次の話も甘くて優しい感じのラブストーリーにしたい。

でも、愛されて幸せな女の子をちゃんと書けるだろうか。

詩織自身は一番好きな人と、自分のせいでうまく行かなくなってしまったのに。

孝弘の怒りを思い出したら、また涙が溢《あふ》れてきた。

仕事内容を隠していたことで、大好きな人をあんなに怒らせてしまうなんて思っていなかった……

ひとしきり泣いた後、詩織は重い身体を引きずるようにして立ち上がる。

——とりあえず実家に帰って着物を着付けてもらおう。美容師さんもお呼びしてるし、お待たせしちゃ悪いもの。

詩織は身支度を済ませ、力の入らない足取りで実家に向かった。

「あら……どうしたのその顔！」

案の定、パンパンに泣き腫《は》らした詩織の顔を見て、母が大きな声を上げた。

誤魔化しようがないので、孝弘と喧嘩したと手短に告げる。

たまたま家で寛《くつろ》いでいたらしい兄も、詩織の様子を見て顔をしかめた。

「詩織、そんな顔して、孝弘くんに何を言われたんだ」

「なんでもない……私が悪いの……」

情けなくて涙が出てくる。エロ小説の仕事を隠していたら、それがバレて孝弘を怒らせ、彼が家を出ていっただなんて。

なぜこんな大惨事になってしまったのだろうか。

「うう……うう……」

詩織は顔を覆《おお》って泣き出してしまった。兄が手にしていた紙袋を放り出し、詩織の肩を揺する。

「私が悪いって……あのな、何があったんだ。お前、顔色真っ青だぞ」

何も言えずに詩織は首を振った。

孝弘は今日も帰ってこなかったし、連絡もない。多分彼はそれほどに怒っているのだ。

婚約解消が言い渡され、両家の間に話し合いが持たれるのも時間の問題だろう。

「いいの……これは本当に私が全面的に……うう……」

しくしく泣いている詩織に、兄が優しく話しかける。

「なあ詩織、どうしたんだよ。今日は出かけずに家で休んでいたらどうだ？　ほら、お前に買ってきてあげたお菓子もあるし」

兄が先程放り出した紙袋を掲げてみせた。中身はフランス出張のお土産《みやげ》に頼んだチョコレートに違いない。

詩織はしゃくりあげながら、ぼんやりと大好きなお菓子メーカーの紙袋を見つめた。

甘い逃避の誘いに一瞬だけ心が揺れたけれど、詩織はそれをキッパリと振り払った。

——ううん、私、授賞式には行きたい。

伯識社の賞をもらえるなんて、おそらくはもう二度とないことだ。

あの賞は、小さい頃からこっそりノートにお話を書いてきた詩織に、朝方まで眠い目を擦《こす》りながら仕事の原稿を書いてきた詩織に、そして、これからも話を書き続けたいと思っている詩織に与えられたものなのだ。

たとえ孝弘に不愉快だと思われても、詩織にはあの賞を受け取る権利があるはずだ。

甘やかされて育てられたお嬢様で、いい家に嫁《とつ》いでくれればいいとしか思われていない詩織が、唯一持ち続けていられる『自分らしさ』、それが小説を書く情熱なのだ。

その情熱を取り上げることは、孝弘にだってできない。

詩織が書くことを止められる人間なんて、きっとこの世界にはいない。

孝弘に去られても、実家の家族に嫌な顔をされても、詩織の胸の中に空想は芽吹き続けるだろう。

それが詩織の業《ごう》なのだ。書きたい物語がある限り、筆は折れない。恋も大事だが、この仕事も同じくらい、詩織にとっては大事なものなのだ。

――行こう、授賞式。こんなにはっきり私の努力が評価されることなんて、滅多にないもん。

詩織は涙を拭《ぬぐ》って顔を上げ、母に言った。

「着付けをお願いします。顔は冷やしてお化粧するから大丈夫。びっくりさせてごめんなさい。孝弘さんとは後で話し合います」

「友達の旦那さんの授賞式なんだろう？　お前が無理して出なくても……」

「大丈夫、心配かけてごめんなさい、お兄様」

心配そうな兄に、詩織は微笑みかけ、首を振った。

なんとか腫《は》れの引いた顔を取り戻し、詩織は母に着付けてもらった可愛らしい訪問着をまとって、タクシーで授賞式の会場に到着した。

帰りは兄が迎えに来てくれると言うので、二次会には参加せず、実家に直行して着付けを解いてもらい、マンションに帰ろう。

何しろ泣きっぱなしだったので、寝不足でかなり辛いのだ。

受付を済ませ、詩織は緊張の面持《おもも》ちであたりを見回す。

どうやら顔見知りらしい人々が名刺を交換し合ったり、談笑したりしていた。

――そうだ、ヒカルさんいるかな？

詩織は広い会場を見回したが、ヒカルの姿は見えなかった。マイペースな彼のことなので遅刻してくるのかもしれない。

そっと壁際に立って会の進行を待つことに決め、小さなバッグからスマートフォンを取り出す。

――やっぱり、孝弘さんからメール来てないな……

もしかしたら彼が歩み寄ってくれたかもしれない。そんな微《かす》かな期待を裏切られ、詩織はしゅんとしてスマートフォンをバッグにしまった。

そのとき、微《かす》かにざわめきが起きた。見ると、入り口から背広姿の集団が入ってくる。まとう雰囲気から、伯識社の役員なのだろうと思われた。

一団の中に孝弘の姿を見つけ、詩織の心臓が跳ね上がる。

黒のスーツにベストを着込み、臙脂《えんじ》のネクタイを締めた姿は、役員の集団の中でもひときわ華やいで見えた。

均整の取れた身体つきと姿勢の良さのおかげもあって、孝弘はひどく人目を引く。

役員達が詩織の立っているほうに近づいてくる。

傍《かたわ》らを通り過ぎる瞬間、無表情だった孝弘が、はっとしたように詩織を振り返り、足を止めた。

「詩織……」

「孝弘さん……あの……」

二人の声が重なる。

自分がなぜこの場にいるのか、あとでどうしても話したい。そう訴えたくて唇を開くが、うまく言葉が出ない。そんな詩織の姿を、孝弘はじっと見つめた。

孝弘が口元を指で軽く覆《おお》い、戸惑ったように口を開きかける。だが、すぐに我に返ったように、硬い口調で詩織に告げた。

「ごめん。あとで話そう」

孝弘のほうに手を伸ばしかけていた詩織は、その手をぎゅっと握り込み、頷いた。

それ以上は何も言わず、孝弘が離れていく。詩織は何とも言えない気持ちで彼のすらりと伸びた背中を見送った。

「詩織ちゃん」

トン、と肩に誰かが寄りかかってきて、詩織は驚いて振り返る。

傍《かたわ》らに立っていたのは、ヒカルだった。

無意味に距離が近いが、変わり者のヒカルにそれを指摘しても仕方ないのはよくわかっている。

ヒカルはしたいようにしか、しないのだ。

――もう、そういうふうに距離感がおかしいから『魔性の男』とか呼ばれちゃうんですよっ！

内心で膨《ふく》れつつ、詩織は業界の大先輩であるヒカルにおしとやかに挨拶《あいさつ》をした。

「こんにちは」

「へえ、さすがお嬢様。その着物可愛いね」

詩織は自分の姿を見下ろしたあと、ヒカルに微笑んで見せた。お嫁入りに備えて母が山ほど準備してくれた着物の一つで、淡いグレイの地に藤の花が描かれたものだ。

もう少し晴れやかな気分でまとえれば最高だったけど……と思いつつ、詩織はお礼を口にした。

「ありがとうございます」

「俺、痴情《ちじょう》のもつれに巻き込まれてすっかり遅くなっちゃった。もうすぐ始まるね」

とんでもないことをサラリと口走りながら、ヒカルが座席のほうを指差す。

「受賞者はあっちに行くんじゃないの？」

「そ、そうみたいですけど、痴情《ちじょう》のもつれって、あの」

どこか紗《しゃ》のかかったような目を細め、ヒカルが穏やかな声で言った。

「びっくりしたよ。珍しく早めに会場に来てブラブラしてたら、目が覚めるくらいすごいイケメンにナンパされてさぁ。でもナンパじゃなくって苦情だった。俺の女に手を出すな！　だって！　ああ楽しかった」

ヒカルが男女関係や男男関係のトラブルに巻き込まれまくっているのは小耳に挟んでいるが、まさか授賞式の会場でも何かやらかしたのだろうか。

「事情がよくわからないんですけど、何があったんですか？」

「あ、時間切れだ。授賞式が始まる。さ、行こ！」

ヒカルが誤魔化そうとしていることに気づき、詩織はじーっと彼を見上げた。しかしヒカルはニヤニヤするだけで、何も言ってくれない。

結局、ヒカルに手を取られエスコートされた詩織は、姿勢を正して歩き出した。

——ヒカルさんってば……変なことに巻き込まれていないといいけど。ううん、そんなことより自分の心配が先だけどね。

来賓席に向かうヒカルに一礼し、詩織は指定された席に腰を下ろす。

——ああ、始まっちゃった、授賞式。私と孝弘さん……どうなるんだろう。

ぐるぐると考えているうちに授賞式が始まり、社長の挨拶《あいさつ》に次いで、孝弘のスピーチが行われることになった。

スピーチの時間が与えられたということは、彼は伯識社において重要な位置を占めているのだろう。

たくさんの出席者を前にしても緊張した素振りを見せない孝弘の姿に、詩織はつい見とれてしまった。

「はじめまして。伯識社の小早川と申します」

孝弘が声を発すると、人々の視線がすっと彼に集まった。もちろん詩織の視線も。

昨夜あんなに怒られたのに、これからは、今までのように仲良く付き合っていけるかもわからないのに、孝弘から目を離せない自分が情けない。

身振り、表情、声のトーンまで完璧に計算し尽くし、流れるように話し続ける孝弘は、非常に優秀で、魅力的に見える。

「……皆さんと同じく仕事に追われている私ですが、良質なコンテンツに触れることはリフレッシュの大きな助けになっています。私は本が好きです。出版業界の発展の一助を担《にな》えることを、大変光栄に感じています。本日受賞された皆様が世に送り出す作品は、必ず誰かの心に刺さり、その人生に彩《いろど》りを添えてくれることでしょう。皆様の作品を書籍という形で手に取る日を、伯識社の経営陣としてだけでなく、白鷺文庫の一ファンとして心から楽しみにしております」

もっと経営の話や、出版業界の不況について話すのかと思っていたけれど……孝弘が語る言葉は、一人の本好きの青年からのラブコールのような内容だった。明るく魅力的な声で語られる祝辞に、詩織は思わずうっとりと聞き入ってしまう。

——すごいなぁ……自分でスピーチ内容を考えて暗記したんだろうな。孝弘さんってこだわりの人だから、スピーチライターとか雇わないだろうし。

社長のスピーチを興味なさげに聞いていた人達も、孝弘の話にはじっと聞き入っていた。

だが、明るい表情でうまく誤魔化しているものの、孝弘の顔は青い。彼も一睡もしていないに違いない。

なのに、こんなに明晰《めいせき》なスピーチをし、堂々と振る舞うことができるなんて大したものだ。

スピーチを終え一礼した孝弘に、詩織はつい熱心に拍手を送ってしまった。

孝弘はまっすぐに背筋を伸ばし、軽やかな足取りで壇上から下りていく。

やはり孝弘は素敵だ。こんなふうにビジネスの場に身を置いている彼を初めて見たけれど、新しい魅力を発見してしまったようで胸が苦しくなる。

──でも私が一番好きなのは、笑った顔……

マリが出展したイベントに、孝弘が突然訪れたときのことを思い出し、涙が出そうになった。

今まで自分がどんな気持ちで生きてきて、詩織とどんなふうに暮らしていきたいのかを教えてくれた孝弘。あのときの彼の笑顔を思い出せば、彼と喧嘩しても仲直りできると思っていた。

でも、一方的に怒らせてしまった今は、あの笑顔を思い出すだけで胸が苦しい。

もうあんなふうに笑ってもらえないかもしれないと思うと、たまらない気分になる。

──いけない……着物に涙がついたらシミになっちゃう……

詩織は慌てて、バッグから出したハンカチで目元を拭《ぬぐ》った。どうも、昨日から涙が出っぱなしで良くない。

今日は、これまでの努力に光を当ててもらえる日なのだ。晴れやかな笑顔で臨まねば。

詩織は、なんとか気力で笑顔を作り、賞状と副賞を受け取った。

授与式のあとは歓談会だ。

受賞者や編集者にすっかり取り囲まれてしまった大人気作家のヒカルから離れ、詩織はあたりを見渡す。

——孝弘さんはどこにいるんだろう？

すると、舞台のすぐ下あたりで、誰かと会話している孝弘の姿が見えた。

明るい笑顔で様々な人達と談笑している孝弘は、やはり、王子様のようだ。

彼の頭上に王冠が見えるような気がして、詩織の胸がきゅんと疼《うず》いた。

自分と孝弘は釣り合わない組み合わせなのかもしれない。でも彼のことを簡単に諦められそうにない。最後でもいいからもう一度、孝弘と話したい。

話し合っても孝弘の怒りが解けないのであれば、今後のことはそれから改めて考えよう。

詩織は、孝弘の美しい横顔に見とれながら、そう思った。

歓談を終えたのち、賞状と副賞の入った袋を抱きしめ、詩織はホテルを出た。ヒカルが、編集者や会社の偉い人にひらひらと手を振りながら、詩織を追いかけてくる。

「一緒に帰ろうよ、駅まで」

一度実家に戻るので兄が迎えに来る、と言いかけたとき、ホテルの車寄せに見慣れた外国車が滑り込んでくるのが見えた。

「おい、詩織、迎えに来たから帰ろう」

停車スペースに止まった黒のセダンから兄が降りてくる。だが詩織が何かを言うよりも早く、傍《かたわ》らのヒカルが素早く身を翻《ひるがえ》し、兄にガバッとしがみついた。

「わあ章介！　逢いたかった！　ここで会えるなんて嘘みたい。愛してるよ！」

「うっわ、ヒカル！　何でお前がいるんだ！　やめろ、離せ！」

詩織の姿しか見ていなかったらしい兄が、驚愕の声を上げる。

「いるに決まってるじゃない。俺、そこそこ売れてる小説家だし。呼ばれるよ、授賞式くらい」

「小説の授賞式なんだっけ？　ああ、詩織の友達の旦那さんが受賞したの、伯識社の賞なんだ」

詩織は慌てた。兄とこんな場所で立ち話をしていたらまずい。

ホテルから審査員が出てきて『あいだ先生、受賞おめでとうございます』なんて声をかけてきたら……そうなったら、本当に終わりだ。

詩織が受賞したことが兄にバレれば、当然、今使っているペンネームを聞かれるに決まっている。その後はもう……坂道を転げ落ちるコースしか思い浮かばない。

さすがに実家の両親と兄にまで、エロ小説を書きまくっていることがバレるのはキツすぎる。

「お兄様、お迎えありがとう。着物が汚れそうだから早く帰りたいわ」

詩織は平静を装《よそお》って言った。急いで兄と共にこの場を離れねば。

「あの、ヒカルさんも、よろしかったらうちでお茶でも飲んでいらしてください」

ヒカルは、兄に詩織の仕事のことを黙っていてくれるので、大丈夫のはずだ。

「おい詩織、勝手にこいつを家に呼ぶな！」

兄が詩織の言葉に慌てたが、ヒカルは嬉しそうに笑った。

「いいの？　じゃあお邪魔しちゃおうかな」

兄の腕をがっしり捕らえたヒカルが、車に乗り込もうとしたときだった。

「失礼」

聞き慣れた低い声に、詩織はギュッと目をつぶる。最悪のタイミングで、最悪の登場だ。

振り返ると、こわばった表情を浮かべた孝弘がすぐ後ろに立っていた。

彼の目は、詩織を見ていない。なぜか、兄を車に押し込もうとしているヒカルをじっと見ている。

「花青先生、先程のお話の続きをさせていただいてよろしいでしょうか」

兄にしがみつくヒカルを見つめたまま、孝弘は言った。

先程の話とはなんだろう。

首を傾げかけた詩織は、ヒカルが『痴情《ちじょう》のもつれに巻き込まれた』と言っていたことを思い出した。

――さっきの話って……孝弘さん、ヒカルさんと何かトラブルがあったの？

驚いて孝弘を見るが、彼はヒカルを見つめたままだった。

「あ、俺……詩織を連れて先に帰ったほうがいいかな？」

深刻な気配を察したらしい兄の言葉に、孝弘が首を振る。

「いいえ、章介さんにも聞いていただきたいんです。詩織が俺との結婚を本当に望んでくれているのか、最後に確認しておきたくて……花青先生……貴方は詩織の何なのでしょうか」

孝弘が何の話をしようとしているのかわからず、詩織は彼とヒカルの顔を見比べた。兄も詩織同様、わけがわからないという表情を浮かべている。

「え、俺ですか？　俺は詩織ちゃんの友達ですけど。先程もそう説明しましたよね」

「二人きりで会っていたのにですか？　俺は……詩織が俺以外の相手と、あんなふうに肩を寄せ合って、楽しそうに笑っている姿を見て正直ショックでした」

眉根を寄せ、ひどく苦しそうな表情で孝弘が言う。

――え？　肩を寄せ合って楽しそうに笑う……？　そんなことしたかな？　いつ？

詩織は必死に記憶を探った。孝弘が怒り出したのは昨日だ。だからきっと、昨日のことを言っているに違いない。

——あっ、まさか私が、昨日カフェでヒカルさんと会っていたときのこと？

あのときの様子を思い出し、詩織は口許に手を当てた。

確かヒカルは、詩織がラッピングを解くさまを、すぐ側で興味深げに見ていた。はたから見たら寄り添っている……ように見えたかもしれない。

ヒカルは昔から、対人距離が妙に近いのだ。彼が女性に一切興味がないことを知っている詩織は、いつものことだと気にしていなかったけれど。

それに、確か『孝弘にちょっかいを出そうかな』などと口走ったヒカルを諌《いさ》めようと手首を掴んだりもした。

あれも傍から見たらいちゃついているように見えた可能性もある。

——まさか孝弘さん、私がヒカルさんと話しているところを見ていて……誤解しちゃったの？　私がエロ本を隠れて書いていたことを怒っているのではなくて？

唖然《あぜん》としたまま、詩織は頑《かたく》なにこちらを向かない孝弘の横顔を見つめた。

ヒカルとの浮気を疑われていたなんて、そんな発想はまったくなかった。何しろ詩織にとって彼は、『兄を大好きで、兄に一途な人』でしかないのだ。

同時に、孝弘が誤解したのもこれまた無理はない、とも思った。

ヒカルは黙ってさえいれば、非常に魅力的な男性に見えるのだから……

「ですから、誤解ですよ。俺は詩織ちゃんの文筆《ぶんぴつ》業界の先輩なだけです」

ヒカルの明るい口調にも、孝弘は一切表情を緩《ゆる》めなかった。

「花青先生と詩織の間に隠し事があるなら、どうか今のうちに話してください。そうでなければ、俺は無理やりにでも詩織と籍を入れますよ。そして彼女を連れて日本を離れ、二度と貴方とは会わせないようにします」

真剣な孝弘の口調に、詩織は息を呑む。しかし激しい嫉妬《しっと》を滲《にじ》ませる孝弘に対し、ヒカルは余裕の表情でくっと喉を鳴らした。

「小早川さんは、詩織ちゃんのことをとても愛してるんですね」

険しい顔の孝弘を、ヒカルが優しい笑顔のままじっと見つめる。

「……何がおかしいんですか、花青先生。私が真剣なのがそんなに変ですか」

「いいえ、おかしくありません。わかります。俺も全身全霊で恋していますから、こんなふうに」

そう答えるなり、ヒカルはぐいと兄のジャケットの襟《えり》を引っ張った。

「おわっ！」

蚊帳《かや》の外だった兄がバランスを崩すのと、ヒカルが形の良い唇を兄の頬に押し付けるのは、同時だった。

孝弘が、目を点にして二人の様子を見守っている。

まさに、何が起きているのかわからない、という表情だった。

——ちょっ……何してるのヒカルさんっ！　孝弘さんがびっくりするでしょうが！

ヒカルが兄にぞっこんで常にベタベタくっつきたがっているのは前から知っていたが、まさか孝弘がいる前で、こんな大胆な振る舞いをするとは思っていなかった。

詩織はぎょっとなって、ヒカルを兄から引き離そうと彼の腕を引っぱった。

「ひ、ヒカルさん、そういうのは人目につかないところで……」

「え？　人目につかないところならいいの？　じゃあ今夜、章介を借りていいかな」

ヒカルのその言葉に、兄が大声を上げる。

「おい、詩織……ちょっと待て、お前、兄を悪魔に売るな！」

だが、兄はヒカルの腕から逃れられないようだ。

ジタバタしている兄をガッチリとホールドしたまま、ヒカルが薄い笑みを浮かべて言った。

「……小早川さんは俺と詩織ちゃんのことを誤解なさっています。俺が何を言いたいのかわかりますよね？」

孝弘が愕然《がくぜん》とした表情のまま、小さく頷く。

「わかっていただければ結構。これが俺の性癖です。ねえ章介。俺は章介一筋だよねぇ」

「離せ馬鹿野郎！　この変態文豪ッ！」

兄は必死に抵抗しているが、ヒカルの腕を振りほどくことはできないようだ。

ヒカルは細い身体に似合わずすごい力らしい。ジタバタする兄にヘッドロックをかけながら、耳に何やら囁《ささや》きかけている。

どうやら『詩織ちゃんのピンチなんだから、兄として章介も協力しなよ』と言っているようだ。

ヒカルは、自分の『性癖』を明らかにすることで、孝弘が抱いている誤解を解いてくれようとしているのだ。心の中でヒカルに手を合わせつつ、詩織は孝弘に向き直った。

詩織もきちんと話をして、彼に誤解をさせ、悲しい思いをさせたことを謝らなくては。

「孝弘さん！」

呆然とヒカルと兄を見つめている孝弘に、詩織は声をかけた。

「ごめんなさい。昨日の夕方、ヒカルさんと二人でお話ししていたところを見ていたんですね。初めから、ヒカルさんのことをお話ししておくべきでした。あの、ヒカルさんは兄の……えっと……友人で、同じ文筆《ぶんぴつ》業の先輩として、色々とお仕事のアドバイスを下さってるんです」

「あ、ああ、そう、章介さんのご友人……なんだ……」

兄の耳を噛み、頬にキスの雨を降らせているヒカルと、死んだ魚のような目になっている兄を見比べ、孝弘が力なく頷く。彼の品のいい顔には当惑がありありと浮かんでいた。

「僕のほうこそごめん。昨日はたまたま早く上がることができたから、君を驚かせようと思ってメールをせずに帰ったんだ。でも一階のカフェで、君が知らない男性と談笑していて、手に触れて、肩を寄せ合っている姿を見て、頭に血が上ってしまって……悪いふうに誤解した」

青ざめた顔色のまま、孝弘が生真面目極まりない口調で言う。

だが詩織は、正直なところ少々拍子抜けしていた。

孝弘は、詩織がエッチな小説をコソコソ書いていたことを怒っていたのではないのだ。

……まさかヒカルとの仲を誤解していたなんて。

「でも今日の授賞式で、昨日見た『彼』に偶然会ったんだ。俺は彼を無理やり会議室に連れ込んで『俺の婚約者と二人きりでいるなんて、どういう関係なんですか』と詰問《きつもん》してしまった。話の流れで、彼が今日の来賓の花青先生だというのはわかったんだけど、時間がなかったからあまり話せなくて……こんなふうに、こんな場所で詰め寄ってしまって申し訳なかった」

孝弘の言葉に、詩織の身体から力が抜けていく。

——なるほど、ヒカルさんが巻き込まれたっていう痴情《ちじょう》のもつれって……孝弘さんのことだったのね。だからあんなに何か言いたげにニヤニヤしてたのか。うう……なんてことだ。

詩織は慌てて、深刻な表情の孝弘に首を振ってみせた。

「いいえ、すみません。二人きりで男性と会うのなら、孝弘さんに事情を説明しておくべきでした。あの……」

「……なんだか、楽しそうだったな。君と花青先生は」

ぽつりと放たれた孝弘の言葉に、謝罪を続けようとしていた詩織の言葉が途切れる。

「君がとても楽しそうで、生き生きして見えたんだ。俺はそれが……悔しかった。君は彼のところに行ってしまうのかなって思ったら、たまらなく苦しくて。それで、話し合いもせずにあんなふうに君を問い詰めてしまったんだ。ごめん。なぜ君を信用できなかったんだろう。冷静に考えれば、浮気をするなら自宅マンション一階のカフェのテラス席で会ったりするはずがないよね……君が絡むと、俺はどうかしてしまうみたいだ」

孝弘の顔は、本当に悲しげだった。胸がちくりと痛み、詩織は慌てて口にした。

「い、いいえ……私のほうこそ、ヒカルさんが兄の友達で、昔からの知り合いだし、あいう趣味の方だからって安心してしまって……馴《な》れ馴《な》れしくしすぎたかもしれません。ごめんなさい」

兄に一方的にいちゃつきまくっているヒカルの様子を横目で確認し、詩織は申し訳ない気持ちで孝弘に頭を下げた。

もうすぐ結婚する相手が、別の異性と仲良く二人きりでいるのを見かけてしまったのだ、もし詩織だったらその場で泣いてしまうだろう。

孝弘も同じ気持ちだったはずだ。

しかも、あの場で『誤解です』とすぐに説明できればよかったのに、『孝弘は、詩織が隠れてエロ小説を書いていたことを怒っている』と勘違いをして、思わせぶりな言葉で自分の罪を認めるようなことを口走ってしまった。

あんなことを言われたら、孝弘が傷ついて激怒するのも無理もない。

——私が悪かった。ただでさえ忙しくて疲れている孝弘さんに、余計な心労をかけちゃって……

詩織はじっと孝弘の顔を見上げた。

顔色の悪い孝弘のことが、とても心配になってくる。スピーチ中も青い顔だったし、連日の激務と寝不足できっと体調が良くないに違いない。

——早く家に帰って二人でゆっくりしたい。

そう思い、詩織は遠慮がちに孝弘の手を取った。

「孝弘さん、今日は早く帰って休みましょう。顔色が良くないわ」

「詩織……」

しかし、孝弘の表情はまだ晴れない。ヒカルとの関係について言葉が足りていなかったと気づき、詩織は急いで付け加えた。

「私がヒカルさんと一緒にいて楽しそうに見えたのは、あの、えっと……仕事の話をしていたからだと思うんです。私には、仕事の話をできる相手が、ヒカルさんとマリくらいしかいないから。本当にごめんなさい」

「なら、これからは仕事の話を俺にも聞かせてくれ」

「いえ、それは無理です」

詩織はぶんぶん首を振る。

頑《かたく》なな詩織の態度に、孝弘が顔をしかめた。

「どうして。俺は君のことを何でも知りたいんだけど」

「私の書いてる話は……あの、ちょっと、特殊なので、殿方にお見せするのは心苦しいというか……とにかくダメです。無視してくれればいいんです！」

「特殊ってどういうこと？」

「あ、あの、えっと……女性向けのエンターテイメントに特化した内容なんです。だから孝弘さんは読まないでください。今まで言えなかったのも、内容がちょっと……女性向けだからなんです」

説明しているうちに変な汗が出てきた。着物を汚す前に実家に帰って着付けを解いてしまいたい。

「別にいいのに」

「駄目ですっ！」

ぷくっと膨《ふく》れてみせた詩織に、孝弘がようやく、肩を揺らして笑い出した。

「そういう顔すると、本当に文鳥《ぶんちょう》の子みたいだ」

指先で頬を突《つつ》かれ、詩織はムキになって言い募った。

「だって……あの、内容的に孝弘さんにお話しするのは無理なんです」

その言葉に、孝弘がますます笑った。あまりにおかしそうな孝弘の表情に、詩織もつられて噴き出してしまう。

「詩織、昨日は怒ったりしてすまなかった」

「私、浮気なんかしないですからね」

ようやくホッとしてそう言うと、孝弘が真面目な表情になって詩織の髪を指先でそっと梳《す》いた。

「……俺は、君が可愛すぎるから不安なんだ。どこから横槍《よこやり》が入って君を掻《か》っ攫《さら》われるか、気が気じゃない」

「誰の話ですか？　私、そんなに可愛いハズないんですけど」

やはり孝弘の脳内の詩織像は、若干ずれている気がする。戸惑いながら突っ込んでみると、孝弘が真顔でそれを否定した。

「可愛いくせに自覚がないから、君は小悪魔なんだ。いつもそう言ってるだろう？」

大きな手が、詩織の頬を包み、撫でる。その触れ方の優しさに、さっきまでどん底だった詩織の心も、少しずつ浮き上がっていくように感じる。

仲直りできてよかった。そう思いつつ孝弘の薄い色の瞳を見つめて詩織ははっとした。

そうだ、今日は晴れて、自分がコソコソとなんの仕事をしていたのかバレた、恐るべき記念日なのだ。孝弘はもう、詩織がどんな本を出してきたのか知っているのでは……

息を呑んで様子をうかがう詩織に、孝弘が言った。

「実は、詩織の本をもう読んだんだ。電子書籍は便利だね。移動時間や寝る前の時間を使って全部読んだ。いい話だったよ、扇情的ではあったけれど、君らしい優しい話ばかりだった」

孝弘に耳元で囁《ささや》かれ、詩織は愕然《がくぜん》とした。

今、自分は何と言われたのか。一瞬日本語が理解できなかったのだが。

「え、あの、はい？　全部？　い……いつから読んでるんです？」

詩織は慌てつつも、声をひそめて孝弘に聞く。

既刊本は二十冊ある。孝弘は結構な読書家のようだが、さすがにそれだけの量を一日や二日では読みきれないだろう。

「ペンネームがわかったときからだから、だいぶ前から読んでるかな……」

青ざめて立ちすくむ詩織に、孝弘は彼らしい誠実な口調で教えてくれた。

「一緒にいるときに、君あてに留守電で『あいだ先生、スイートラブ文庫のナントカです』ってかかってきただろう。それが君のペンネームと仕事先なのかなと思ってネットで調べたら、すぐに出てきた。それに君はメールの画面を開きっぱなしでいつもうたた寝しているし、仕事用のノートも開いたままだし、仕事内容は嫌でもわかってしまったんだ。ごめん。僕のほうもちょっとふざけすぎたかな」

詩織は口を開けたまま立ち尽くす。いや、まて。ちょっとふざけすぎた、とは何のことだろうか。

「あの、ふざけるって何のことですか？」

「ここではちょっと……家に帰って説明する。とにかく、受賞おめでとう。詩織、今日は君のお祝いからやり直させてくれ」

孝弘が詩織の手を取り、指先を力強く握りしめた。

「帰ろう。その前に、ご実家で着物を脱いでくるんだろう？　章介さんに送っていただこうか」

詩織は、優しい孝弘の笑顔を見つめて頷いた。

そのときだった。

「詩織……孝弘くんといちゃついてないで助けてくれ……」

泣きそうな兄の声が背後で響く。兄のことを思い出し、詩織は慌ててヒカルの手を引いた。

「ヒカルさん、色々とご迷惑をかけてすみませんでした。ありがとうございます」

詩織は声をひそめて、兄をホールドしたままのヒカルに告げた。孝弘も慌てたように、深々と頭を下げる。

「花青先生、申し訳ありません。私の誤解で先生には大変な失礼を……」

ヒカルが形の良い眉を上げ、半泣きの兄から腕を離す。

「あれ、仲直りしたの。よかったね。もう喧嘩しないでね」

ヒカルの言葉に詩織は明るい気持ちで頷き、同じくようやく晴れやかな表情になった孝弘と見つめ合う。

孝弘の笑顔も、詩織の好きな、いつもの優しいものに戻っていた。

——えへへ……色々あってビックリしたけど……孝弘さんに仕事がバレちゃったってことは、寝室に堂々と飾れるんだなぁ、この盾。

家に帰るなり早速『奨励賞』の盾を取り出した詩織は、ベッドサイドにそれを飾った。

孝弘がこれまでの著作を全部読んでしまった……と考えると頭を抱え込みたくなるが、彼はそれほど作品を不快に思っている様子はなかった。

もっと嫌悪感を示されたり、『そういう猥褻《わいせつ》なコンテンツを商業で出すのはやめてくれ』と言われたりすると思っていたのに。

読まれても大丈夫だったんだ、と思った瞬間、べっこりへこんでいたメンタルは劇的に回復した。

孝弘は、詩織が五年の歳月をかけて書き殴った二十冊のエロ小説を拒絶しなかった。

そう思うだけで、空気が美味《おい》しい。気分も爽《さわ》やかだ。

むしろ今、詩織の頭の中は『堂々と受賞を孝弘に自慢できる』というお気楽な考えでいっぱいである。

——飾った！　奨励賞！

満足感いっぱいで腕を組んだ詩織は、孝弘が寝室の窓を開けて外を眺めていることに気づいた。

「どうしたんですか？」

「いや、日が暮れる前に空気の入れ替えを、と思っただけだよ」

振り返る笑顔は穏やかで優しい、いつもの孝弘のものだ。

仲直りできたことに改めてホッとしつつ、詩織はベッドに腰を下ろして彼に微笑み返した。

いつものほのぼのした空気が戻ったのはよいが、念のため孝弘には釘を刺しておかねばならない。

『できれば私が書いたエロ小説など読まないでほしい』と。

「あ、あの……孝弘さん、もう私の本は読まないでくださいね！」

ベッドに腰かけて、もじもじとスカートをいじり、詩織は恐る恐るそう頼んだ。

孝弘は窓を開けたまま詩織の傍《かたわ》らに歩み寄り、同じくベッドに腰を下ろす。

「どうして？　いい話なのに」

「い、いや、いい話とかそういう問題じゃないんですよ。読まれると猛烈に恥ずかしいんです」

「恥ずかしい？　だからプロ作家としての活動を、俺に隠していたのか。寂しかったな」

孝弘が目を細めて、低い声で言った。

——自分の書いたエッチシーンなんて旦那様になる人に読まれたくないです！

透き通るような綺麗な目からそっと目をそらし、詩織はごにょごにょと答えた。

「は、はい、恥ずかしい……です……隠したいです……でも書かずにいられないので、放っておいてほしいと申しますか……」

「書いてあるのと同じことをすれば、正直に話してくれると思ったんだけどな……」

孝弘がボソリと呟いた言葉を、詩織は聞きとがめる。

「えっ？　何？　何ですか？」

言われたことの意味がわからなくて、頭の中が真っ白になってしまった。孝弘は今、何と言ったのか。

「いや、だから、詩織の本に書いてあることと同じことをすれば、俺が君の本を読んでいることに気づいてくれると思ったんだ……こんなふうに」

突然がばっとベッドに押し倒され、詩織は呆然と孝弘の顔を見つめた。

この美しい婚約者は、一体何を言っているのだろうか。

「はっ……？　あの……？」

孝弘の引き締まった身体に組み伏せられながら、詩織は慌てて横目で窓を確かめた。

「ちょっ、窓開いてるんですけど、たかひ……」

抗議しかけた唇が、孝弘の唇で塞がれる。

詩織は驚きで目を丸くしたまま、孝弘が先程口にした言葉の意味を考えた。

——本に書いてあったことと同じことを……した……？

理解すると同時に、かあっと全身が熱くなった。唐突に脳裏に浮かんだのは、二本のネクタイで目隠し拘束エッチをされたり、細いチェーンを幾重《いくえ》にも重ねたロングチョーカーだけを身につけさせられてエッチなことをされたり……という記憶だ。

どれもこれも、自作が現実になったのかと思うような、濃厚なひとときだった。

「そうだよ、何のことかわかった?」

孝弘の手が、スカートの中にするりと入り込む。だが次の瞬間、腿《もも》の上部にあるストッキングの穴に気づいたように、ピタリと動きを止めた。

——さ、さっき着替えたときにあけちゃった穴! 今日穿《は》いて捨てようと思ってたのにぃ!

真っ赤になった詩織は、慌てて孝弘の身体を押しのけようとする。

「これ、破ってみてもいい?」

「なっ、なっ、何言っ……」

口をパクパクさせる詩織の顔を見つめてにっこりと笑い、孝弘は言った。

「俺一人じゃ思いつけない。女性が身につけているものを破るなんて」

絶句した詩織の脳裏に、自分のデビュー作である現代系エロ小説が浮かんだ。

今読めば『そんな会社はないっ!』とツッコミを入れたくなるようなオフィスラブ物で、確かイケメン社長がヒロインのストッキングを破ってコトに及ぶシーンがあったような気がするが……

「そ、そんなの、思いつけなくていいんですってば!」

詩織の声は裏返ってしまった。あんな本に毒されてくれなくてよい。そうでなくても夜は激しいほうなのに、さらに凝《こ》ったことをされたら……

火照《ほて》る頬を両手で押さえ、詩織は精一杯怖い顔で孝弘を睨み返す。

「窓が開いているから声量に気をつけて」

しかし、精一杯の抵抗もクールな口調で返されてしまい、詩織はぐぬぬという気持ちで唇を噛む。

「外に聞こえるよ。今日は暖かい。お隣さんも多分、窓を開けてるだろうから」

孝弘の指がストッキングの穴に引っかかり、大きく破る。脚の間の部分にも爪を立てて穴を開け、軽い音とともに頼りない繊維を引き裂いていく。

「構造がわかった……結局下ろさないとできないんだな」

恥ずかしさにぎゅっと目をつぶっていた詩織は、孝弘の不穏な台詞《せりふ》に目を開けた。

「あ、あの、できないって……？」

「このましたかったけど仕方がない。脱いで」

耳元で囁《ささや》かれ、詩織は小さく首を横に振る。だが孝弘にひょいと抱き起こされ、耳元で「したいんだ、早く脱いで」と甘い声で言われたら、なぜか抵抗できなくなってしまった。

燃えるように熱い顔を持て余しつつ、詩織はブラウスのボタンに手をかける。明るい部屋で孝弘に見つめられながら脱ぐなんて、肌を合わせることに慣れてきた今でも恥ずかしい。

「……ッ、脱ぎましたけど……」

どうせ脱がされるのだと腹をくくって全部脱いだが、孝弘は服を着たままではないか。ベッドの上で身体を隠すようにうずくまる詩織に、孝弘が言った。

「じゃあ、次は俺の服を脱がせてくれる？」

素っ裸で相手の服を脱がせるなんて恥ずかしすぎる。だが、こうなっては従うしかないと、詩織は身体を起こし、孝弘の服に手をかけた。

カーディガンを脱がせ、シャツのボタンをひとつずつ外す。膝立ちになって孝弘の服を脱がしていた詩織の脚の間に、ふいに孝弘の手が割り込んだ。

秘部を淡く覆《おお》う茂みをきゅっと引っ張られ、詩織は思わず声を上げそうになる。

今度はひんやりした孝弘の指先が震える花芯に軽く触れ、焦《じ》らすように撫でさすった。

「は……ぅ……ダメです……孝弘さん……っ……」

声をひそめての抵抗に、孝弘が楽しげに笑った。

「そう、じゃあこっちにする？」

外気にさらされて硬く尖り始めた胸の蕾をきゅっとつねられて、詩織は再びあられもない声を上げそうになる。

「ち、ちが……両方……ダメ……っ……」

懸命に声を押し殺し、なんとかシャツのボタンを外して脱がし終える。アンダーシャツも引っ張って脱いでもらった。

「脱がされるというのは、結構焦《じ》らされるものなんだな。次は下もお願いする」

あらわになったなめらかな胸に抱き寄せられた詩織は、羞恥《しゅうち》で涙ぐみながら手探りでベルトを外し、スラックスのホックを外してジッパーを下ろした。

重なり合った胸から孝弘の鼓動と興奮が伝わってくる。詩織はゆっくりと、彼が身につけているものを引きずり下ろした。

「あ、あとは、自分で脱いでください……っ」

「ありがとう」

孝弘は、詩織が中途半端に脱がせた服を身体から引き剥《は》がし、床に投げ捨てた。

一糸まとわぬ姿でチェストに手を伸ばし、引き出しから取り出した避妊具を手早く装着する。

――あれ、このままするのはまずくない……かな？

ひらひらと揺れているレースのカーテンを横目に、詩織は小声で孝弘に言った。

「待って、あの、窓閉めましょう」

「嫌だよ。君が書いた令嬢だって、王子様に抱かれるときに、薄い扉の向こうに人がいるのに我慢していたじゃないか」

孝弘のしなやかな身体に組み伏せられたあと、首筋に唇を押し当てられながら、詩織は言葉を失った。

何度も何度も、さんざん彼に馴染《なじ》まされた詩織の身体は、下腹部に当たる熱い昂《たかぶ》りの感触にあやしく疼《うず》いてしまう。

「だめ……」

広い背中に腕を回しながら、詩織は最後の抵抗を試《こころ》みた。だが、孝弘がこのシチュエーションを諦めてくれる気配など微塵《みじん》もない。ぷるぷると震える詩織の脚の間に身体を割り込ませ、濡れ始めた蜜口にたぎる先端を押し当てて、孝弘は言った。

「我慢できなくなったら、俺に噛み付いても構わないから」

詩織の脚を大きく開かせ、孝弘がゆっくりと昂《たかぶ》りを熱い泥濘《ぬかるみ》に沈めていく。

「……っ、あ、ぁ……」

必死に歯を食いしばり、詩織は声が漏れるのを我慢した。

いつになく性急に身体を繋げながら、孝弘が小さな声で言う。

「ああ、良かった。濡れていて。破られるの興奮した？」

耳のすぐ側で笑いを含んだ声で問われ、詩織は小さく首を横に振る。

「興奮してないの？　すごく濡れてるのに……？」

その言葉に、孝弘を受け入れている場所がずくん、と疼《うず》いた。

——興奮なんか……わたし……っ……

答えない詩織を試すように、孝弘が緩《ゆる》やかに抽送を開始する。ひくひくと疼《うず》き続ける柔らかな襞《ひだ》が、まるで刺激を待ちわびていたとでも言わんばかりに、昂《たかぶ》った孝弘自身を締め付け、淫《みだ》らな音を立てて絡みついた。

大きく脚を開いた体勢で、感じやすい部分を巧みに擦《こす》られて、声が漏れそうになる。

詩織は短い呼吸を繰り返しながら、必死で孝弘の首筋にしがみついた。

——口、塞がなきゃ、口を……

孝弘の肩口で口を塞ごうとしたが、あっさりと引き剥《は》がされてしまう。

「顔を見せて、声を我慢するところを……」

美しい顔に微《かす》かな陶酔《とうすい》を滲《にじ》ませ、孝弘がそう囁《ささや》きかけてくる。ゆるゆると幾度《いくど》も貫《つらぬ》かれながら、詩織は目に涙をためて首を振った。

唇だけで、何度も「ダメ」と繰り返す。だが孝弘の動きは止まらず、くちゅくちゅという音が繋がった部分から聞こえ始めた。

「……っ、は……」

せり上がってくる快感をやり過ごそうと、詩織は大きく息を吸い、呼吸を整えようとする。

音を立てて肉杭《にくくい》が前後するたびに、下腹部が波打つほどの快感が襲う。

淫《みだ》らに脚を開かされ、孝弘に感じている顔を見られながら、詩織はもう一度弱々しく首を振った。

「まど……しめて……お願い……」

その懇願に、孝弘が小さな声で笑った。

「無理。こんなふうに始めたら、最後までやめられない」

「っ、あぁ……っ……」

ぐい、と力強く突き上げられて、詩織は息とともに小さく声を漏らし、再び孝弘の首筋にしがみついた。

抽送が速まるにつれて、お腹の奥にたまった熱が耐え難《がた》い疼《うず》きへと変わっていくのがわかる。

「あ、や……あ……っ」

首筋に孝弘の唇が触れるだけで、身体中がふるりと反応する。涙をためた目で何度も首を振り、詩織は唇だけで必死に訴えた。

「だめ、声……きこえちゃうから、だめ……ッ」

だが、そんな訴えなど聞こえないと言わんばかりに、孝弘はお腹側のザラザラした部分を執拗《しつよう》に擦《こす》り上げる。詩織は開いた脚をわななかせ、激しく胸を上下させた。

「は、ぁ……っ……んんっ……」

あまりの気持ちよさと、声を出せないもどかしさに、目から焼けるような熱い涙が幾筋も伝い落ちていく。

ぐっと唇を噛んだ詩織は快楽に抗《あらが》えずに小さく腰を振った。

「今日は随分反応するね、ああ、思ったとおり可愛い顔だ、詩織……」

いつもよりちょっぴり意地の悪い孝弘の声が、詩織の肌を粟立《あわだ》たせた。

指先で乳房の先の硬くなった突起《とっき》を弄《もてあそ》びながら、孝弘は言った。

「気持ちいい？」

唇を噛んだまま、詩織は頷く。

「声が出そう？」

もう一度、詩織は頷いた。恥ずかしい声が誰かに聞かれてしまう前に、どうにかしてほしい……そう目で訴える詩織に、孝弘はひどく優しい口調で言った。

「じゃあ、もっと腰を振って締め付けて、俺を早くイカさなきゃ。ほら、頑張って」

「んぅ……っ！」

きゅ、と乳嘴《にゅうし》を強くつままれ、詩織は孝弘に貫《つらぬ》かれたまま仰《の》け反《ぞ》った。

なんとか声を上げるのは堪《こら》えられたが、身体中が震え始めていて限界が近いのがわかる。

「あ、はぁ……っ……」

呼吸も、火であぶられたように熱くなっている。

涙で滲《にじ》む視界に孝弘を捉《とら》えながら、詩織は彼自身を受け入れた場所にぎゅっと力を入れてみた。

孝弘が気持ちよくなって達してくれたら、こんな逃げ場のない快楽から解放されるはず。

そう思いながら、詩織は不器用に腰を揺らして、ことさら大きな蜜音を立てて孝弘と番《つが》った。

「ん、く……」

擦《こす》り付けられる花芽がじんじんと痺《しび》れ、彼を受け入れている蜜襞《みつひだ》が何度も収縮する。

汗ばみ始めた身体で、詩織はたまらずに孝弘にしがみついた。

――だめ、これだと、私が先にどうにかなっちゃう……っ！

しっとりと汗に濡れた孝弘の肌の感触を味わいながら、詩織は震える声で彼に懇願した。

「ね、口塞いで……お願い……」

「どうして」

詩織が今にも達しそうなことはわかっているくせに、孝弘がわざとらしく尋ねてくる。

こんなときまで冷静な彼を恨めしく思いつつ、詩織は必死に嬌声《きょうせい》を堪《こら》えて言った。

「変な声、でないように、っ」

「ん？　変な声がなぜ出るの？」

孝弘の声に笑いが滲《にじ》む。詩織の目から、新たな涙がつうっと伝い落ちた。

「……イッちゃう……から……っ」

そう答えた瞬間、唇が塞がれた。

孝弘の舌が、詩織の全てが欲しいと言わんばかりに口内を貪《むさぼ》り尽くす。

同時に熱い塊《かたまり》で下腹部を突き上げられ、あられもない咀嚼《そしゃく》音が部屋に響き渡った。

何度も力強く貫《つらぬ》かれ、執拗《しつよう》に舌を絡め取られながら、詩織は孝弘の背中に手を回した。

繋がりあった部分がはくはくと喘《あえ》ぐように痙攣《けいれん》し始める。

自分の意思では止められない絶頂の感覚に、詩織は全身をこわばらせた。

「ん、うう……っ、う……」

ねだったとおりに唇を塞がれながら、詩織は隘路《あいろ》を激しくわななかせる。やがて孝弘の腕の中でがくりと脱力した。

息を弾ませ、激しい余韻《よいん》に身体を震わせる詩織から唇を離し、孝弘が切なげに呟く。

「……だめだ。こんなに絞られたら、俺も、限界」

これまでにないくらい硬く反り返った熱杭《ねっくい》が詩織の一番奥を突き上げ、情欲の全てを放出しながらびくびくと蠢《うごめ》いた。

鋭敏になった身体で孝弘の全てを受け止め、詩織は汗に濡れた彼の背中をそっと撫でる。

――ああ、好き……私、孝弘さんのこと、本当に好き。

熱欲の全てを吐き尽くした孝弘が、息を弾ませながら詩織の頬に、耳に、唇に、幾度《いくど》となくキスを繰り返す。

「詩織、やきもち焼きな男でごめん。君が絡むと俺は正気じゃなくなるみたいだ」

孝弘のものがずるりと抜け落ちる感覚に一瞬身体を震わせた詩織は、重たくなったまぶたをそっと閉じる。

「君を誰にも渡したくないんだ。この嫉妬《しっと》心を自分でもどうにもできない。俺には、他の男に笑顔なんか見せないでくれと頼むくらいしかできないけど」

その言葉に、詩織は小さくため息をつく。

孝弘の脳内詩織像には大きな間違いがあると思うのだ。

詩織はそんな小悪魔っぽい女ではない。

「だいじょうぶ……私、孝弘さんが一番好きだから」

働かない頭を叱咤《しった》して言葉を絞り出す。それを聞いた孝弘が、苦しげに息を吐き出したあと、詩織の身体を改めてぎゅっと抱き直した。

「そう。だけど多分、俺のほうがその千倍は好きなんだろうな。それでいい。愛してるよ。どうかどこにも行かないでくれ、俺の愛する未来の奥さん……」

詩織は、力の入らない腕で孝弘の身体をそっと抱きしめ返す。

――もう……本当に大丈夫なのに。そんなことより、私達が危ないプレイに目覚めちゃわないかが心配だよ。

今日、隠し事は全部バレてしまった。

だから、孝弘ももう『詩織の書いたエッチな小説を再現し、執筆活動のことを白状させようとする』なんて奇想天外なことは実行しない……はずだ。

そのことに、なぜか若干の寂しさを感じつつ、詩織は小さく欠伸《あくび》をする。

昨夜よく眠れなかったせいか、抗《あらが》いがたい睡魔が襲ってきた。

「少し休んでいるといい。夕飯は俺が作るから」

孝弘がそう言って、眠りに落ちかけている詩織の身体を毛布で包んでくれた。

彼の気配を感じていると、とても安心できる。何も心配しなくていい。だって詩織にはもう、彼の目を盗まなければならないことなんて、なにもないのだから……

そう思いながら、詩織はことんと眠りに落ちた。

エピローグ　～Sweet Secret～

授賞式をきっかけに、詩織の秘密が孝弘にバレてしまってから半月。

結納を終えた翌日、詩織は孝弘と手を繋いで、役所からの帰り道をのんびりと歩いていた。

——私達、ついに結婚したんだ……

孝弘の宣言どおり、早速二人で婚姻届を出しに行ったのだ。

新婚生活は詩織が案じていたよりも、うまくやっていけそうな気がする。

懸案だったエロ小説家の仕事も今では堂々と……とまではいかないものの、それなりに作業時間を確保できるようになってきた。

——おお……結婚指輪……

現実味がないまま、詩織は左手の薬指に嵌《は》められたマリッジリングを眺める。先週孝弘と買いに行った指輪で、ごくシンプルなプラチナのものだ。それに、プロポーズされたときにもらったピンクダイヤのエンゲージリングを重ねて嵌《は》めている。

——や、やっぱりこっちのエンゲージは嵌《は》めるの緊張するな……三分置きくらいに石が落ちてないか確認しちゃうよう……

そんな不安に駆られつつも、詩織は隣を歩く孝弘に微笑みかける。

「休日に婚姻届を出すと、受理されるかどうかわかるのは月曜日なんですね」

「問題がなければ、そのまま届け出が成立するみたいだね」

孝弘がそう言って、嬉しそうに微笑んだ。

今日からは、しなければならないことが山積みだ。

半年後の挙式に向けての準備もそうだし、結婚によって孝弘関係の来客も増えるだろう。

今の家はリビングが十五畳しかないので、ホームパーティをするには厳しいかもしれない。

小早川家の御曹司ともなると、体面的にも色々整えねばならないのだ。引っ越しのための物件探しも再開したほうがいいだろう。

つらつらと今後のことを考えながら、改めて詩織は実感した。

――これから、私達が新しい家庭を作るんだ……

もう一度、シンプルなマリッジリングに目をやり、詩織は口にした。

「私達、どんな家族になるんでしょうね」

「とりあえず、家庭平和のためには俺がやきもちを焼きすぎないことだな」

孝弘は機嫌のいい声で答え、詩織の手をぎゅっと握りしめる。

「私は、孝弘さんが働きすぎて病気になったりしないよう、ちゃんと見張りますね」

詩織もまた、孝弘の手を握り返した。普段何もつけていなかった彼の手に指輪が輝いている様子が、とても新鮮に見える。

孝弘の淡い色の髪が日に透《す》け、栗色の輝きをまとう。

ああ、綺麗な人だな。そう思って見とれる詩織の目の前で、孝弘のスマートフォンが小さく鳴った。

足を止めた孝弘はメールを確認し、笑顔で詩織にその画面を見せてくれる。

「親父からだ。入籍無事済んだか、おめでとうって」

孝弘の笑顔を、詩織は意外に思った。孝弘に指示をするだけの、冷淡な義父の様子を思い出したからだ。

——あまり仲良くないお二人なのかと思ってたけど……そうじゃなかったのかな？

そう思いつつ画面を覗《のぞ》き込んだ詩織は、動く絵文字が大量に並んだ画面にぎょっとなる。メールには、『結婚おめでとう、新居を探すなら仲買人《なかがいにん》を紹介する』など、色々なことが書いてあった。

「こ、これ、お義父《とう》さんからですかっ？」

想像できない。この派手なメールの文面が、あの厳格な義父のものとは到底思えなかった。しかし孝弘は驚いた様子もなく、詩織の言葉に頷く。

「うん、親父はメール魔なんだ。いつもこんな感じ。仕事の指示とか、俺や詩織が元気かとか、レイナちゃんや家の猫の写真とか、毎日山のように送ってくるんだよ」

孝弘の意外すぎる言葉に、詩織は絶句してしまった。

「親父は昔から『父の威厳がどうだこうだ』とか『一人息子を跡継ぎとして厳しく教育する』とか言って、あんなふうに偉そうに振る舞っているんだ。でも俺が初めて携帯電話を持たされた日から毎日のようにメールしてくるから、コミュニケーションは十分すぎるくらい足りてるんだよね……」

孝弘はそう言って笑い、何か返信を打ち込んでスマートフォンを胸ポケットに戻した。

「詩織のアドレスも親父に教えていい？　多分嫁さんと仲良くしたくて、しょうもないことを大量に送りつけてくると思うけど」

その言葉に、詩織の心がふわりと明るくなる。新しい家族と少しでも仲良くなれるのであれば、どんな小さなことでも大歓迎だ。

「お義父《とう》さんとお義母《かあ》さんに仲良くしていただけるかしら」

「もちろんだ。むしろ気難しい息子を押し付けて申し訳ないって思ってるだろうな」

「私、孝弘さんを気難しいと思ったことはないですけど」

「そう。なら俺達はいい夫婦になれるだろう。俺の欠点が詩織には気にならないってことだから」

孝弘の上機嫌な声を聞きながら、詩織は思う。

むしろ問題だらけで申し訳ないと思っているのは、詩織と詩織の両親のほうだろうに。昔からちょっと変わり者でお嬢様っぽさも薄く、自分の好きなことを最優先で追求してしまう詩織を『好きだ』と言ってくれる孝弘のほうこそ、希少な存在に思える。

「私達、いい夫婦になれるといいな……」

「なれるよ。少なくとも俺達二人は、ずっと秘密を共有する関係になるんだから。共犯者というのは最高の関係だと思わないか」

「秘密……？」

聞き返しかけて、詩織の頭にぽんと血が上った。

「あ、あ、あの、秘密って、私の仕事のこと……ですかね」

「そう。そして俺が、すっかり君の作品の愛読者になってしまったということもね。俺こそが君の一番のファンで共犯者。この地位は誰にも譲りたくない」

囁《ささや》かれる言葉に、詩織の胸がどきん、どきんと大きな音を立て始める。

孝弘が未だにやめてくれない『詩織の作品の再現』を思い、詩織は火照《ほて》った顔で彼に尋ねた。

「あ、ああいうことをするのも、二人の秘密ってこと……ですよね」

その問に、孝弘は形の良い目をすっと細めた。

「そうだよ」

詩織は魅入《みい》られたように、孝弘の端整な顔を見上げた。

「君も嫌じゃないんだろう」

耳に忍び込んでくる低音の問いに、詩織は小さく頷いた。

すっかり孝弘の色に染められてしまったようでちょっぴり癪《しゃく》だが、彼に口づけされるたび『今度はどんなシーンを再現されるのだろう』と期待し始める自分に気づいてしまったのだ。

かなり危ない趣味だとわかっているのだが……今や止められなくなりつつある。

「なら構わない。なに、夫婦の些細《ささい》なお楽しみだよ。二人の秘密にしておけば問題ない。ねえ、詩織」

孝弘の手が肩に回り、詩織の身体をそっと引き寄せた。

「やっと君と一緒になれた。五年前、君と離れなければならなかったときは、ただひたすら悲しかったけど、今は、五年待って良かったと思ってる。この五年間で、君は自分の仕事を手に入れ、自分の才能を開花させて、昔よりもずっと大人の素敵な女性になったから。そんな君の隣に立てて本当に嬉しい」

「孝弘さん……」

「五年の間、それぞれの道を歩いてよかったんだ。だからこそ、今の僕達がある。詩織、これからも俺は君の努力と才能に敬意を払い、君を支え続ける。だから君も、俺を支えてくれ。俺達ならきっと、そうやって生きていける」

突然捧げられた真摯《しんし》な言葉に、詩織の胸に熱いものがこみ上げる。

孝弘の言うとおりだ。あの五年間があってよかった。

もし詩織が小説を書いていなくて、親の言うとおり短大を辞めて彼に嫁《とつ》いでいたとしたら……今のような気持ちで、孝弘に恋をしていただろうか。

いや、きっと詩織はただひたすらハイスペックな旦那様に守られ、裕福な暮らしと夫の優しさに感謝するだけの奥さんになっていただろう。

彼の魅力も葛藤《かっとう》も理解できずに『すごい人』として崇拝するだけの、今よりもっともっと世間知らずな、ふわふわした女性のままだったのではないか。

でも今は違う。

力不足な面はあるけれど、詩織は詩織なりに、孝弘と肩を並べて歩き出そうとしている。

今の自分なら、孝弘におんぶに抱っこで頼り切りの奥さんにはならず、頼りない足取りでも、彼とともに自分の足で歩いていける気がする。

そう思えるようになったのは、詩織がこの五年、職業小説家として頑張ってきたおかげだ。

締め切り前に熱を出して、冷却シートをおでこに貼りながら原稿を書いたり、スケジュール的に難しい仕事を、お世話になっている編集者さんたってのお願いで、何度も徹夜をして必死にこなしたり……

仕事をする上でそれなりにハードな経験を何度も経て、働くことの大変さを味わったからこそ、孝弘がどれほど大変なのかも想像できるようになったのだ。

ゆえに、より真剣に孝弘と歩む人生について考え始めたと言っていいだろう。

孝弘は、詩織との幸せな未来を心の底から望んでくれている。

だからこそ、詩織も彼のその気持ちに応《こた》えたい。

多忙で重責を負っている孝弘を支えられる、一番の存在になりたい。

孝弘が楽しいと思ってくれる家庭を作りたい。孝弘が辛いときに、その辛さを分かち合える存在でありたい。

妻としての詩織を必要としてくれる孝弘を、いつも側で支えたい。二人で幸せになりたい。

そんなふうに、自然と考えられるようになった。

「私は、涼しい顔してとっても努力家な孝弘さんを尊敬しています。孝弘さんのことは、私が一生大切に守りますから」

「……ありがとう、詩織。これからも、ずっとよろしく」

道行く人々の目を盗むように身体を傾け、孝弘が素早く詩織の頬にキスをする。

詩織はくすぐったさにちょっと首をすくめ、自分から孝弘の長い指に己の指を絡めた。

──ああ、私、孝弘さんが大好き……。

彼への愛情は日に日に膨《ふく》らんでいく。

昨日よりも今日のほうが、孝弘を愛していると感じられる。

この気持ちが永遠に続くことを願いながら、詩織は笑みを浮かべて孝弘に言った。

「どこかで食事をして、家に帰りましょう。まだちょっと原稿が残ってるの」

書き下ろし番外編

ママになっても書いています。

今日は土曜日。

光陰矢のごとしとはよく言ったもので、詩織ももう、三十歳だ。

娘の沙織《さおり》は、三歳とちょっと。

この前生まれたばかりなのに、もう歩いてしゃべっている。

あっと言う間の三年間だった。

ちゃんとこの子と意思の疎通ができているのかな、どうすれば泣き止むのかな……という不安の日々も、今では幸せな思い出だ。

パパとお出かけした沙織のことが気になり、詩織は壁時計を見上げた。

まだ出かけて一時間も経っていないのに。

『締め切りもうすぐなんだろう？　今日は沙織と一緒に動物園に行ってくるよ。ゆっくり仕事をしてて』

そう言って、孝弘はお世話用品で一杯のマミーズバッグの中身をそのままリュックに移し、ご機嫌の沙織の手を引いて動物園へと出かけていった。

――ううっ……パパ優しい……最近、忙しくてお休みあんまり取れていなかったのに。ありがとう……

迫っているのは、一般文芸ではなく、エッチな小説の締め切りだ。娘の無邪気なおしゃべりを聞きながら王子様に開脚させられ手首を縛られて……というシーンを書くのは難しい。

いくら字が読めなくても、母から迸《ほとばし》る謎のオーラには気付かれそうな気がするのだ。

――助かるよ、こうやって私の作業時間を捻出してくれて。本当にパパには頭が上がらない。

感謝しながらも、頭の中では、娘のことがずっと気に掛かっている。トイレに失敗していないかとか、服を汚して手に負えない位ぐずっていないかとか、細かいことが心配なのだ。

孝弘は子煩悩でとてもよく面倒を見てくれるけれど、多忙なため常に娘の最新情報をアップデートできていない。

今回も一件、伝え忘れたアラートがあるのだ。

――最近のあの子、水たまりを踏むと夜中に異世界に連れて行かれると思い込んじゃってるから……。今日は天気がいいから大丈夫だよね。

この前、夕飯の支度中に突然号泣され『ママたすけて』と叫ばれて、本当に困ってしまった。

一時間かけて、何が何だか分からない『こわい』理由を聞き続けて、天を仰いだことを思い出す。

理不尽だ。そんな理由で一時間も号泣されるなんて……

だが本人は『水たまりを踏んだら知らないところへ連れて行かれる』と、信じている。

しかもまだ三歳なので『大丈夫だよ』というママの説得も通じない。

——泣いて手に負えない状況になったら、動物園に迎えに行こう……

詩織はため息をついた。

沙織は詩織に似ている。

想像力が豊かなところも詩織にそっくりだ。

文章を書くのもおそらくは好き……なのだろう。まだ字になっていないけれど、たくさんお手紙を書いてくれる。

孝弘も詩織もそれが可愛くて仕方がない。

沙織はきっと将来、文章を書くのが大好きな女の子になるに違いない。

パソコンのキーボードを叩く手が止まった。

——将来、親子揃ってエッチな小説を書くようになったらどうしようかな。

なぜこんなことを思うのか、不思議だ。

自分が書くのは良い。もっともっと書きたい。

なのに、娘が書くのは心配だなんて。

――沙織が私が書いているようなジャンルに興味を持ったらどうしようかしら。

己を顧《かえり》みれば『どうしようもないです。宿命です。親の目を盗んで小遣いを貯めエッチな本を買って完璧に隠しつつ読みます』という答えしかないことはわかる。

なのに、娘のことは心配になってしまうのだ。

――自分がさんざんしてきたことを、娘にはしてほしくないなんて……！

悶々《もんもん》としていた詩織は、はっと我に返った。

原稿が遅れているのだった。仕上げを急がねば。

――なーんか情緒不安定だな、ここ数日。疲れてるのかな？

ひとしきり作業に没頭していた詩織は、スマートフォンにメッセージが届いていることに気付いた。

『新刊ちょーだい』

マリからのメッセージだ。『いいよ、出たら送るね』と返事を書きかけた詩織は、なんとなく追加でマリに質問を投げかけた。

『沙織が、将来ママの宝物庫を漁《あさ》るようになったらどうしよう』

孝弘が用意してくれた『書庫』には詩織の大好きな本達が詰め込まれている。沙織はまだ絵本にしか興味がないので、安全は保たれているのだが。

『いいじゃん、読ませれば。さおちゃんが自分で書くようになればより楽しいじゃん。一緒に即売会に出られるよ、表紙は私に任せな』

——そうか、親子でかぁ……いや無理です。

エロに関しては侍《さむらい》のごとき魂を持つマリは心構えが立派すぎる。詩織は、それ以上考えるのをやめた。

とにかく原稿に没頭するしかない。

ラブシーンの執筆が終わり一息ついたとき、玄関が開く音がした。

「マーマ！　マーマッ！　ただいまー！」

「ただいま」

沙織と孝弘の元気な声が聞こえた。詩織は開いていたエディタを閉じ、パソコンの電源を落として、二人を出迎えた。

「おかえり……あら？」

早速飛びついてきた沙織が、小さなブーケを詩織に押し付けてきた。

「ママの！　ママの！」

「えっ……何これ……？　お土産《みやげ》くれるの？」

「プレレント。パパの、プレレント」

沙織がニコニコしながら言った。

――パパのプレゼント……？

本気で何のプレゼントかわからず、首を傾げる詩織に、手洗いうがいを済ませて戻ってきた孝弘が言った。

「結婚記念日、ごめんね。スルーしてしまって」

ここ数ヶ月、孝弘は本当に激務で、海外出張も頻繁《ひんぱん》だった。結婚記念日はどの国にいたのだったか……

詩織は詩織で、仕事と家事と沙織の世話に追われていて、今孝弘に言われるまで、思い出すことすらなかった。

「あ、わ、私も忘れてた……！　ごめんね、パパ……」

ブーケを孝弘に一度預け、沙織に手洗いとうがいをさせる。リビングルームに戻り、改めてブーケを受け取り、花瓶に飾った。

「はい、お祝いの花。沙織が選んだんだよ」

孝弘が沙織を膝に抱いて嬉しそうに言う。

――あ、だからいつもみたいに巨大なゴージャス花束じゃないんだ！

詩織は、ちんまりしたブーケが選ばれた理由に気付き、微笑んだ。

「可愛いね、ありがとう、沙織」

「ピンク」

「そうね、沙織はピンクが好きだもんね」

ラッピングも、メインのダリアも、添えられたカーネーションもピンク色だ。店頭に並べてあったデイリーユースのミニブーケの中から、これがいい、と選んでくれたに違いない。

「ちがう、ママのピンク」

沙織が、詩織の発言を訂正する。

「どういうこと……？」

「ママは、ピンク。ママ、かわいい。ママはピンク」

たどたどしい沙織の言葉に、孝弘が相好《そうごう》を崩した。

「沙織にとって、ママはピンク色なんだよね」

「うん」

――えっ……沙織、どうしたの。いつも『ピンクはさおりの！』って言うのに！　ママが持ってるピンクの小物、ことごとく『ちょうだい』って言うくせに！　ピンクベースの表紙の見本誌を『ちょうだい』って言われたとき、ママどんなに焦ったか。

驚く詩織の前で孝弘が沙織に尋ねた。

「だから沙織は、この色をママにあげたかったんだよね」

沙織が孝弘の言葉にこくりと頷いた。

パパと娘で幸せそうな二人の世界を作り上げている。

——ちょっと待って。私をラブラブ仲間に入れて……

そう思ったとき、孝弘が言った。

「沙織はママが世界一可愛くて好きなんだって。今日動物園で教えてくれた」

「え……？　何……何の話？」

詩織はきょとんとした。

日々、髪を振り乱して沙織の世話をし、エロ小説の執筆に励み、時々化粧して夫の社交の席に顔を出すだけの自分と『世界一可愛い』という単語が結びつかない。

「ママかわいいよ！」

沙織が元気いっぱいそう叫んだ。

孝弘が嬉しそうに、沙織の顔を覗《のぞ》き込んで、しみじみと言った。

「ママが大好きなんだよね、沙織」

「すき」

真面目な顔の沙織を見ていたら、胸が一杯になった。

——な、なによ、普段すぐに『ママきらい』とか言うのに。泣いちゃうでしょ。

詩織は思わず目を潤《うる》ませ、小さな花瓶に挿《さ》したブーケを手に取った。

「やだ……嬉しい……ありがとう」

沙織はニコニコしている。

「今日、動物園で言ってたよ。ぞうさんがママに似てるって」

孝弘が全く悪意のない笑顔で言う。

「そ、それは……ダイエットを……勧められているということかな……？」

沙織を生んでから痩《や》せていないことは前々から問題視している。

ただ沙織の残したものまで食べてしまう日々なので、解決に至らないだけなのだ。

泣いたり真顔になったりしている詩織に、孝弘が笑いながら言った。

「違うよ、ぞうさんの目は優しいねって沙織に言ったら、ママみたいって答えたんだ。この前動物園に連れていったときは、ぞうさんが怖くて泣いちゃったのにな」

「へえ……沙織も、大人っぽいこと言うのね……びっくり」

詩織は笑ってしまった。

確かに、この前三人で動物園に行ったときは、象が怖くて大泣きだった。

今日の沙織には『目が優しい』と思う余裕があるなんて。

「思えば、前回動物園に行ったのは半年も前だね。僕達にとってはたったの半年だけど、沙織にとっては違うんだなってしみじみと思った」

孝弘は言い終えて沙織の小さな頭に頬ずりした。

「あっと言う間にお姉さんになっちゃうな」

沙織を見つめる孝弘の切れ長の目は、優しい光を宿していた。

「今日は、パパがママにお花をプレゼントしたいって言ったら、沙織のピンクを譲ってくれたんだ。ママは可愛いから、ピンクをあげていいんだって」

「沙織に可愛いなんて言われたの、初めてだわ」

「きっと君と同じで照れ屋なんだよ」

「そうかも……」

確かに詩織は、あまり孝弘に「好き、カッコいい、愛してる」と積極的に言う方ではない。

文章では甘い言葉を書きまくっているのに、実際に口に出すのは恥ずかしいのだ。

沙織が孝弘の膝から飛び下りて、おもちゃを取りに走っていった。

最近のお気に入りは、一年前は興味も示さなかったお絵かきボードだ。カラフルなペンとセットになった品である。

「ぞうさん、ぞうさん……」

ぐりぐりとペンを動かしながら、沙織が歌うように言う。

「ぞうさんを描いてるの？」

孝弘の問いに、沙織が真剣な顔で頷いた。小さな手でペンを握りしめ、何かを一生懸命書いている。

——ああ、嬉しいなぁ。沙織が日に日に大きくなって、色々なことができるようになるの、とっても嬉しい。

さっきまで『沙織が自分と同じような趣味に走ったら……』と心配していたことが馬鹿馬鹿しい悩みに思えた。

成長する姿を見守れるだけで、こんなにも嬉しいのだ。

沙織が自分の好きな物を見つけ、楽しく生きてくれたら、親としてはそれで十分ではないか。

——絶対に親子でイベント出展はしないけどね……

微笑む詩織に、沙織が描き終えたイラストボードを掲げてみせた。

まん丸な生き物が描かれている。画面一杯に描かれているので、巨大な生き物のつもりなのだろう。

「これ、ママ！」

詩織の目が点になる。

「えっ、ママなの？　沙織、さっき『ぞうさん』って言ってなかった？」

真顔で突っ込んだ途端、孝弘が噴き出した。

「ママだよ」

沙織はママを描いたようだ。このボードからはみ出しそうな巨大な円は、沙織から見たママの姿なのだろう。

「やっぱり私、ダイエットした方がいい？」

真剣な詩織の問いに、孝弘は首を振った。

「そんなに太ってないよ」

優しい夫の答えに、詩織はややたくましくなった己の腹回りや太腿《ふともも》辺りを撫でさする。

――やはり、これは減らさないとなぁ……

そのとき、不意に沙織が言った。

「あかちゃん」

見れば、大きな円の中に、もう一つ丸がぐりぐりと描かれている。

「動物園にぞうさんの赤ちゃんが居たの？」

不思議に思って尋ねると、孝弘は首を横に振った。

「いや、大人の象しか居なかったけど」

「あかちゃんだよ」

沙織は自信ありげだ。

想像力豊かな沙織のことだから、きっと勝手に子象を描き加えたに違いない。

そう思いながら、詩織は立ち上がった。

「わかった。ママ、夕ご飯の支度してくるね」

台所に向かった詩織は、冷蔵庫を開けた瞬間、『臭っ……』と口を覆《おお》った。

なんだか懐かしささえ感じる気持ち悪さだ。

沙織がお腹にやって来た当初も、冷蔵庫の匂いが突然猛烈に……

そこまで考えてはっとなる。

――締め切りで頭から飛んでたけど……生理遅れすぎじゃないかな……？

半年ほど前から、第二子がほしいなと夫婦で話していたが授からず、自然に任せようと決めていた。

詩織は置きっぱなしの沙織の絵をもう一度振り返る。やはりはっきりと『ママ』の中に丸が描いてある。

――まさかね……偶然だよね。

明日、検査薬を買ってこようと思いながら、詩織は夕飯の支度を始めた。

しかし翌日、詩織は腰を抜かすほど驚いた。

半信半疑で試した妊娠検査薬に、はっきりと『陽性』の線が現れたからだ。

――沙織、なんでわかったんだろう？　偶然だよね……？

もちろん三歳の娘に聞いたところで、答えは判然としない。

昨日は描いた絵を『ママ』だと言っていたのに、今日は『ぞうさん』を描いたのだと言い張っている。

——不思議議は、不思議のままでいいか……子供って時々ミステリアスだよね。

そう思いつつ、孝弘にショートメッセージで第二子の妊娠を伝えると、五分後に電話がかかってきた。

『ごめん、一瞬しか会議抜けられなかったけど、良かった……嬉しい。またあとで！』

孝弘が二人目の子供を本当に喜んでくれていることが伝わってきて、詩織の心に温かな感情が満ち溢《あふ》れた。

多忙な日々で忘れがちだけれど、愛しているし、愛されているのだと改めて実感した。

そして年が明けた春の終わり。

出産ぎりぎりで新作の納品を終えた詩織は、無事、お腹から出てきた、孝弘そっくりの男の子を腕に抱いたのだった。

OLの華《はな》は近々、退職して留学する予定。…のはずが、留学斡旋会社が倒産し、払った費用を持ち逃げされてしまった。留学も仕事も住むところもなくなる華。そんな中、ひょんなことから営業部のエース外山《とやま》と一夜を共に！　さらに、自分のどん底状態を知った彼から「住み込み家政婦として俺の家で働かないか？」と提案されて――!?

B6判　定価：640円＋税　ISBN 978-4-434-23649-5

〜大人のための恋愛小説レーベル〜

ETERNITY
エタニティブックス

四六判
定価：本体 1200 円+税

エタニティブックス・赤

完璧御曹司の結婚命令

栢野《かやの》すばる

装丁イラスト／ウエハラ蜂

里沙《りさ》にとっての光太郎は、主家の御曹司で、お仕えする相手。そんな彼の縁談よけのために、里沙には婚約者のフリをするという任務が与えられる。仕事上での婚約者。なのに……光太郎が迫ってくる。憧れのお方の不埒さが凄すぎます!?　身分差溺愛ラブ！

四六判
定価：本体 1200 円+税

エタニティブックス・赤

年上旦那さまに愛されまくっています

栢野《かやの》すばる

装丁イラスト／黒田うらら

両親を亡くした春花《はるか》に救いの手を差し伸べてくれたのは、父の友人・雪人《ゆきひと》だった。二人は、双方にメリットがあるからと形だけの結婚生活を送る。その日々が終わりを迎えるとき、春花は玉砕覚悟で彼に告白。「抱いてほしい」と迫る春花に、雪人は……

※エタニティブックスは大人の女性のための恋愛小説レーベルです。ロゴマークの色で性描写の有無を判断することができます（赤・一定以上の性描写あり、ロゼ・性描写あり、白・性描写なし）。

詳しくは公式サイトにてご確認ください。
https://eternity.alphapolis.co.jp

携帯サイトはこちらから！